U0494331

左右都是爱

林晓云 | 著

陕 西 新 华 出 版
太白文艺出版社·西安

图书在版编目（CIP）数据

左右都是爱 / 林晓云著 .—西安：太白文艺出版社，2023.7

ISBN 978-7-5513-2413-7

Ⅰ . ①左… Ⅱ . ①林… Ⅲ . ① 长篇小说 – 中国 – 当代 Ⅳ . ① I247.5

中国版权图书馆 CIP 数据核字 (2023) 第 102493 号

左右都是爱

ZUOYOU DOUSHI AI

作　　者　林晓云
责任编辑　杨德风　杨钰婷
封面插画　叶硕伊
装帧设计　朝夕文化
出版发行　太白文艺出版社
经　　销　新华书店
印　　刷　武汉鑫佳捷印务有限公司
开　　本　880m × 1230　1/32
字　　数　210 千字
印　　张　8
版　　次　2023 年 7 月第 1 版
印　　次　2023 年 7 月第 1 次印刷
书　　号　ISBN 978-7-5513-2413-7
定　　价　88.00 元

版权所有　翻印必究

如有印装质量问题，可寄出版社印部调换

联系电话：029-81206800

出版社地址：西安市曲江新区登高路1388号（邮编：710061）

营销中心电话：029-87277748　029-87217872

罗曼·罗兰说，世上只有一种英雄主义，就是在认清生活的真相之后依然热爱生活。

目 录

CONTENTS

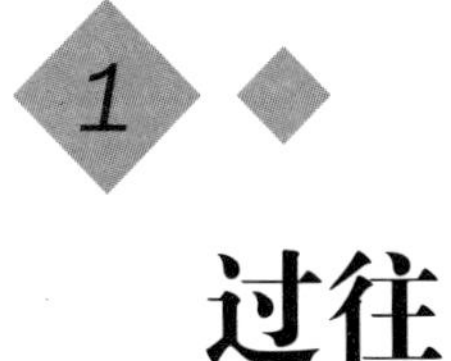

过往

天色已暗，只有间距相等的几盏路灯散发着鹅黄色的光，偶尔看到一两个人迎面走来，又匆忙远去。

天幕繁星闪烁，点点滴滴把梦幻的光融合一起，给苍茫的天空添上生机和色彩，这样的美丽，在宇宙的深邃处，或许有其意义。

罗明坐在屋里凝望着窗外，那里的情景彼此映衬，它们出现，因为它们找到自己的位置，而那些飘浮不定的景色，它们不会在这里出现，或者出现的那一刻，就飘然离去。此刻他坐在书房思考归属的意义，不仅包括他与儿子的归属，他和他都要有所依靠，哪怕只是手与手相握。有时，为了避免陷入迷惘、愚蠢和恐惧，他和儿子需要相互理解，合力建造属于他俩的庇护所。他们是立在彼此身后的墙，大部分时间是他立在儿子的身后，因为儿子太容易跌倒，他害怕。他只能竭尽全力一步一步地扶着，一天天、一年年看着他一点点的变化，他为儿子悲伤，比起那失去的悲伤。他的悲伤更多是自己在失去面前无能为力。

坐在他旁边的儿子，看着文静优雅，脸上却带着一点与实际年龄不符的羞涩。一双清澈的大眼睛忽闪忽闪，自己为什么不能跟别人一样？所有的人都有其独特之处，但正是儿子的不一样，让罗明痛苦，不只是因为这个事实，更多是因为他不明白为什么。无论如何，罗明可以接受儿子的与众不同，可是这个世界无法接受。

罗明很想给儿子讲讲悲伤，这悲伤不像前几年他们一开始忍受打击的时候那么频繁，但它依然时常出现。每隔几个星期或几个月，悲伤便毫无征兆地突然到来，就像是早已潜伏在那里，它击垮他、控制他，而他无能为力，他能做的只是独自伤神哭泣。

罗明不知道是否能给儿子讲悲伤，尽管儿子罗杰也已尝到它的滋味。当罗杰无法理解自己的情绪，就像他自己表现出来的那样，他的想法破碎，无法完整拼接。当他不再绝望地尖叫、哭泣、愤怒、挣扎时，那双通透的眼睛看着你，仿佛要看进你的心里。罗明知道那是一双痛苦的眼睛，是被眼泪洗干净的眼睛。你看他时，他却躲着你。和拥有这双眼睛的人说话，会有疼痛感，会觉得庸俗的玩笑是不能说的，这么薄的问题，在这么厚的目光前，会多么羞愧。于是会想掏心掏肺，但掏心掏肺在任何时候都是最累的，通常只要和他说过一次交心的话，就不想再和他说第二次了。因为，儿子永远不会回应。

每夜他们的呼吸混合在一起，他们身体相依偎，做着同样的梦。梦里莱茵河在屋下小湾中哗哗作响，水波在远处撞击着暗礁，仿佛细雨打在沙上。泊船的浮埠受着水流激荡，发出呻吟声；系着浮埠的铁索一松一紧，发出叮当声。水声一直传到卧

室里，睡的床似是一条小船。他们偎依着在波浪中浮沉，又像盘旋的飞鸟一般悬在空中。黑夜变得更黑了，虚空变得更空虚了，他们彼此靠得更紧了。

罗明望着空旷的巷道，心里翻涌一阵悲伤，眼眶温热起来，里面盈满了咸涩泪水……

月光在这啜泣声中变得一片惨白。罗明从桌子上的纸盒里抽出一张纸巾，擦拭眼睛里流出的泪水，再向前走上几步，身子重重地倒在垫有靠背的沙发上。当他再次伸手去抽纸巾时，无意间抬起了头，看到迎面墙上的那张结婚照。前妻一脸的幸福和喜悦，她把两只手搭在他的肩头，看上去是那样的阳光和灿烂；他也尽力绽开笑容，眼睛里闪现出喜悦。他呆呆地望了一会儿照片，目光从上面移开，心里在想，自己要寻求的那种生活已不复存在了。父子俩从几百平方米的新房搬出，挤进阴暗、潮湿，只有几十平方米的车库里面生活时，某种东西已经随着祖父母的去世、孩子的成病痛、家庭的破碎一去不返了。住房的狭窄迫使他和大高个儿子睡在同一个房间里，继续在一个盆里盥洗。生存都变得如此艰难的情况下，罗明成为了一个不被人世间待见的人。

罗明从窗户向外望去，一轮明亮的月亮穿破云层，飘悬在天空的西边，它的清辉洒落在人世间的山谷中、河面上、林立的建筑顶、窄狭的街道上。他感叹飘浮在西边天际那轮流光溢彩的圆盘，不知目睹了人世间多少悲欢离合。他想到了跟自己一样还有千万个这样的家庭，他们都要经历从热情似火到无动于衷。他的眼睛有些潮湿。

月亮圆了又缺，之后又会变成圆，宇宙间它永远都是年轻的，日复一日，年复一年。人却耐不过时间的侵蚀，只有放下一切，妥协甚至投降才能平复内心世界。

但时间和距离是这样微妙的两种东西，改变了他的曾经，也将改变他下一刻的路途。快乐和悲伤，放在时间的长河中是那样微不足道，却填满他人生的记忆。

罗明永远也忘不了那个六月炎热的下午，空气中浮动着让人躁动不安的气息，仿佛在不停地吹一个气球，他们都在等，眼睁睁地看着它的腾飞，命运早已注定，落日在他眼前炸裂出绚烂的色彩。

有人在他身后大声叫喊："谁是小薇的家属？快过来！"

听到喊声的罗明，感觉到身体无比的轻盈，只需要甩开自己的双手双脚向前跑，很简单。可是他并没有离落日更近，他跑进了余晖，跑过了阴影，但落日还是在前方，这成了一场无尽的追逐。

他慢慢停下了脚步，大口大口地呼吸着，此时心脏跳动得前所未有的激烈，汗水刺得他闭上了眼睛。产房门打开，初生的儿子被抱出来，助产护士把他举起来，他看到了儿子，刚出生的儿子，睡在襁褓里，露出小脸。嫩白嫩白的皮肤上面像是有一层白色粉末，头发是湿的，粘在一起，显得乌黑发亮，他闭着眼睛在睡觉。一个护士让他抱抱，他想抱，可是不敢，他是那么的小而软，罗明生怕把他抱坏了。

护士抱着儿子下楼时，罗明很害怕阳光会刺伤儿子的眼睛。可是当护士抱着儿子出现在走廊时，阳光刚好被云彩挡住了。即使这样，走廊的光线依然很明亮，儿子睁开眼睛看一下这个世界，不知未来，是否有星光坠落。

虽然很多人说孩子出生的第一个月里是没有听觉和视觉的，但他坚信儿子在经过走廊时已经有了对光的感觉。儿子如刚刚升起的太阳，清亮似水、光芒万丈，蕴藏着他们夫妇人生的全部梦想。

儿子的眼睛很黑，很亮。儿子用黑黑的眸子看着他，好像是在审视他，问他“你是谁”。那一刻，罗明感受到了一种从未有过的生命的联结。不仅是血缘情感的联结，而是那个对视，把他们连在了一起。

初尝父母滋味，他们激动，无措。看着儿子漂亮的大眼睛和高鼻梁，夫妻俩还会因为“遗传了谁的基因”争论不休。两人在孩子的啼哭声和自己的手忙脚乱中，度过了最幸福的一年。

罗明每晚临睡时总要去望那个躺在妻的臂弯里的孩子的天真的睡脸。这面容使他忘记了一天的劳累，只感受到无限的爱，他忍不住俯下头去吻那张稚嫩的小脸，口里喃喃地说了几句含糊的话。这些话并没有什么意义，它们是自然地从他的口中吐出来的，那么自然，就像水流从泉眼里涌出来一样。

老妈也是为儿媳熬了鱼汤催奶，蒸了油盐卷子，煮了鸡蛋，千叮咛万嘱咐要罗明照顾好妻子。

眨眼间孩子就满百天了，这天妻子小薇叮嘱罗明早点回来，要好好给孩子过百岁，吃喜面、喝喜酒。罗明在鲜果批发站早早发完了货，交代了雇员一些事宜，然后就兴高采烈地骑着摩托车回家。尽管天气炎热，他也没忘了给老婆买件礼物，是呀，老婆生孩子吃了那么多苦，是要好好慰劳一下她。他进了一家鲜花店，花店的小姑娘听说花是挑给妻子的，立刻对这样细心的模范丈夫赞叹不已，建议他买一捧代表永恒爱情的郁金香。

罗明捧着花，从热浪滚滚的空气里，笑逐颜开地进了自己的家门，屋里刚刚安了一台壁挂空调，煞是凉爽。这在那个年代的山城绝对是奢侈品。

“老婆，你猜我给你买什么了？”他把花藏在身后，小薇看他一眼笑了笑，“别卖关子了，一天到晚就知道贫。”

罗明从背后拿出花，双手举着递给小薇：“老婆大人辛苦了！”

“哇，真好看，这得花多少钱呀！”小薇捧着鲜花爱不释手。

“不懂情调了吧？这代表永恒的爱，送给你，永远爱你！”听罗明说完，李小薇的脸上泛起了红晕，掩藏不住的笑意在嘴角微微升起。

母亲在一旁撇撇嘴，白了罗明一眼：“酸不酸呀！醋瓶子都叫你摔碎了，女人谁没生过孩子啊！”罗明吐了下舌头，对着小薇做了个鬼脸，小薇把花插到花瓶里，喷了点水，放到桌上说：“来来来，吃饭，咱给罗杰过百岁。”

“让我先看看我们大胖小子。”罗明看着熟睡的婴儿胖嘟嘟的脸颊，情不自禁地亲了一口，刚想抱孩子，小薇用筷子敲他的手，“去去，洗手去，别吓着孩子。”罗明做个鬼脸洗手去了。

小薇长着一张椭圆形鹅蛋脸，肌肤洁白细腻，五官富有雕塑感，嘴唇线条优美。大而明亮的眼睛向两侧高高挑起，眼窝较深，睫毛很长，瞳仁黑褐中泛着蓝色。罗明对她一见钟情，那漂亮的、性感的生动脸庞，时刻都在他眼前晃动着，巨大的情感的潮水在罗明的胸膛里澎湃起来。

初夏路旁的树木郁郁葱葱，草地上开满了五颜六色的野花，蜂蝶飞舞，暗香盈袖，正是爱情发酵的季节。夜晚来临的时候，虫声鼎沸，搅得人心神不宁，连蛙鸣也倾诉着求偶的愿望。毫

无疑问，小薇是一个漂亮姑娘。她擅长打扮，一件粉色的衬衫扎进时髦的喇叭裤里，显得高挑时尚。

生得一身白皙的皮肤的她珠圆玉润，在农村可谓是百里挑一、远近闻名的漂亮姑娘。她的小名叫“大眼”，可以想见，水汪汪的大眼睛配上精致的小脸，她身上所散发出的雌性气息，将催生多少青年男子躁动不安的荷尔蒙。

当小薇扬起脸亲昵地亲吻他时，罗明的心情无比惬意。他是爱她的，爱得那么热烈。

五月的山城夕阳西下，银白的月光洒在地上，到处都有蟋蟀的凄切的鸣声。夜的香气弥漫在空中，织成了一个柔软的网，把所有的景物都罩在里面，眼睛所看到的都是罩上这个柔软的网的东西，任是一草一木，都不是像在白天里那样真实了，他们都有着模糊、虚幻的色彩，每一样都隐藏了它的细节里，保守着它的秘密，给人一种如梦如幻的感觉。

两人如约到山上约会，在一片树林草地上躺了下来。小薇轻轻依傍着他，脸紧紧贴在他胸膛上，像是专心聆听他的心如何跳动。他们默默地依偎在一起，像牵牛花绕着向日葵。星星如同亮闪闪的珍珠一般撒满了墨蓝色的天空。西边老牛山起伏不平的曲线，像谁用炭笔勾出来一般柔美；山沟里的溪水在远处潺潺地流淌，像二胡拉出来的旋律一般好听。一阵轻风吹过，遍地的草叶发出了沙沙的响声。风停了，身边一切便又寂静下来。旁边，婆娑的桃树上，不成熟的桃子在朦胧的月下泛着点点青光。

他们就这样静静地、甜蜜地躺在星空下，躺在大地的怀抱里……

罗明陷入对妻子无尽的思念中，尤其是晚上干活回来，他僵硬的身体疲倦地躺在土炕上时，这种想念就愈加强烈。他想，如果她此刻能在他身边，他的精神和身体也许会马上松弛下来，因为她会把他躁动不安的心潮变成风平浪静的湖水。

爱情啊，甜蜜的爱情！它像无声的春雨悄然地洒落在罗明焦躁的心田上。他以前只从小说里感受过它的魅力，而现在他都全部真实地体验到了。最惊喜的是，家里增加了一个人，一个很小很小的人儿，很小的脚丫和很小的手，罗明把他抱在怀里，长时间地看着他，然后告诉自己："这是我儿子，他的生命与我的生命紧密相连。"他和自己拥有同一个姓，他将叫自己爸爸。儿子是他生命的延续，是和他的身体有着关联的另外一个小身体，这生命在从无到有孕育的时候，他只能隔着妻子的肚皮感知，那感知其实是模糊的、笼统的、有隔阂的。当罗明看到一个又软又嫩的肉团真的出现在眼前的时候，惊喜是无法用语言来形容的。儿子在呼吸，在扭动，在用清亮亮黑黝黝的眼睛瞅着他，那小眼睛里映出自己大大的脸庞。两人是那么相似，他是自己的缩小版。他咧开那么小的嘴唇，他在哭，他的哭声简直就是天籁之音，他在笑，傻乎乎地乐呵着，哭和笑都满满地溢着奶香味儿，罗明完全被俘虏了。

罗明喜欢将儿子从摇篮里抱出来，抱着他，亲着他。这时候儿子会皱起小小的眉头来。"你其实是开心的，对吗？"随后他又抱着小人儿走出屋外，四处招摇。

他喜欢抱着儿子去溪边玩，看他坐在草地上举起两只手，和小草们比高高，发出咯咯的欢笑声。儿子像草芽儿一样娇

嫩，罗明内心充满感动，总觉得有泪要涌出来。草还是那样绵软，罗明躺上去，两手直直地伸出去，两条腿也朝向天空半屈着，身上的肌肉绷得紧紧的，这四肢就像四根草，努力向上生长，仿佛他可以替代儿子生长。

没多久，这个新人儿开始下地行走了，他摇摇晃晃地寻找着方向，两只手像是走钢丝的人那样伸开着。儿子很快就学会了平衡自己的身体，让人不禁惊叹人类的很多本领都是与生俱来的。

当儿子真正找到行走的乐趣时，也就是说他体会到方向意味着什么时，他的行走不再是胡乱地走动，而是为了看或者为了拿，这时候他是有了目的的，他已经是一个活泼顽皮的孩子了。

2

迷茫

这个顽皮的孩子穿着厚厚的衣服在一盏盏路灯下走过时，罗明发现了孩子的影子，那个属于他和灯光的影子，在冬天夜晚的地上变幻莫测。那时候他还不满两岁，行走得十分卖力，他的两条胳膊也在尽情挥舞，加上厚重的衣服，当他走近灯光时，罗明发现儿子在地上的影子如同摇摇摆摆的企鹅。由于灯光下角度和位置的变化，他的影子越来越圆，像是皮球似的滚动了一下，他张开了双臂，随即他又成为了狗熊，可能是他突然跑动起来的缘故，他的影子像狗熊一样笨拙。就这样，他的影子一会儿拉长，一会儿缩短，有时候似乎只有一条腿在行走，有时候两条胳膊突然消失了……在一盏盏路灯下走过去，儿子影子的变化丰富无比。

在夜晚的灯光下，儿子的影子带给了罗明许多的快乐，而且是无法重现的快乐。他一次次地凝视着儿子，而儿子的影子，那些在路灯下转瞬即逝的影子，那些美妙变幻的影子，他可以一次次地去回想。后来的日子里，坐在床沿边上的罗明看见儿

子抱着脚趾头啃得有滋有味，或者在用被子挡着的床上滚来滚去时，他都会感到一种真实的满足和快乐。每次下班从工地回来，不管多累，罗明都会抱着儿子在院子里转转。看见摇摇摆摆地乱跑的鸡鸭，空中低飞的小鸟，儿子都会伸着小手东指西指，兴奋得咿呀大叫。

正忙着手里活计的小薇，抽空望望那父子俩，再看看锅里那条炖得鲜香四溢的大鲤鱼——那是为了给孩子补营养特意买的，鲤鱼的蛋白质不但含量高而且质量佳，能够给人体提供所需的氨基酸、矿物质、维生素A和维生素D，有补脾健胃等功效，尤其鲤鱼的视网膜上含有大量的维生素A，据说，鲤鱼眼睛明目的效果特别好、小薇敲敲酸痛的腰，轻轻吁口气，觉得上天待她不薄。

那时她并没有想到，咿咿呀呀的儿子会一直不开口说话。

当其他孩子开始牙牙学语时，他们也没有太在意。都说“贵人语迟”，说不定罗杰在某一方面天赋异禀呢。

就在一个午后的暖阳天，一切看起来都那么美好，难得一家人去公园玩玩。在湖畔的绿荫下溜达，罗杰像一条拧紧螺丝的发条一样一个人跑出去老远，没有理会爸妈喊他“别跑”“小心”之类的话。

罗杰跑到没人的水塘旁，他指着水中的阳光，眼睛一眨不眨地盯着看。

紧跟上去的罗明说：“看，多好看！它们往我们这边流呢。是金色的，亮闪闪的。”

“我觉得是亮银色。”小薇轻轻地说。

“是金色。”罗明声音更轻地说，他拉住罗杰的手，“儿子，是金色的。”

罗杰没说话，他们站着，看着金光闪烁的湖水，水中的阳光不断地漾动着。

“我在我们学校也看见过一次这样好看的阳光，那时阳光从树叶中间洒下，像从一万年前照射过来的一样，特别好看。我是在开学典礼上看到的。”

“一万年前的阳光啊，真好。”

罗杰不说话，久久地站着，转身他又开始疯跑起来。

罗明望着儿子小小的背影，一种浅浅的幸福感涌上心头，他忽然回想起自己年少时的情景，那时心尚没完全敞开，敏感无比。每到初夏，石榴花纷纷飘落的时节，指甲盖大小的花瓣随风飘着，它们太轻了，要飘很久才能降落，慢慢地，石板地上会铺上一层薄薄的洋红。阳光是暖的，只是还有些懒洋洋的。暑假刚刚开始，大人都去上班了，罗明姐弟蜷坐在院子的藤椅里看书，屋子里放着音乐，姐弟俩一看就是几个小时。大部分时候他们俩都不说话，石榴花飘落，有的落在头发上，也不去掸。那时的几个小时像几十年一样漫长。

那时的阳光大约也是一万年前的，瞬间似永恒，美得让人恍惚。

看着罗杰无知无畏地勇往直前，罗明和小薇都没料到，生活等在不远处，时刻准备给人以最痛的一击，让人看到它本来的面目，他们谁也无法预知命运将给他们怎样的安排。

住罗明家的小薇妹妹对罗杰种种行为感到很怪异，为此事专门找姐夫谈了两次，罗明当时却笑说，每个孩子都不一样。妹妹说，她邻居家有个孩子和罗杰一样大，人家是奶奶带着，

父母都不在身边，每天可乖了，让坐着就坐着，走的时候也让大人牵着手走。再看罗杰，从来不听人说话，你叫罗杰，他都不会答应，还喜欢一个人疯跑，也不跟小朋友玩。第一次谈时，罗明很不以为然，也没有放在心上。他觉得罗杰就是与众不同的，每个孩子都不一样，那时他还没意识到问题的严重性。

渐渐地，罗明开始意识到自己的儿子和别的孩子确实有点不同。这孩子太不闹了，太不粘人了，他不粘爷爷奶奶，也不粘爸爸妈妈，就喜欢一个人待着。一个玩具会玩上好久，就像他现在手里的那个圆环，他可以就这样一直转动。只要你不打扰他，他就不吵。爷爷奶奶都惯着孙子，只说他好乖。有几次罗明觉得这太不可思议了，就说："手不累吗？给爸爸吧。"这时儿子会突然惊叫，以令人难以想象的声音哭叫起来，一旦他哭起来，那就不是轻易能够止得住的了。罗杰自出生起，睡觉就很少，每天夜里都睡很晚，起好几次夜，有时甚至一夜不睡觉，到了清晨才慢慢睡着，小薇一人照顾他，着实很累。同事家的孩子，一个老人就可以看顾了，罗杰却需要爷爷、奶奶两个人同时照看才行。出去吃饭，从来坐不住，每次都要有一个人专门陪着他出去玩，然后轮换着吃，除非他饿极了，才会好好坐下来吃。兴趣比较狭窄，喜欢玩滑梯，但不喜欢在人群里，看到滑梯旁人多，他就不去了。

想到罗杰一直不会说话的事，罗明带着罗杰去了市儿童医院。医生在罗杰耳边击掌测试，罗杰抬头望望医生，又回头瞅瞅罗明，接着低头继续摆弄手里的小玩具。医生说："这孩子可能就是说话比较晚，回家后你们多和孩子说话交流，锻炼唇舌声带，刺激他脑部的语言功能发育，密切关注孩子的状况。半年后过来复诊。”没有明确的结论，罗明心里怅然若失。虽然医生说没事，但他却一直都不敢放下心。

2006年10月的一天，一个秋高气爽的日子，连续几天的雾霾终于散去，阳光很好。可是一切都不对劲，像一场奇怪的电影过场，他不知道接下来会发生什么。自从孩子两岁以后，他就有这种感觉，而且感觉越来越强烈。尽快赶回家的罗明根据儿子户外玩耍时候的状态，想根据网上学习的知识观察一下儿子。罗杰像往常一样拉着妈妈的手，跟着爷爷和奶奶在溜达，但罗杰仿佛对身边的美景视而不见，偶尔目光空洞地滑过某处热闹的场景，但并不过多关注。他们来到一个铺满金黄色落叶的平地上，罗杰蹲下身捡起一片树叶，两根手指捏住树叶根部来回旋转着，这个简单的动作竟然持续了二十分钟以上，爷爷奶奶叫他也不应，他完全沉浸在自己的世界里。罗杰的表现和罗明在网上了解的孤独症患者症状很是相似。罗明在不远处呆呆地看着这一幕，他拿起电话给他懂点医学知识的最要好的朋友打了个电话，那边的回答尽管是在安慰他，但还是认为他有些过度焦虑，并没有感同身受地体味出他此时的恐惧。他不知道该不该马上告知媳妇这个消息，他也希望自己真的是过度焦虑，如果孩子没事，何必还让媳妇白担心呢？而自己的父母尽管天天和孙子在一起，但并没重视孙子的异常，他们认为小男孩说话晚开窍晚是正常的。在这个家，目前只有他一个人在承受这种压力和痛苦，没有人能理解。罗杰到底怎么了？他决定自己先带孩子找答案。

罗明带着罗杰来到省城医院，找到医生急切地说：“医生，医生，罗杰没事吧？你快给他看看，他还是孩子，可不能有事

啊！”可医生的回复让罗明绝望：“你求我也没用，我也查不了他为什么失语，我也无能为力，你还是带他到其他大医院看看。”听完医生的话，罗明难受异常，他只觉得眼前一片漆黑，感觉像是掉进了无底的深渊，一直下沉，一直下沉……

一个好端端的孩子为什么不会说话呢？听力没问题，那是什么问题？真的没有问题吗？

罗明抱着孩子进这家，出那家，四处求医，甚至花了两万多元给罗杰配了助听器，祈盼儿子可以开口说话。可事实是，这样的自欺欺人，随着时间的推移，变得不堪一击。除了不说话，两岁的罗杰还拒绝眼神交流，连最简单的对视都做不到。带他去超市，逛商场，一路向他介绍衣服、鞋子、西瓜、饮料、果冻、蛋糕，他都听不见或是听不进去，眼神总飘向远处，罗明把罗杰喜欢的果冻和饮料放到他眼前，强行把他的小脸掰过来直视他，一而再再而三地问：“罗杰，这是什么？这是什么？”他还是没有一点反应。明明有眼睛、有嘴巴、有耳朵，器官一样不缺的儿子，为什么什么都不会？打电话要跟他说话，他抓着电话往嘴里送；下楼梯，他知道脚是往前迈，眼睛却看着天花板；他饿了不会说饿，只会哭；他不会叫爸爸，也不会叫妈妈。他不会语言交流，不会跟小朋友玩，不会吹气球，不会老老实实地坐着，更不会提示自己要尿尿，他不会一切其他小孩子都会的事。

那么他会什么呢？

他会吃饭，下楼眼睛会看天花板，他把电视开了关关了开，他会在马路上直接朝飞驰的车子跑去，他会抠插座，他会打碎杯子，会掀翻垃圾桶，他在门上墙壁作画，会吃手摸到的东西……其实他会的东西太多，在这讲规则的世界里，违背常规的事他会得太多。天啊，请限制一下他破坏性的能量吧！

语言无处不在。语言命名了一切，所以，人是通过语言认识事物的。但语言对儿子来说似乎很难，而且在罗明看来，儿子的生活规则经常不合理，也不符合逻辑。是因为他没有语言吗？

儿子为什么会没有语言？这个问题一直困扰着罗明，他避不开这个问题。听力没问题，那是什么问题？没有问题，一个好端端的孩子为什么不会说话？孩子一岁多的时候不会说话，大家还不在意，到两岁不会说话，就奇怪了。这个长着高额头大眼睛，人见人爱的孩子怎么回事？他会笑，一笑一口白牙。他会哭，哭的时候有泪水。那他到底怎么了？

郁郁寡欢的罗明来到野外，早晨乡村的暮霭渐渐氤氲开来，绿意蓬勃的田野里涌起一层朦朦胧胧的薄雾，几株淡黄的油菜花随风摇曳，散发出阵阵混合着青草气息的芳香，引得蜂蝶殷勤而至，沉醉其间。半透明的蜂翅扑扇在花丛中，发出“嗡嗡”的低吟，而那只蝴蝶飞走后旋即又飞回来，在一簇簇花草间流连。几只叫不出名的鸟儿在河面蜻蜓点水般扑棱着翅膀，叽叽喳喳又很快落在旁边的电线杆子上。罗明深深羡慕着它们，来自江河湖泊、花草树木、鸟兽昆虫、自然的风如雨露般恩泽世间万物，除了人类有语言，自然万物也有它们的语言。河水很清，河埠头的石壁上有几只虾在慢慢地游动。它们十分悠闲地伏在角落里，周围一有动静马上倏地遁入水的深处，不见踪影。虾是如此的敏锐，要是每个人对世事的洞察能力如虾这般就好了。对儿子不会说话这事，家里其他人甚至都不愿重视，妈妈和媳

妇很排斥人家说她小孩有问题，她们认为这是一种羞辱，不愿相信，也不敢相信，对人家善意的提醒会表露毫不掩饰的厌恶。目前只有他一个人在承受这种压力和痛苦，没有人能理解。罗杰到底怎么了？这个问题却像是甜甜圈里面的空心，无从寻找答案。

3

求医

一种奇特的悲伤悄无声息弥漫着，平静的生活被打破了。这些天，罗明一直在筹备带儿子远行看病的计划，想要看病，北京是最不缺资源的，但是需要一笔钱。罗明这几天一直不知该如何向小薇和父母摊牌，这确实让他很费心。他知道家人是不会理解的，因为家里对这么小的孩子就得这种不好的病很是抵触。尽管这个场面对他来说备感艰难，在一家人吃饭的时候，罗明还是抬头用求助的眼神望了望父亲，跟他说道："你们该知道，罗杰这么大，还是不说话很不正常，我不希望他一辈子闭塞在一个人的世界。我想带他去北京治疗，费用我个人承担一部分，你们也帮忙承担一部分。"面对突如其来要钱的建议，屋里的氛围瞬间就凝固了，屋内所有眼睛齐刷刷盯着罗明父亲，希望能得到他父亲一个合理的答复。罗明父亲迟疑了一下，一声不吭转身离席。面对摆在面前的尴尬，罗明也陷入了该如何选择的艰难处境。周围静得出奇，妻子低着头目不斜视扒拉着饭，母亲紧绷着脸，家里被一种紧张的气氛笼罩着，连窗外的

小鸟也似乎意识到了什么，不再像平时那样叽叽喳喳地唱歌了。罗明只觉一股冷风从背后升起，他知道罗杰生病的事已影响三代人融洽的关系和和谐的生活了，他没有把握该如何应对。

母亲的无动于衷让罗明很气恼。他觉得母亲对他那么在意的事不加过问，简直不合常理，于是他直到把母亲说得心烦意乱了方才满意。小薇也觉察到这一点，虽不敢埋怨他，但每天总得怯生生地，不大放心地，絮絮叨叨地说几句。倘使他不耐烦了，把话顶回去，她就不再开口，但眼神还是那么忧郁。有时他出去一会儿后回来，看出她是哭过了。他对小薇的性格了解得太清楚了，知道那些烦恼绝不是从她心里来的。从哪儿来的呢？他完全明白。

罗明亲身经历了真正的痛苦，不会再想去自寻烦恼。他生来是个自卑的人，只受到人生的折磨，没享到人生的快乐，更不希求快乐，随遇而安，绝对不敢批判或责难别人，他自认为没有这权利。

初春的山城冷极了，许多地方春节前下了雪，正月初三那日山头仍白着。大西南下的雪一向都如床单般薄薄的一层，太阳一出来，几个小时就会化得一干二净。然而泰顺深山里的人们，最近已经六七天没见着太阳的脸了。阴沉的天气使那种湿冷更加恼人，仿佛血管里流的不是温热的血，而是即将结冰的凉水，让人从里往外感到冷。整个人泡在热水里似乎也暖和不过来，穿得再厚盖几床被子也还是冷。

隔日，呼啸的冬日的寒风狂躁地卷着冰冷而来，街上行人稀少，偶尔有几辆轿车呼啸而过，只留下几串淡烟轻飘地散开。罗明拉着行李箱，牵着儿子挤进了开往火车站的大巴车。军绿色的火车缓缓驶入站台，随着车身一股白烟喷洒出来，以及“吱呀——”的沉沉刹车声，稳稳停了下来。罗明扶着行李箱站在火车站拥挤的电梯上缓缓下行，远处的山渐渐高了起来，一列银白色的高铁像刚蜕了皮的蛇，在午后泛着寒光的铁轨上和山并列而行了一段时间，忽然不见了。风越来越大，停驻在眼前的那列列车痉挛似的微微颤动。车门打开，大量的乘客拉着行李箱，或背着行李急不可耐地涌了出来。“赶车赶船只有赶早，没有赶晚的。车船都是卡时间点走的，晚一秒咱都上不去。”罗明拉着儿子也加快了脚步。在罗明的前面，一个穿着高跟鞋，拉着行李箱的女子也尽她最大的努力使劲往前挤。她这架势，似乎就是在人群中奋勇向前游去。或许，努力奔跑和善于拥挤已经成为中国人的习惯。

这列火车像一条绿色长龙似的，有节奏地震动着，摇晃着。驶出车站后车身颤动得更加厉害了，应该是风更大了。罗明抬头望窗外，风把铁道两旁的树枝吹得东倒西歪，几只麻雀无处依身，恓恓惶惶。收获后的玉米地上有些泛着银光的积雪，似乎在述说着外面的寒冷。

蒸汽机车吭哧吭哧喘着粗气，在墨绿色原野上拖出团团黑烟白雾。这趟列车特别拥挤，所有座席坐满了人，过道里和每节车厢两头也都挤满了人，每处空当和每条缝隙都被塞满。坐着的、站着的、蹲着的、歪躺着的人挤在一起，还有人横陈在行李架上或座位下。在车窗封闭的车厢里，丝毫感觉不到空气的流动。车厢中燥热而沉闷，混杂着汗水、烟草、脂粉、腌鱼、狐臭和口臭的气味，乱七八糟，使人头晕眼花，直想呕吐。“真像被塞在沙丁鱼罐头里！”罗明抱着孩子拖着一只鼓鼓囊囊的

行李箱，挤在两节车厢的连接处站着。他面向车门上黑黝黝的玻璃，看着窗外，看到列车在华北平原上奔驰。玻璃上除了自己的模糊黑影，就是身后那忽明忽灭的灯。汗流浃背，心烦意乱。南翔、安亭、陆家浜、苏州、浒墅关、望亭……一座座集镇、城市被抛在列车后面了。每一站停下，都有一些人下去，然后一些人上来。看着那些中途下去的人，罗明心里莫名有种想逃离的念头，自己去的可是北京！

车厢熄灯，他返回车厢时，无锡站到了。下车的乘客很多，车厢里这才稍微宽松一点，但还是没有出现空座，仍有一些旅客站着。罗明跌跌撞撞地挤过几节车厢，终于看见前面不远处有个空座。他喜出望外，急忙上前，却看到这个双人座席的另一头，凭窗坐着一位素装少女。

罗明问道："这儿可以坐吗？"

没人回答。

女孩可能没有注意到他的问题，或者不想理会，歪着脑袋对着车窗沉浸在自己的思绪中。窗外泛着寒光的积雪一闪而过，田野里没有一个人，接着出现一块黄土丘，上面长着一棵半尺高的松树。因为缺水和寒冷，松树的颜色火烤过似的有些焦黄。火车进入隧道，车窗玻璃上，闪过女孩恍惚的脸，斑斑驳驳，像幅旧画。

他左瞅瞅，右瞅瞅，找不出另一个空座了，而他抱着孩子在沙丁鱼罐头似的车厢中挤了几个小时之后，已经头昏脑涨，精疲力竭，气喘吁吁，直冒虚汗。他摇摇头，就近在行李架上找了个空当，将行李箱搁上，坐到空位。

列车奔驰，汽笛嘶鸣，一节节车厢有节奏地晃动，不知到了什么时间，也不知火车到了哪里……

两天后一个晚上，火车拐过一个山峁，前面突然亮起了一片灯火，各种建筑物在月光和灯火交织中，影影绰绰地显露了出来。

车头的灯光格外耀眼，隆隆声由远及近。巨大的车头裹挟着风，从旅客身旁一闪而过，随着“哧”的一声刹车声响起，火车开始刹车减速。车速越来越慢，不久，火车便稳稳当当地停在了站台上。随着一声呜呜长鸣，火车像一条巨蟒缓缓地驶进火车站。

车厢传来播音员悦耳的声音：“各位旅客，列车即将到达北京站，请在北京站下车的旅客拿好自己的行李，准备下车。”

沉闷的车厢突然躁动起来，下车的旅客如潮水般涌出车厢，涌向出口。

北京是一个有着悠久历史文化的千年古都，有着数不清的名胜古迹，比如一些耳熟能详的就有：故宫、颐和园、天坛公园、天安门、长城、明十三陵等等。对这些标志性的历史独特建筑罗明向往已久。可他现在已无心流连这些小时候的梦想。

罗明父子俩每天坐着一站又一站地铁，奔波在各大家医院的口腔科咽喉科。换了一家又一家医院，可那些医生都是治会说话的问题，面对一个不会说话的孩子，他们要么说不是这个科室，要么完全不知所云。过了一周，罗明约上了专家。看病的过程并不复杂，医生给罗杰做了核磁共振，观察孩子时，专家的态度也很和蔼，大概和专家交流了十几分钟，期间罗杰因为害怕进门大哭不止，安静下来后，从原有的二三个字的“鹦鹉学舌”状态慢慢变得基本低头不说话。后来专家让他们出去

填了一个孤独症调查表，回答了几十道问题，又做了个智商筛查，回来后专家指着表对罗明说，孩子有孤独症倾向。果然是孤独症！尽管心里有所准备，但医生说出的这三个字还是像晴天霹雳，震得罗明有些头晕。不过缓过神来的罗明有些疑惑：倾向是什么情况？不能准确认定？专家回答倾向就是“有可能”，罗杰有些行为表现指向是孤独症，但还不能确定。“有可能”，这个结果并不能让罗明满意，但这里已经是号称全国最权威的医院了，连这里的专家都不能认定，还应该去找谁呢？

夜晚，心情苦闷的罗明独自一个人站在村头古庙前那棵老椿树下面，望着星光下朦胧的、连绵不断的大山，久久地出神。全村人都已入了梦乡，看不见一星灯火。在令人沉重的寂静中，他突然听见遥远的地平线那边，似乎隐隐约约有些隆隆的响声。他抬头看，天很晴，不像是打雷。啊，在那遥远的地方，此刻是什么在响动呢？是汽车？是火车？还是飞机？不知为什么，他总觉得这声音好像是朝着他们村来的。美丽的憧憬和幻想，使他短暂地忘记了疲劳和不愉快，黑暗中他微微咧开嘴巴，惊喜地用眼睛和耳朵仔细搜索起远方的声音来。听着听着，他又觉得他什么也没有听见，才明白这只不过是他的一种幻觉罢了。于是他轻轻叹一口气，闭上眼睛靠在了树干上。院子在黑暗中寂然无声，瑟瑟寒风吹在他的脸上，眼泪不知不觉地流了出来。罗明情绪低落到极点。回到房间，他站在窗前，茫然地望着窗外的黑夜，思来想去，整整一个晚上没动地方。最后，他得出结论：医生是个大骗子。他说的都是假话，专家是混蛋。

北京的朋友建议罗明再到康复机构问问，也许那里的老师接触的孩子多，会有个说法。于是罗明又带着罗杰来到宁波一家私人康复机构，一个女老师先带他了解了一下教学内容：老师把一个孩子圈在固定位置上，反复地教孩子拍拍手、拍拍腿或认识什么东西等。这让罗明难以接受，如果罗杰以后是这样，那儿子的人生还有什么意义呢？随后另一个男老师和他交流了半个小时，女老师带罗杰一边玩一边观察，最后男老师看着用期待眼神盯着他的罗明说："您孩子可能是孤独症……"

这几个字让罗明从头顶一下子凉到脚后跟，身体像被电击了一样。

仿佛走进一条曲折幽深的长长的胡同，每拐一处就出现一个院落，住着几户人家。再拐一处又出现一个院落，简直像一个奇妙的迷宫，不知哪里是尽头。虽然这条通往外面的胡同已走过无数遍，可不知怎么，他一拐进去就感觉寒气森森，两条腿软软的，踩不着地，一种深深的恐惧死死地攫住了他。

接受自己的孩子患有重症，患有终身疾患，特别是精神疾患；接受自己的孩子一生是一个残疾人，是一个很痛苦很漫长的过程。罗明内心深处产生了万般的无奈和绝望。

很长很长时间里，罗明回不过神。茫然的他头上渗出一层细细的薄汗，他看到医生和周围的人在说话，可罗明只看见他们在张嘴，却听不到他们在说什么。世界一下子没有声音了，成了一个众人张嘴的无声世界。

罗明眼前浮现出小时候的经历，那时三魁赶集镇上一个有精神病的女人（外号下村洋）逢集必到，总是很早到集上，罢集了最后一个走。她时常一个人在路上踽踽而行，低头微笑着，嘴里嘟哝着什么。听说是由于受惊吓和刺激便疯了。别人打她，取笑她，孩子们用土块砸她，她只是本能地缩缩脖子，脸上依

然有着微笑，仿佛已经不知道什么是痛了，赶集是她在世上唯一的物质和精神享受。她在每个市场上转悠，拾人们扔掉的烟蒂，回去把残余烟丝收集好卷烟抽，还在饭店里拾别人剩下的饭菜吃，有时在地上捡东西吃。她不嫌脏，也不怕别人笑话，就连别人扔了的西瓜皮她也要再拾起来啃一会。奇怪的是她从来不得病，也没有太多的人注意她，她成了赶集路上的一道风景。

这个村庄里，但凡说起这个女人，人们总是用一声叹息来作最后的总结。二十年前的一个夏天，下村洋仅三岁的大儿子在屋后的水井旁玩耍，失足落水淹死了。在死亡逼近的那一刻，她还听见了孩子咯咯的笑。但是最后，她的世界只剩铺天盖地的哭泣。那个时候，她还是能够支撑的，她开始把心思放在二女儿身上，好好地看护着她，生怕出现一丁点的闪失。但命运却像一个无法挣脱的魔咒，牢牢地将她按进黑暗的泥淖里。三年以后，她的二女儿从水面上漂浮起来。同样是那一口水井，同样是那样一个万物滋长着希望的春天。而她的希望，却彻底崩溃在被死亡笼罩的阴影之中。

还有什么比这样的打击更能摧毁一个母亲的信念呢？她疯了！终日意识混沌，四处游荡，逮着别人的孩子喊出自己儿女的名字，把孩子们吓得哇哇大叫，然后又毫不犹豫地对靠近的人出手，自以为能够保护孩子。人们都说：孩子是她的命根子啊，命里的根都丢了，她的魂也就丢了。

这位叫下村洋的女人，身材高大，头发蓬乱，一件白色的外套已经溅满了泥斑，脚趾头探出开了口子的鞋子外。谁都注意到她紧抿的嘴角里有一股子狠劲儿，回想人们叙述的关于她的攻击性，全村人每次遇到她都尽量让自己镇定下来，付诸以温柔的笑容。这样的对峙持续两三分钟之久，她就会失去耐心，转身离去。她离去的脚步是踉跄的，没有人知道她要去往哪里，漫无目的，翻山、蹚河，钻进林子里整日整日不出来，都是她常做的。也许于她而言，整个世界都是空的，天地间就只剩下那一副沉重的躯壳了。她早已把灵魂交出来，让它们去了另一个世界里。

罗明回过神，想着这个医生肯定搞错了，这么小的孩子，这么漂亮的孩子怎么会得孤独症呢？

一看就是个蠢医生！

我们的孩子只是晚发育！

对，晚发育，很快就会说话！

这之后，罗明和孩子的妈妈多次彻夜不眠。每次他们都在否定医生的诊断中自欺欺人地恢复生活的勇气。

祈愿

20 世纪初，我们国家对于出生干预和早期病情监测的工作还存在很大问题。在生育学普及方面，很多医生都不了解孤独症早期的表现，甚至根本没有听说过孤独症这种病。

罗明的成长过程中，也没有听说过这种病。他的同学，朋友，以及他们村里的人听说过残疾人，但还没听说过孤独症这种类型的病。

罗明的父母在生活了几十年的环境里，遇到过各种伤残类儿童，比如手脚伤残，或者因打针吃药失误造成的聋哑。再有一类，就是生下来就有毛病，外表就长得怪异的傻子。像罗杰这种长得和正常孩子一样的病人，他们还没有遇到过。

他们不愿相信，于是四处收集一些民间信息来安慰自己。如谁家孩子到 8 岁才说话，又有谁家的孩子到两岁突然开口说了话。譬如大科学家爱因斯坦 4 岁才会说话，7 岁才会写字，医生说爱因斯坦没有病，只是发育慢，说话晚等等。

在他们老家，流传着“门闩娃”的说法，说的是有一类孩子打小不会说话，但是长到门闩那么高的时候，就能开口说话了。更有老人说，这孩子没开窍是罗明家风水不好，大家用这些信息和传说麻痹着他们的心灵。

梆——梆——

一大早，罗明的父亲拿着斧头在砍罗泽家门口的树，罗泽听到动静后跑出来阻止罗明父亲。

“大爷，大爷，停下，停下！”

“怎么了？”

“你砍我家的樱桃树干什么？”

“我管你什么树，这树种在我家门口就不对。”

“我种在我自家的地，关你什么事？”

“你看你家的树长了这么大，挡在我家门口，坏了我家的风水，害得我大孙子到现在都不会说话。”

“你砍了这树，我家一年损失几千，你赔吗？”

“你这树害得我孙子全国大小医院都检查过，也查不出什么原因，就是不会说话。”

“这是他身体的原因，怎么能怪我家的树？况且我这树你孙子没出生时就种这里，跟他没半毛钱关系。”

“我不管这些，我要砍，就要砍！”

“我不许你砍。”罗泽随手抢走斧头。

“哎呀，我斗不过你，我叫我儿子来。”

“你叫谁来都没用。”

“罗明！罗明过来一下……你们再动下试试？”

罗明闻讯赶来，拉着父亲劝。

“哎，老爸，不要激动，不要激动。”

“儿子，他欺负我。”

“我不跟你老人一般见识，叫罗明跟我说。”

“罗泽，其实我们也不想砍，但是确实你看，那上面的树枝，把我们整个房顶都压住了。树枝压顶，正对门口，把阳光都遮住了。我带小孩去全国各大医院检查过，身体没问题，一直不知哪个环节出了问题。我父母找几个大师看过，大师都说是这棵树的问题。”

“那也不能怪我这棵树，它种我自己地里，自然生长。哪有你们这种说法？我不信那些风水。”

“什么事吵起来？”

正说着，村长也赶了过来。

“村长你来得正好，帮忙调解下。”

“这树压房顶，又堵门口，导致小孩一直不会说话。”

“知道了，罗泽我们去那边单独聊聊。”

“罗泽，你家的树对着罗明家大门，这几年越长越茂盛，对他家这个采光是有影响。”

“你的意思是帮他们，不帮我？”

“罗泽，不可这么说，人家孩子长的有嘴，有耳朵，有鼻子，白白嫩嫩，就是不会说话，也查不出是什么原因，家里人难道不焦急吗？乡里乡亲帮帮人家，以人为本，叫罗明家出人工费，你把树挪个地方，解解人家难处。”

乡村的夜晚是宁静的，透过薄薄的云层，月光洒在道路上，替代了那万家烟火。屋内那一盏盏明灯，一闪一闪的，慢慢地熄灭。车停了，人少了，几乎所有人都回到自己的家。路旁的大树不摇了，树叶发出的“沙——沙——”声不见了。整个小镇披上了一层薄薄的雾，增添了一份别样的神秘。静下来了，一切都静了下来，陷入了宁静……

突然，村西口大路上传来震耳欲聋的声音。鼓匠队一行人吹喇叭的，打鼓的，敲锣的，依序而行，一路吹吹打打，热闹非凡。几个人手里各提一盏灯，柴油浸透的棉花团燃着，通红的火光照着人的脸庞，诡异得很。罗杰的义父跟着念咒法师在村口各个角角落落转悠，不时在各路口呼唤着“罗杰，回家了，罗杰，回家了……”

春去秋来，法事做了一场又一场。

叫喊声震醒沉睡的山村，但还是叫不醒罗杰的嘴巴。

面对这个问题，罗明的妈妈认为健康状况一直很好的孙子，怎么会患病，觉得不可思议。她认为要找神明，因为母亲有过这种经历，从罗明有记忆开始，老家的各种庙宇，像是母亲某个亲戚的家里，有事没事母亲就拿着香烛和纸钱到这些亲戚家串门。

浙南的神庙都是混杂而居的。大山里有数百座神庙，每一座大庙里，供着各路神仙，如观世音菩萨，门神神荼和郁垒、尉迟恭和秦琼，也有关帝爷，以及能给读书人带来好运的文昌帝和帮人发财的财神爷。更有一些当地人知道的人物，如陈十四夫人、马仙姑、忠烈王等等。除此还崇奉传说中掌管现实生活各个方面的杂神和半神。上辈乡民在一些特殊的时节或家人运气不佳时，会虔诚地提着祭品聚在这里祭祀，尤其每月的初一和十五。每年的正月是祭祀最隆重的时期，乡民从四面八方齐聚庙里，摆上一整只猪头，再添两盘时令水果，插上几炷香，双手合掌，头部微俯，打坐念佛，入静入定，神态安详，口中

念念有词，十分虔诚。

罗明妈一开始不懂得应该求谁、如何求，只是进了庙里胡乱地拜。邻居的长辈看不过去，指点说什么神灵是管什么的，而且床有床神，灶有灶神，地里有土地公，每个区有一个地方的父母神……

“每一种困难，都有神灵可以和你分担、商量。”罗明妈就此愿意相信世上有神灵了，当她发觉了世界上有她一个人承担不了的东西，才觉得有神灵真的挺好的。

在妈妈的再三恳求下，罗明陪着她来到一座破败的关帝庙，庙里除了庙宇中央那一尊面容威严的神像以外，整个神庙几乎没有任何的饰品。神庙墙面剥落，地板开裂，甚至连屋顶的瓦片都破碎出一个个洞，也不知道多少年没有修缮过了。

母亲是个非常虔诚的信徒，尽管家境不是很富有，平时的生活也很节俭，但一到神灵面前，母亲就大方到了极限，毫不吝啬地敬给神灵钱财。在她的眼里，付出的钱越多，心就越虔诚，神灵才会保佑她。这次她也买了最大的高香和最好的烧纸。在进大殿之前，先到各个小殿拜了拜各路神仙，母亲一个劲地提醒罗明往“功德箱”里扔钱，而且不能少，强调往神仙的手上送钱时，神情要庄重。而后，在母亲的带领下，他们来到了院子中央，拾级而上，终于看到大殿的正门了。走近一看，只见香火炉里是厚厚的一层香灰，几乎盖过了炉子的一半，还有几炷香没有燃尽，明火点点，冒着虚无缥缈的烟。感觉是被隔离了一般，明明刚才门外还是人声喧闹，熙熙攘攘的，可是当他们进入内堂时，一切都好像安静下来了，周围没有一丝声音，静得只能听到香柱在燃烧后掉入香炉灰之中的声音。

母亲像落水的人突然看见救星一样，原本无神的双眼顿时露出一丝旁人难以察觉的激动，心也不由得颤了两下，万般委屈涌上心来。她全然不顾往日的矜持和众人那诧异的眼神，一头扑到佛像前，像捣蒜似的磕着头，泪如泉涌。泪眼蒙眬中感觉天地都皱着眉头为她动容，万物都屏住呼吸倾听她的诉说。哭到最后双肩剧烈地颤抖起来。

她声音哽咽，嘴里喃喃地说："神明如果真能听到，就让罗杰回来吧，我这辈子逢年逢节都来进贡您，求您救救我孙子！无所不在的神明啊，聆听你最虔诚的信徒的呼唤，回应我的愿望吧！"

说完，母亲的眼眶像泉眼一样流出汪汪的泪水。

祭坛上的烛火无风而动，房间的灯光明灭不定，映照在祭坛前跪拜的身影上。

此刻跪在母亲旁边的罗明眼睛是睁着的，他好奇地盯着寺庙里的一切。

他看到供台上摆放着新鲜又好看的水果，以及一些其他的贡品，看得出这是平民对神的敬重。

母亲在旁边的桌子上拿了几炷香，递给罗明，说道："点完香后，闭上眼睛，告诉神你的心愿。"

罗明听到母亲这样说，不禁有些想发笑，笑母亲一本正经的样子，和透着一丝严肃的眼神，但又心疼母亲病急乱投医的无奈。

母亲瞪了他一眼，把一炷香送到他停在空中的手里，嘴唇微动，说道："虔诚点，记得要诚心。"

罗明叹了一口气，学着母亲的样子将香插到了香火炉里。

罗明双手合十，刚才将香烛插进香火炉里时，他突然理解为什么人们要来供拜这些神仙了。

将香火插入那个炉子里，就如同完成了一种仪式。

也许他们的愿望永远不会实现，但是他们将自己的愿望寄托在这里，寄托在他们相信的事情上，总好过飘在空中，永远没有希望。

罗明闭上眼，他的脑海里闪过一幕幕以前发生过的事，有幸福的，也有悲伤的。

这些回忆在他的脑子里蛰伏，如同冬天的蛇，某些时候会突然跳起来，让他明白那些所有的痛苦都不是梦，都是发生过的。

可是不管什么愿望，都和罗杰有关，罗明长长地舒了一口气，他的手合得紧了些，有些颤抖，明知道许愿是一种虚假的寄托，但他还是认真地对待了。此刻，他真的希望有神仙可以免去罗杰的病痛。

如果自己以前确有做过许多错事，此生别无他求，愿意承担儿子所有的苦痛和悲伤，护他平安，让他快乐。

透过浓浓的烟雾，他看到一批批善男信女焚香、烧纸钱。有的三拜九叩，求神保佑富贵平安；有的祈求自己前程无量；有的向住持求签，他们各自拿着一张小小的纸条，脸上流露出或懊丧，或高兴，或愤恨，或恐惧的表情。

突然，门外有一个老婆婆跌跌撞撞地冲进来，“扑通”一声跪在神像面前，哭诉道：“关老爷，救救我孙子吧，他现在卧床不起了。呜……”这时，住持从人群中走出来了，对老婆婆说：“不用怕，关老爷会救你孙子的。你带我去你家，让我看看你孙子。”老婆婆带着主持向门外走去。罗明本想拦住他们，告诉老婆婆这是骗人的，但是一句话能动摇被迷信侵浸了大半生的心吗？

自己母亲不也是一次又一次，诚惶诚恐地到寺庙来讨要办法吗？

罗明走出寺庙，发现雾气悄悄罩上了小乡村，村庄好似睡着了。是的，村庄睡着了，罗杰睡着了，他何时才会醒来呢？

他不知道，有多少忧伤在这刻流淌了出来。

一切悲痛在母亲看自己的目光里都显而易见。

但罗杰的病情没有实际性的变化和好转，这不过是母亲的自我安慰和消遣，罗明陷入“永远也不会有任何改变”的反感和疲惫之中。

神医

在离县城二十公里处有个村叫下后洋，位于大安乡背面，东临红岭头村，南邻大丘坪村，西接三魁镇，北至下洪乡，58省道穿境而过。

村里面住着一个世代神医，据说能把死人治活，把瞎子治明，能把哑巴治得开口说话。

伴随着春日的暖阳，下后洋村走进罗明四月的行程。

今年七十八岁的夏医生是大安乡有名的老中医，是一位气质斯文，戴着老花镜，讲话细声细语的干瘦老先生，方圆十几里都知道他大名，找他看病的人络绎不绝。每天一大早，看病的队伍从诊室门口能排到一楼大堂。

中医讲究望闻问切，望而知之谓之神，闻而知之谓之圣，问而知之谓之工，切脉而知之谓之巧。每接待一个病人，至少需要半个小时。担心其他患者等得着急，夏医生不得不牺牲自己的午休时间。逢周六、周日，甚至能接待百把个病人。

病人常会感到莫名的压抑，乃至不安，但在老先生温和眼神示意下，也变得安静了。他告诉病人：“没事，吃了我夏大夫的药，你过几天就好了。你这病我治愈过几百例，不会有差错的。”那病人听了连连说：“那太好了！”

神医可真是神了。过了几天那病人竟然拄着拐杖来感谢夏医生了。他直夸夏医生医术高明，竟然能短短几天让他病情好转，救了他的命，真是神了！那人又在夏医生这里开了几包药，临走的时候几次回头道谢。

罗明见到夏医生时，已是早上十点多了，但夏医生顾不上吃早饭，因为患者大老远就过来排队了，夏医生实在是不忍心让他们等着。

夏医生给罗杰把了很久的脉，罗明的心就这么一直悬着，他说一些中医专业术语，大抵是说孩子的病主要因肝气不足，影响了心窍，心窍不开，所以说不了话，这病不是口腔的问题，不是嗓门的问题，是心的问题。“早一点治会好一点。”夏医生说，“有点迟，这种病在中医叫‘五迟’，不开口说话是五迟之一的‘语迟。’”

五迟是指小儿发育迟缓的五种疾病，包括立迟，发迟，行迟，齿迟和语迟。

从病因病机方面，夏医生认为罗杰不会说话病位在脑，同心、肝、肾三脏有密切联系，可以尝试通过中药及针灸来治疗。

在喝了几壶茶后，罗明和夏医生商讨定了一套中药和针灸配合的治疗方案。为了方便治疗，罗明决定在夏医生家附近找间房子住下来。找来找去，看了几十家，他没说好，也没说不好，只感觉这些房子走进去都有一股很不舒服的味道，空气中散发着浓浓的霉味，还有潮湿的气息。是受潮、发霉还是缺氧？白

色的墙早已发黄发黑，生锈的铁栅栏似乎轻轻一碰就要落。房东大妈看出罗明的心思，最后说：“我女儿家有一间房子，现还空着，她一家人外出打工，可以临时租用，不过房租高点，不如去那儿看看。”

罗明又能怎么办呢？只能跟着去看了看，好在房子还不错，用红砖和水泥砌成，采光很好，南北通透。整幢房子只有一间朝南屋子空着，很方正，还能隔一间连带厨房。房子边的巷弄十分幽静，走在路上，偶遇手提篮子，肩扛锄头的村民，冲罗明父子俩点头问好，淳朴憨厚的脸上露出笑容，犹如多年相识的老邻居，他们脸上刻着的深深皱纹记录了饱经风霜的沧桑岁月。村庄一直在发展变迁，放眼望去，村中房屋、祠堂、庙宇、晒坪、小溪兼备，聚族而居，布局协调。站在横跨村口的石桥上，看青山为屏，翠竹掩映，房舍错落，炊烟袅袅，乡间淳朴的烟火气息扑面而来。

炉子，开水壶，茶杯，这一切都是夏医生家人为招待来这里看病的人准备的。

夏医生家里的炉子一直烧着，屋内暖烘烘的，炉子上坐着一只不锈钢水壶，水已沸腾，咕噜噜从壶嘴中溢出来落到火炉上，噗地一声，瞬间化成一股白烟，白烟消失后，留下一丝不易觉察的苦涩气息。

每天夏医生家外面都围着一群人，他们都是夏医生的邻居。罗明每次来，他们都会过来围观，毫不避讳。有一次罗明坐在堂屋，一会儿过来一个大姐借针线，一会儿过来一个大妈倒开水。大妈先问候罗明是稀客，又问住在哪里，家庭情况如何，对孩子的一切都感兴趣，都感到神秘。罗明一开始以为她们真的进屋有事，后来才明白她们只是想打听情况。

罗明走出去和他们聊天。他知道自己如果不出去，他们最后会全部进屋围在炉子边搭话，那样时间会更长，问得更多更细。

看罗明出来，一群人立刻七嘴八舌问了起来。

“你孩子几岁，怎么不搭理人？”

“孩子上幼儿园？”

“你们是哪一个地方来的？”

“你是做什么工作的？”

“孩子这样挺糟心。”

……

这样一问一答，他们从陌生聊到熟悉，罗明把他这些年在外面南来北往见过的事讲给他们听，邻居们听得津津有味，夸罗明见识广，对外面城市的生活很是好奇。

聊了一会儿，他们意犹未尽地散去了。

在这个山村买菜成了问题，这里没有菜市场，没有商店，只有一家小卖部。

小卖部里卖的菜都是村民自己种的，大多是白菜、萝卜、土豆等。

村子里春天很暖和，村民们没有太多杂事，只需要围着自家一亩三分地即可。吃饭的时候，炉子上炖着腊肉和土豆、粉条、萝卜这些菜，不吃饭的时候，炉子上放一壶水，人们围着炉子喝水，说话或发呆打瞌睡。

罗杰很喜欢在菜地里穿行，他在这里生活了几十天，对周边的环境已经熟悉了。

这些淳朴好客的村民时常会拿些自家种的蔬菜，或是腊肉、鸡蛋、粉条给罗明，显然已经把罗明父子俩当成了自家的邻居。

罗明曾向夏医生提出疑问，孩子一个人待在家里会不会跑丢？黄医生和他的家人认为罗明多虑了。

夏医生家里人介绍，这个镇上，哪一家来了客人，多了一辆车，全镇马上都会知道，何况多了一个孩子？现在，全村都知道，村里来了一个县城的孩子，不会说话。人们闲聊起来，会说，那个县城来的不会说话的孩子如何如何……这个“县城来的不会说话的孩子”就是罗明的儿子。人们记不住孩子的名字，那不重要。

这一天，罗明儿子在冬日早上的阳光下，奔跑在山村的公路旁，他想横穿老省道公路的十字路口，目标是十字路口角落的一家早餐摊。

从黄医生家到镇街十字路口是一条直路，路两边除了菜地，全是一幢幢农房，农房的尽头，就是十字路口。尽管有了高速公路，老省道仍然车来车往。

春天早晨金色的阳光铺洒在村里公路上，路边油菜花旁的小麦绿油油的，一片接一片，像一块碧玉，蚕豆苗也长势正旺，盛开的小花像一只只蝴蝶在飞舞。罗明的孩子也是这群蝴蝶中的一只，他在春日的阳光下在路边飞跑。

罗明的心情刚刚开始兴奋，儿子就出了一点小状况。他儿子在经过一家小卖部的时候，顺手拿了店主放在展示柜台上的方便面，拿着就往前面公路上跑。

店主绕过柜台追出来，一开始罗明还不明白怎么回事，等店主追上他儿子，他儿子已经把那一袋方便面撕破时，店主才明白。

随行的邻居早已经明白了罗杰在干什么，自然没有追，守在摊主的摊位前面抽烟。

“你一大清早拿人家的方便面干什么？”店主揪住儿子问，儿子眼泪汪汪。

罗明连忙掏钱给店主，向店主道歉。店主反而不好意思了，又说孩子拿东西吃无所谓，就怕他不吃，随手扔了。

店主说，平时他拿，他们要么不管，要么事后找夏医生结账。

“难道他经常这么拿东西吗？”罗明问店主。店主给了肯定的答复。

罗明的儿子是这个山村的特殊客人。全村都知道村里来了一个不会讲话的孩子，这个“县城来的不会说话的孩子”要么坐在家门口玩沙子，要么自顾自谁也不理地闲逛。他逛到哪家，只要看到他喜欢的，拿了就走，人们也拿他没办法。拿走的东西有用就追上去拿回，不重要的东西，就不理会。有一回罗明的儿子逛到另一个村，有个村民认出他，牵着他的手把他送回夏医生家。这样的事情太多太多。

“这是人家的东西。”罗明告诉儿子。

“拿人家的东西是要付钱的啊，一大早上，你拿方便面干什么？”

罗明知道他这么问是白问，罗杰不可能回答，他回答不了。罗杰没有时间观念，也不懂人与人之间有必须遵守的规则。

罗明不知道如何告诉孩子，别人的东西和自己的东西是有区别的。他回想小时候，是谁让他们明白所有东西要分别人的和自己的呢？这好像不成一个问题，好像自己一直就明白，或

者小朋友互相传递的信息让人明白，别人家的花生，我们家的西瓜。

可罗杰的心里没有财产和你我他的区分概念，这个概念很难注入他的心中。幸好在这个小小村庄，幸好大家都认识黄医生和他这个“省城来的不会说话的孩子”。

罗明继续朝十字路口旁边的早餐摊上走。

开往乡镇的汽车和通往县城的汽车方向相反，罗明站在十字路口观察儿子，看他会不会躲避汽车。对汽车的避让不单单是孤独症的孩子，也是正常孩子甚至是成人应该接受的训练，尤其是老人。

罗明看得出儿子不知道过马路时要往哪边走，也不会判断时间空当，他只会看一边，只盯着一边的汽车。幸好小镇的沥青路上的汽车行驶缓慢，也不太密集。

看来关于交通路口的训练还任重道远。

他们在一个卖米粉的摊位停前下来。罗杰每次来都在这里吃早餐。

早餐摊紧挨着老省道，站在这里，可以看见蜿蜒的山路和远处隐约的群山。早餐摊主认识儿子，他告诉罗明，这里是孩子在村庄跑动的边界。孩子每次在街上跑，跑到这里，就不会再往前了。他没有朝外面的沥青马路或者山林中继续跑，每次在早餐摊位前站很久，直到早点摊收市才离开。

夏医生证实了这个说法。

他们不明白孩子为什么跑到这里忽然就停了，不跑了，但是罗明明白，儿子是在这里寻找妈妈的影子，他在这个地方一定看见了别人没看见的东西。这个小镇，他妈妈曾经带着他来过，他站在这里朝山外望，是希望妈妈早点来接他。

夏医生对他们是相对照顾的，每天排队看病的有几十人，但是他们家的孩子一来，他都能先给看。

罗明看到了一些正在接受治疗的病人，他们的头上扎满了密密麻麻的针，实在是太恐怖了，真的让人望而却步。看到这里他不禁倒吸了一口冷气，心里感觉到了一阵阵的害怕。开始扎针了，当医生拿着一把闪亮的银针出现在儿子面前，一步步朝儿子逼近时，罗明觉得周边的空气似乎在那一瞬间冻结了。但男子汉大丈夫，不能临阵脱逃，这是义务，这是责任。罗明鼓励着儿子，儿子咬紧牙关憋着气。针来了，离儿子越来越近，越来越近了！感觉周围的空气都在那一瞬间凝固了！

到了，到了……啊——好痛啊！

打第二针时，儿子终于忍不住那钻心的痛，情不自禁地哭了出来，那哭——实在太让人揪心了！罗明几乎崩溃。

可是，比打针还要折磨人的是那漫长的等待。针要等一个小时后才能拔掉，在这漫长的时间里，头不能动，不能睁眼，还不能说话，什么也不能干。罗明也只能傻傻地陪儿子坐着，幸亏他有先见之明，事先准备了一袋罗杰喜欢的零食，隔三差五往他嘴巴输送，以度过难熬的分分秒秒。

更重要的是，一个月过去，他怎么看不到变化呢？也许已经在变化了，这一袋一袋的汤药，毕竟不是白吃的，肯定会有作用。但是这种变化和他们一点即着的焦灼心情相比，简直微不足道。

如果一个医生打包票说，这孩子包治，那也行，慢就慢一点，贵就贵一点，反正拼上了，耗上了。摊上了这么一个孩子，就

摊上了一条命，但是没有医生会这么说，罗明拼命赌上的，是一个未知。

夕阳悬在了山村的树梢，街面上车辆和行人增多、人声嘈杂的时候，位于下后洋村上桥附近的夏医生诊所才开始热闹。这个小诊所里面挂着无数面锦旗，上面写着“神针”“天下第一针”这样的溢美之词。一些疼痛难忍的患者，摆着各种怪异的姿势，像等待救星一样等待夏医生出现。

夏医生扎针极快，排着的一条长队，他一会儿的工夫就理顺了。

罗明的儿子是他遇到的最复杂最需要小心翼翼的案例。

其他的患者别看哎呀喊疼、大叫，但是扎的都是肩、腿、腰这些部位，但罗明儿子扎的却是脑壳。在扎他儿子的时候，所有的患者都停下来盯着这个场面。一个孩子，头上扎满了针，扎得像个刺猬，看着真让人心疼。

看的人都不敢看了，他们闭上眼睛或者别着脑袋。扎针的神医手慢下来，小心翼翼，额上渗出薄汗，被扎的小人儿眼泪汪汪。

孩子，马上扎完了。坚持一下，明天就好了，明天你就会开口说话了。眼前的这个夕阳，它下去之后，明天再升起来的时候，就是你开口说话的时候。

孩子，再坚持一下。坚持一下、一针，前面的都不算，最后一针最见效。

一根一根银针，一袋一袋散发着苦味的棕褐汤药，都在量变，这种量变，这种看不见的累积，是以时间、孩子家长的金钱、身体和心理压力为代价的。难道就这么一天一天、一月一月地扎针喝药下去吗?

罗明心急如焚，好几次，他问夏医生到底能否“治好”罗杰。夏医生无法解释怎样可“治好”，他理解罗明的想法，可无论罗明的愿望多么强烈，夏医生都无法解答这简单而又复杂的问题。

作为孩子的医生，他当然会竭尽所能地帮助孩子，然而，夏医生常常不知努力的结果。很多问题的解决方法相互矛盾，就像对于孤独症，有的认为改变饮食能起作用，有的建议使用特殊训练来改变所谓的“不良行为”，有的则坚持用药是最好的办法。夏医生也不能预知治疗结果，也是尽其所能。最麻烦的是，和罗杰一样忍受着同样疼痛折磨的孩子们，每一个都是独特的，无法找到统一的治疗标准。一种治疗对一个孩子有效，对另一个不一定有效，甚至可能会产生意想不到的副作用，因此，治疗结果总是无法预知。父母只好让自己的孩子不断接受一种又一种治疗尝试。这就好像是坐在一家餐厅，菜单上写满了闻所未闻的菜名，端上桌子的菜是美味，还是糟糕，只有一道道尝过才能知道。

罗明想起他小时候在大院读书的场景。那个时候村里都没电，他们每天晚上读书都点煤油灯。在很多个夜里，村民们都早早睡了，但是他们家的油灯始终亮着，灯光很微弱，但是灯下却永远有几个勤奋学习的孩子。那就是希望，那一盏油灯照耀着他们那一代人步步升学，找到工作。

现在，这盏灯在哪里呢?

冲突

“他不能去幼儿园的。你要他怎么去？”罗明反问妈妈。

“他怎么就不能去了？”

“他不会说话，什么都听不懂，在幼儿园没人能照顾他。”

“他不需要听懂和说话，只要老师能教他就好！”

提起这个在很多人看来达不到“争议”的事，罗杰的奶奶还是忍不住抬高了音量和声调。为什么不能？凭什么不能？

罗杰的奶奶对残障的认知停留在“必须是坐轮椅或者眼睛看不见”的程度。在那个时候，这也是国内大部分人的看法。她认为罗杰这孩子不属于残疾之列。

医院是生命的起点，而幼儿园则是人生的起点。罗杰的奶奶和小薇认为把罗杰送进幼儿园，是孩子一生中必须迈出的第一步。她们坚持认为天生交流能力的缺失，可以通过后天让他接受一个有言语环境的集体生活来有所改变。

离罗明家老房子不远处有一家非常漂亮的幼儿园，让人仿佛置身于一个童话王国。幼儿园的左边围墙上是一些数字，像一群群活泼的小动物睁着圆溜溜的大眼睛在向上学的小朋友说："小朋友们好！"围墙右边画着一个个跳动的音符，组成美妙的乐曲，流淌在围墙上。

一楼墙壁上画着一轮冉冉升起的太阳。每层每间的阳台上，都挂着一个个灯笼，在阳光下灿烂夺目，在微风中翩翩起舞，配上粉红的墙壁，非常温馨，如果你推开一间教室的门，一定会陶醉其中，教室门两侧的墙壁上画着可爱的图案，有五颜六色的蘑菇房子，有正在做游戏的小朋友，还有歪头微笑的小花……

按照年龄划分，来校的孩子被分为大中小班，罗杰进的是小班，一共 20 人。领队是一位两条齐整、干净的辫子非常均匀地箍在粉色皮筋里的女孩。女孩皮肤白得剔透，满脸汗渍使她的笑容显得很费力。她伸手做出围拢的动作，向罗明作自我介绍：她姓陈，可以叫她陈娜娜。

"我这个洋娃娃图案的书包最漂亮。""嗯，是我的姑姑给我买的。"进入大集体生活，初入校门的孩子们要先学着如何交朋友，并找到可以开始谈话的话题，未来的亲密挚友也许就是这样相识的。

"发新书了！发新书了！"老师对着室外正在追逐玩耍的孩子喊着，大家争先恐后向老师跑去，拿着新书的孩子那一刻是快乐的。回到座位后，孩子们喜滋滋地闻着书本印刷后的油墨味，细细地翻看图文并茂的插图和看不懂的文字，自豪地在第一页写上自己的名字。老师会给写好名字的孩子 2 元奖励，年幼无知的他们认为 2 元是一笔很大的数目，都在踊跃签名。

孩子们最喜欢每周一次的手工课，拿着老师发的彩纸、剪

刀、水彩笔、绳线、胶水，托着下巴想一想，抿着嘴画几笔，真像一个进入创作意境的小艺术家。剪子在他们的手中被磕磕绊绊地使用着，长长耳朵、大大眼睛、小小鼻子的兔子就出现了，小刀裁出的纸片还带着毛边，那么小的扣子被他们十分精心仔细地粘在“兔子”眼睛的地方。他们还给公主的彩虹裙子涂颜色，那么多颜色他们却涂得清晰而不混乱……

只要剪得好，作品还会展示在教室后面的宣传栏供同学学习，被称为“艺术家”的孩子额头还会贴上一朵小红花。

午休时老师会给孩子们放一会动画片，这时一个个小脑袋紧盯着屏幕看《哆啦A梦》《开心球》《瑞奇宝宝》《小鸟3号》……看到精彩处，有的同学尖叫，有的同学欢呼，别有一番趣味。

《小鸟3号》讲述一群在小鸟街3号生活的小鸟们，在树枝上学习与玩耍，充满温暖的情感，大家在树枝上唱歌，跳舞还有吹口哨，以鲜明色彩及逗趣声音、表情吸引孩子……

《瑞奇宝宝》通过寓教于乐的“故事+儿歌+游戏”模式，讲述五个有生命的小玩具在成长过程中遭遇的小挑战以及获得的大进步，他们性格各异，相处时也会发生些小摩擦，但他们总记得关心彼此、互相帮助，一起面对挑战，共同成长。

最有趣是每周的搭积木游戏，五人一组，随着老师的一声口哨开始游戏，孩子们挑选着各自需要的正方体、长方体、三棱锥等积木物料，把那些红的、白的、绿的、蓝的、黑的材料各自组合，这一块，那一块，搭了倒，倒了搭，忙得不亦乐乎。搭房顶、装门窗、修建停车场，不久一座栩栩如生的高楼就在他们手中诞生了。孩子们一蹦三尺高，大声呼喊：“成功喽！成功喽！”

在孩子的眼里，老师手里色香味俱全的海苔、糖果、牛肉干、饼干等零食简直就是美味佳肴，馋得他们直流口水，经常争先恐后把老师围个水泄不通，祈盼老师多给一点。

最令孩子们向往的是春游，这一天他们可以穿上漂亮的衣服，背着装有零食的书包，排着队，迎着和煦春风，走进鸟语花香的野外。看蚂蚁搬家、抓蝴蝶、玩沙子、堆城堡，调皮的孩子还给对方投掷“炸弹”，遭到攻击的同学们手忙脚乱地左躲右闪，一个扑腾，又淹没在茫茫的沙海中。吃完零食后孩子们开始大联欢，迫不及待地依次站到高台上唱歌、打响板、讲“龟兔比赛”的故事、跳舞，掌声阵阵，欢乐无比，看样子他们早已走进了音乐的殿堂。

这些对一般小朋友来说无比欢乐的幼儿园生活，在罗杰这儿就遇到难题了。首先，怎样在幼儿园和小朋友们相处是罗杰面临的艰巨问题。第一次去幼儿园的罗杰很恐惧，走一步就停下来要回头。局促又忐忑不安的他不知去那儿是学知识，一进幼儿园的门，他就跑到操场上去扬沙子了。小薇要上去呵斥他，却被孙老师制止了，老师告诉小薇：“你给他一点自由，他也会放松下来。”果然，罗杰玩儿起来了，随着沙子在空中一扬一扬，孩子紧绷的脸也放松了下来。

但这种所谓的“正轨”上学，并不意味着风平浪静，反而暗流涌动，罗明和小薇时时要处理各种突发事件，还要一遍遍不断地重复和解释。

罗杰上幼儿园后不久，老师们就有了一个惊人的发现：罗杰几乎不会主动吃饭，不动筷子，也不参与周围人的话题，不会听指令，不会说话，他不会的事情太多。多数时候他只是怔怔

坐着，低着头，剥手上的肉刺。他似乎无意观察外界，在一片嘈嘈切切声中落单。

然而，当大家准备离开时，他又跟了上来。室内外的温差高，窗玻璃上有一层细小的水珠。他用手掌一次又一次自顾自地擦拭，无视他人的叫唤。嘴里总是发出一些谁也听不懂的声音，脑袋瓜子里总想些稀奇古怪的东西，时不时别人抢东西，用舌头舔椅子背，鼓捣垃圾桶……

渐渐地大家都不愿理他，形单影只的罗杰好似蜷缩在无形的盒子里，渐渐地感到困乏。他趴在窗户边打瞌睡，梦到自己从窗户上跌落了，被风吹到树梢，不由自主地旋转了几番，天旋地转的感觉差点儿让他吐出来，直到撞到了一个卡通人才停了下来。风小了，卡通人不见了，而他看见自己成了一个完整的人，双手双脚，满当当的一整个脑袋。就像一个人原本莫名其妙、糊里糊涂，突然被安排和注定，终于与他空白的前半生合体了，他却不知道该不该为了自己突然获得这个“完整”的身躯而高兴。他打量了自己一番，除了是一个完整的人，并未获取别的什么。由于那白色墙壁上的绳子之前套着卡通人，现在这绳子便套着了他。但这并没难倒他，他利用完整的双手很轻松地解开了绳子，观察四周无人之后，顺着树干下到地面。这是他第一次走出家门。

外面空气真好啊，要是忽略身体的问题，今天可真是太好了，该去玩耍作乐。

他进了一条空荡荡的街道，又拐入另一条街道，全是空空如也，仿佛时间的扫帚从这里清走了所有人，只剩下一些邋遢陈旧的物件儿还在街道里摆着，人，一个也不见。他下意识地故意发出声音并狠狠地跺了跺脚，想张口问一声：“嗨，有没有人呢？”又说不出口，自己也不是人了。他只是很久以前是人，现在仅仅是个会走路的卡通人。为了避免吓到别人，他从树上下来那会儿就把自己变得非常小，也就一粒豌豆那么小。

沮丧，失落，悲哀，他在崩溃的情绪中醒来……

他被学校老师和同学认为是不一样的孩子，和同学开始产生矛盾，一天，他穿了件漂亮的黄色外套，上面有个小动物，还有一个按钮，按了就会发出小动物的叫声，去了幼儿园，好多小朋友都很好奇，都过来按，人越来越多，越来越稀奇，按得他胸口隐隐作痛，可他却没吭声，只是忍着。

下课了，同学上厕所的时候，人好多，大家都挤来挤去，一个耳朵戴红耳机的高个女孩，说就是罗杰碰了她的耳朵，把她东西弄坏了，可是罗杰离她还有一定的距离，手也没有动过，女孩为什么这么坚决这么确定就一定是他呢？开不了口的罗杰无力为自己辩解，只能背这黑锅。

他最不喜欢睡午觉，睡不着觉的他一直动来动去，感觉身上有蚂蚁在啃，无法保持静止。希望快一点，再快一点起床。一抬头，发现老师睁大眼睛，举起巴掌怒气冲冲向着他，他只好缩回被子，等待老师离去。可躺在床上的他感觉周围的墙面开始向他逼近，地动山摇。崩溃的他歇斯里地喊，撕心裂肺地叫。

“立正，稍息”，“向前看齐，向右看齐”，“向右看，向前看”，上体育课，老师让孩子们听着口令齐刷刷做些动作，比如原地踏步，伸展运动，扩胸运动，但罗杰的大脑却无法准确知道四肢都在忙什么，对他来说甚至无法清楚分辨四肢分布的方位，僵硬的肢体无法按照自己的想法去运动，就像美人鱼的尾巴一

样充满无力感。他只好傻傻地站着、看着。

中秋节前的一天，放学后罗杰奶奶去接他，学校门口的人群渐渐散尽了，也不见罗杰的身影，罗杰奶奶四处寻找，都没找到孙子。

那天下午班主任孟非请假了，年级组组长范玉敏老师代班，排队放学的时候，罗杰像往常一样，用手戳了一下排在前面同学的后背。

“罗杰，你干什么呢？”范老师指着罗杰高声说，“罗杰，出列，你们孟老师没教过你排队时不能乱动？开学都这么久了，还没有一点规矩？规矩都要让老师来教？”范老师说话语调一水儿上扬，在别的小朋友听来全部是责问，可罗杰却不会回答。

“问你呢？怎么不说话了？范老师的“罗杰”两个字和其他的话语气不大一样，罗杰觉得有点儿像孟老师的语调，夹在范老师比较硬朗的话中间很不协调，他不知所措。

如果是别的孩子，这会知道如何应对这样的局面了，首先要认错：“范老师我错了。”“错哪儿了？”“我不该排队乱动，我下次改。”态度要诚恳。

可是罗杰还不明白这些，他只会按字面意思来理解大人的话，他不明白范老师到底要让他说什么。

由于排队乱动又不认错，罗杰被老师罚站几分钟，做值日的同学也走了，教室的灯被关上，照进教室的日光也暗淡下来，他像被遗忘了似的，空旷的教室对他来说是陌生的。终于他听见楼道里的脚步声，看见了奶奶来接他，才毫无表情走出来。事后几周，范老师才理解罗杰困惑的背后可能指向的逻辑，不禁为那天自己的行为暗自捏把汗。

在幼儿园罗杰是个没人理睬的小透明，他不喜欢跟别人说对不起，不习惯跟别人说再见，每天他都是一个人自顾自地玩，分不清对错，也不懂人心，更不知道去讨好别人，像一只没有灵魂的木偶。

但罗杰又像精灵，灵动又可爱，无拘无束，自由自在。

进校几周后，秋天的风吹落了大半的树叶，金灿灿的阳光洒向操场，罗杰再也看不到从茂密的树叶缝隙中穿过的一万年前的阳光了。但他还是兴致勃勃的，完全没有意识到自己正在经历着人生中的第一个“多事之秋”。

一大早，小薇刚刚把罗杰送到学校回了家，就接到王老师电话，让她带罗杰的同桌许洁宁去医院看病，因为许洁宁的姥姥一早闹到了学校，说罗杰昨天用脚踢她外孙女的肚子。

孟老师跟小薇解释说：“我也没办法，不叫你来，许洁宁姥姥也不肯走，第一堂就是我的课，她不走我没法上课。你还是带许洁宁去医院看看，做个B超，给老人家一个交代。”

许洁宁比罗杰高出半个头，非常善谈，无论是对小薇，还是后来对陌生的医生，都主动问好，落落大方。

医生只瞥了一眼许洁宁就说：“她没事儿。”又转向小薇：“这要是您孩子我绝对不会让她去做什么B超的。”

拿到B超结果，上午已经过半，小薇要送许洁宁回学校，小姑娘不干了：“阿姨，我肚子还疼，我上不了学。”

“医生说你没事儿。”

“医生说得不准。”

“B超结果显示也没事儿。”

“我不想上学。”

“能告诉阿姨你为什么不想上学吗？”

“你能保证不告诉我妈吗？”

“我保证。”

“我得了九十五分，我妈都还说我，问我为什么丢了五分！我太累了。”

“你觉得特别累，老是达不到妈妈的要求？”

“嗯，九十五分了还跟我嚷，我头直疼。罗杰什么都不会，你不跟他嚷吗？”

“嚷也没用对不对？考试就是看看你们哪儿还不会，发现自己不会的地方学会就好了。”

“那罗杰其他让你不喜欢的地方你会嚷吗？”

“嗯，急了累了也嚷。”

“那他怎么办呢？”

“他用沉默的眼神告诉我，妈妈你别冲我嚷了，我特别伤心。”

“你就不嚷了？”

“有时候还是忍不住不嚷，但我会跟他道歉。”

“他呢？”

“他还是沉默。”

“你们大人啊，都一样。”小姑娘叹气道。

许洁宁一路说下去，她妈的形象在她的话语里变得越来越像个恶魔，以至于出租车司机多次回过头来看小姑娘，最后忍不住说：“真能编故事啊。”

许洁宁越说越兴奋，一座三层体育馆从许洁宁嘴里说出来，被不断添枝加叶：一层是可以轮滑的旱冰场；二层是溜冰场；三层是游乐场，有升降飞机模型，一般不让人坐，只有表现好的小朋友才可以坐。

“那么大的体育馆，我怎么没看到过？”

“是地下的。你没见过，家长都没见过。”面对小薇的疑问，许洁宁信誓旦旦，眼睛里闪闪发光。

“嗯，你是希望学校能有一个三层的体育馆，这样你们就可以尽情地玩了，是吧？”小薇笑着看到许洁宁一个劲儿点头，“那你能告诉阿姨从哪里开始是你的想象，是你编的故事吗？”

许洁宁笑了：“从体育课可以玩轮滑开始，就是我编的了。”

“你希望体育课可以玩轮滑？”

“我希望幼儿园有轮滑课和游泳课。”

许洁宁说个不停，快到学校门口，她才忽然停了下来，看着小薇请求道：“阿姨，你能送我回家吗？”

“阿姨从学校接的你，只能把你送回到学校，这是规矩。”

小薇不忍再看小姑娘失望至极的脸，她送小姑娘进学校，看着她回了班。

在孟非老师的办公室，许洁宁的妈妈瞥了一眼小薇手中的B超结果说：“真是辛苦您了。不过，这也不能怨咱家老人，她姥姥也是没办法，我们家只有一个孩子，她是家中宝贝。我家孩子虽说是借读生，学习也不差，凭什么被人欺负呢？孩子都有点儿厌学了。你家罗杰总是欺负我家闺女呀。这次打在了我闺女肚子上，还用铅笔削尖的一边儿扎她脸……”

小薇正听着，孟老师忽然开口了，她一改平日慢悠悠的语调，甩了一句：“没那么邪乎吧？越说越没边儿了。”

许洁宁妈妈看了孟老师一眼，把后面的话咽了回去。

“昨天自习课我在的，两个孩子都很乖。”老师说。

“罗杰不会讲话，情况特殊。等下午放学了，老师您给许洁宁换个座位，小孩子打架不记仇，您说呢？”小薇赶忙说。

“我觉得这样好，我还是愿意跟孩子父母打交道，说得清道理。就这样吧，我还有课，你们看着解决。”孟老师站起身送客。

小薇和许洁宁妈妈一起往外走，边走边聊学校的事，快到学校大门口了，许洁宁妈妈忍不住说：“小薇妈妈，有些话我不知当讲不当讲，我觉得你小孩不应该在这正常学校上学。”

许洁宁妈妈看小薇有些失神的样子，不由得拉了她一下：“您没事儿吧？”小薇稳稳心神，勉强笑了笑，心里难受到好像有根针在刺。

“谢谢您告诉我这些，我对学校的事情了解太少了，我怎么不知道家长开放日的事儿啊？您都参加两回了？”提到家长开放日，小薇惊讶地问。

许洁宁妈妈回答：“是家委会按学号分配名额的，我知道了就来了，也就进去了，多了解一下闺女在学校的情况呗。”许洁宁妈妈看看小薇，同情地说：“平时我看你们家是爸爸接的多，每次接了就走，从来不理我们。我们几个家长都替你们担心呢，自己孩子在学校都那样了，做家长的还不知道呢！好几个孩子回家说被罗杰欺负了呢！”

“罗杰欺负了好多孩子？什么情况？”

“跟我们许洁宁说的情况差不多，好几个爷爷奶奶都想找你们家长说说呢，可每次你们都来去匆匆的。”

小薇心想罗杰在学校的处境不妙呀，怎么也没看他表现出来呢？小薇都不知道怎么跟许洁宁妈妈告别的，她也没去律所上班，就直接去了罗明的工作室。

罗明倒是一如既往地淡定："一群独生子女，正是闹腾的年纪，四面八方地走到一间小教室，磕磕碰碰太难免了，要相信你儿子。那些婆婆妈妈的话，你就那么一听，孟老师不也说许洁宁妈妈越说越没边儿了吗。"

"我其实担心的是罗杰跟其他孩子不一样。大家在操场列队听讲话，罗杰却满场乱跑。上课根本不知道什么是专心听讲，坐在教室五分钟，就自己跑出教室，还时常跟其他同学有冲突。"

"你不用太焦虑。要不下午我也去接？让客户再等一天？"

"别了，人家都从外地来了，还是我去吧。只是……还要不要让罗杰继续正常上学呢？"

"先问问情况，不急。"

下午放学时，小薇正带着罗杰找许洁宁母女，却被范老师拦下了。她看着罗杰说："你来，我问你句话。"然后冲小薇点点头："我跟罗杰说句话。"

没等小薇反应，范老师把孩子带到两步开外，站定。

这时，小薇看到许洁宁母女走过来，许洁宁妈妈看了一眼范老师，对小薇说："你们忙着，我们先回家了。小孩子打架不记仇，这事儿就了啦。"说完娘儿俩爽快地走开了，许洁宁甜甜笑着，对小薇摆手说："阿姨再见。"小薇也摆手，但她的心思在范老师那边，赶紧转过头去看着。

小薇听到范老师说："罗杰，你昨天为什么抢尚晓荣东西？"

"就是他，就是他抢我玩具的。"尚晓荣指着罗杰大声地说。

面对尚晓荣的指证，罗杰眼神飘移，根本不知道他们在讲什么。

……

娘儿俩回到家，罗杰奶奶知道这件事之后，第一反应是："你怎么能允许老师单独把罗杰带走问话呢？"

小薇说："她是范老师呀，她要叫他，怎能不去？"

"离这几家人远点儿。别人我看都没大事儿，就他们幺蛾子最多。"

然而，有些人你越想绕着走越绕不开。

课间尚晓荣在楼道里和同学聊天，罗杰咬着他的水杯口，围着尚晓荣转着看，为了躲避一个忽然跑过来的男生，尚晓荣一个急转身，碰到了罗杰的水杯，水飞溅出来一点儿撒在尚晓荣的胸前。尚晓荣大哭，范老师安慰尚晓荣："没事儿没事儿，就沾了一点水。"当时两人相安无事。

情况急转直下是第二天，罗杰妈妈来接罗杰放学，被尚晓荣叫住："阿姨，我爸爸想跟您说句话。"小薇第一次见尚晓荣的爸爸，他非常年轻，看上去至少比罗明年轻六七岁的样子，但他的穿着像是穿越回 20 世纪 80 年代初，单调的工装蓝不说，样式也是古板的，举止中却有一种鬼祟之气。面对罗杰妈妈的问候，他沉吟半晌，才细声细语地开口："昨天罗杰杯子撞到尚晓荣的牙齿，尚晓荣满口的牙都松了，这年龄孩子的牙是乳牙，这一撞恐怕要影响一辈子。"

"昨天不是说就撒了点儿水，没事儿呀。"小薇吃惊地说。

"小孩子知道什么呀，晚上回家吃东西，牙就开始疼了，我们一摸这满口的牙都有点儿松了。我们已经反映给孟老师了。"

"阿姨看看，你疼吗？"小薇蹲下身来，观察尚晓荣的牙齿。

男人暗暗捅了捅尚晓荣，尚晓荣身体一颤，嘴里小声地嘟囔："疼，疼。"

"怎么不疼呢？一直说疼呢。我们要去口腔医院看看，不知道有没有救了。"尚晓荣爸爸接话。

"哦，得看看，听医生怎么说。"小薇连忙说。

"嗯，口腔医院的号可是很难挂呢，幸亏我一位朋友是那儿的医生，已经帮着约了明天一早的号。您得跟着去一下，您知道的，这看牙很贵的。"

小薇知道这件事处理不好会让孟老师为难，想了想便答应一早到所里简单处理一下工作上的事情之后就去医院，她让尚晓荣父子俩如果先到了就去排队。

第二天小薇到口腔医院时，医生刚刚给尚晓荣检查完毕，正给尚晓荣父子俩解释什么。

看到小薇进来，尚晓荣爸爸立刻变了脸："现在这孩子真是淘气死了，不知深浅，看把人家孩子十几颗牙都撞松了，都得补呢！"

"您觉得孩子补这十几颗牙两千块钱够不够？"小薇说着拿出了一个信封。

男人的眼睛一下亮了起来，不敢相信似的看着小薇，非常兴奋，连连说："够了，够了。"急急地要接小薇递过来的信封，小薇抓着信封的手没有松开，她看着尚晓荣爸爸的眼睛，一字一句地说："这个钱给尚晓荣治牙用，不管是什么原因他需要治牙，看在孟非老师的面子上我们出了这个钱。但有一个条件，请你以后不要再来打扰我们。"

"好的好的。"男人忙不迭地说。小薇松了手，转身头也不回地走了。

每天下班，去接罗杰回家的小薇走到幼儿园门口，就会很害怕，总要先大舒几口气再进去，不知道又是什么消息等待着她。

几天后，好几个家长一看到罗杰就一脸嫌弃，指指点点：“他这孩子跟别人不一样，你跟他讲话，他不理你。”

“不知他脑子里想什么，谁也猜不透，对周围人的存在视而不见，充耳不闻。”

“他还不能说出一句完整的话表达自己的意思，发起脾气来又咬又抓，学校怎么让这种孩子来搅乱！”

同时，小薇接到幼儿园园长打来的电话：“你家罗杰上课不坐在位置上，满地溜达。中午吃饭的时候抓着勺子往嘴上抹，弄得满桌饭粒不说，还去别的小朋友碗里抓东西吃。他还抢别人玩具，推人家，冲突不断，我建议你另找学校吧。”

悬提了两个星期的心，这刻最担心的事还是发生了，小薇的心凉透了：我的儿子怎么就跟别人家的孩子不一样呢？

“这所幼儿园是我能为儿子找到的最好的幼儿园，这里如果不要他，这孩子放到家里就彻底完了，他的未来在哪里？我还能做什么呢？”小薇彻底迷茫了。

这事已经过去，如同历史，如同从她心里滔滔流过的江河水，冲走了内心里的许多执念，包括堆积在内心边边角角的脏东西。她知道那类脏东西以前在自己的内心里一直有，就好比烟道通烟必挂烟油，小孩每长一岁，内心里的脏东西也就挂得越厚，堆积得越多。

唉，整整四年，彷徨徘徊，左突右闯，使尽招数，始终无法走出这迷宫……

小薇和大多数家长一样，找不到谁能救治自己的孩子。他们曾经去过北京、上海，找过儿童医院、妇幼医院，也去过同济医院、协和医院等著名医院。在这些医院里，儿科把他们推到耳鼻喉科，耳鼻喉科说他们科室没有孤独症科，最后又推到精神内科，精神内科说他们不能治。

小薇因此曾经和一个大医院的医生吵起来，质问他：“不能治你当什么医生？不能治你开什么医院？这是世界难题？全国都不能治？那我的孩子，只能就这么拖着？”

她相信很多患者家长和她一样，从很多医院出来之后，想把这个医院推倒，把医生痛骂一顿。一个小孩子的病，全国这么多的医院都不能治？全世界的医院不能治？那要医院干什么？

真的有些荒谬，在科技飞速发展的时代，为什么没有一家专门治疗孤独症的医院？我们有专门治肝病的医院，有心脏病医院，有眼科医院，风湿骨科医院，有妇科医院，男性病医院，我们有呼吸道肺部医院，有手足病医院……在这些花样繁多的医院里，他们找不到孤独症医院。

一连数日小薇彻夜难眠，瞪着眼睛盼天明。天明了，巨大的孤独、焦虑、自责又让她坐立不安，手足无措。她感到自己的五脏六腑瞬间就被人掏空，成为一具躯壳，孩子是她的命根子啊，命里的根都丢了，她的魂也丢了。她离去的脚步是踉跄的，没有人知道她要去往哪里，漫无目的，也许于她而言，整个世界都是空的，天地间就只剩下那一副沉重的躯壳了。

7 启智

一个人在一天之内会生出许多思想，听到许多话语，产生不同的面部表情，多得甚至可以编成不止一本厚书，但是特殊孩子的情绪人们却无法察觉和理解。在他那模模糊糊的轮廓里浮现出来的是许多叫不出名称的情绪中的一种，它恰似某种香气，无论用什么言辞乃至概念都永远无法加以形容。大家都不理解，也不明白他们，还总是嘲笑他们的痴傻，作为推拒他们的理由。

教室里静悄悄，大家都在认真听课，二组第三排有个男孩却把铅笔放进嘴里死死咬住，他双脚不停地疯狂抖动，终于忍不住，嘴里开始发出“啊啊啊，啊啊啊”的怪声，老师狠狠瞪他一眼，把他叫到讲台，男孩断断续续解释道：“我控制——不住——自己。”老师不相信他的话，让他保证不发出怪声才放他回座位。谁知男孩刚坐下，又情不自禁摇着头发出怪声。

从六岁开始，男孩就得了一种怪病，总是不受控制发出怪声，同学们把他当笑话，嘲笑他、欺负他，老师把他当累赘，批评他、孤立他，甚至他的父亲也认为男孩是故意捣蛋，对他也失去了耐心。男孩不知道是不是因为自己的病，他的父母离婚了。爸爸在临走之前深情拥抱站在一旁的弟弟，男孩也在一旁期待着，希望也能得到拥抱，可抱完弟弟后，爸爸就站了起来，男孩只好主动向父亲靠近说："爸爸我爱你。"爸爸敷衍地摸摸他的头，转身离开。

当男孩"怪声怪气"的时候，其实他并非故意。当然他必须承认，有的时候他会觉得自己的声音能安慰自己，并且会使用相似的词语或易于表达的词语，但是不由自主发出怪声却不是这种情况。这种声音会突然蹦出来，不是他有意为之，而更像是一种条件反射，一种对他看到的事情的条件反射，一种对过往记忆的条件反射。而一旦他的"怪声怪气"被触发，自己是完全没有办法控制了——如果试图控制，就会像掐住自己的脖子一样，痛苦又憋闷。

然而校长却把男孩的母亲叫到学校，要以扰乱正常教学为由将他退学。

"我控制不了我自己。"

"对不起，我不知道你在说什么。"

"他说他控制不了自己。"孩子妈妈说。

"这不可能"。

"如果他说的是实话呢？"

妈妈不相信男孩是故意的，便把他带去进行心理咨询，可就连心理医生也诊断不出原因。

如果全世界的人都遗弃你，不理解你，那么肯定还会有这么一个人无条件相信你，那就是母亲。男孩的母亲翻遍了图书

馆所有书籍，终天在一本老旧的医学书里，找到了男孩子的怪病的学名，叫妥瑞氏症。她激动地带着书籍再次询问医生，医生虽然承认自己误诊，但也告诉母亲一个残酷的现实，这个病无药可医。男孩的母亲绝望了，但她是个不服输的女人，她不妥协，不愿让病魔折磨自己的儿子一辈子。于是经过一番联系，她把男孩带到了病友互助会。这里的病患都患有妥瑞氏症，但他们的病症并不相同，有的人会跺脚，有的人会歪脖子，有的人会咳嗽。母亲想让男孩学习他们平时是怎样克服不适生活的，然而这些人负能量爆棚，不是在抱怨命运不公，就是在埋怨别人异样的眼光，甚至有人告诉母亲，把男孩子关在家里算了。男孩的母亲很后悔带男孩来这里，这不是互助会，更像是患者避难所。

“对不起，我不该带你来这里，还是忘了吧！”

“妈，我不想忘。那些人向妥瑞症妥协，但是我绝对不会放弃自己。”

男孩妈妈沮丧、痛苦、无助，甚至会幻想要是所有人都患有这种病那将会是怎样的一番场景。如果这种病被当作一种性格特质的话，生活对男孩子来说会容易得多，快乐很多。当然，许多时候男孩都在给别人带来麻烦，但是男孩妈妈真心期望儿子有一个更光明的未来。

母亲帮男孩找了新的学校，可在这里情况一样没有得到好转。新同学依旧欺负他嘲笑他，新老师也依旧忍受不了他，直接把他带到校长面前，校长严肃地盯着男孩，问他：“学校的意义是什么？”男孩刚想道歉，校长却打断他说：“学校的意义是教育，要用知识取代无知。”说完，他安排男孩去参加了一场音乐会。男孩心里发怵，他从不敢参加这种活动，果然在音乐会现场，他一直不能控制地发出叫声，令所有人都没法专心听音乐。从学生到老师全盯着他，有的笑，有的皱眉，这令男孩十分尴尬。

台上那位看起来挺和蔼的校长，为什么要用这种方式对他？

演出结束后，校长把男孩叫上台，但他并没有苛责男孩，而是让他说出自己怪异行为的原因和他内心的想法。

校长问："你能控制住你现在的状态吗？"

"不能，这是一种病。"

"为什么不去治疗呢？"

"没有治愈的方法。"

"我们能做些什么？"

"我只希望大家像对待平常人一样对待我。当我不动的时候，就会觉得灵魂慢慢从身体里抽离，这让我惴惴不安，心神不宁，不能待在原地。我会一直四处张望，寻找出口。虽然我一直希望去别处，却一直未曾找到通往别处之路。我一直在自我挣扎，如果待着不动的话，就会加深我被困在原地的想法，而只要我不断活动，就可以放松一点。当我动来动去的时候，每个人都会说：'冷静下来，不要烦躁，别乱动。'但其实我动来动去的时候会感到十分放松，因为理解其他人说的'冷静下来'是什么意思，确实花了我一些时间。最后，我慢慢明白了在什么场合我不该乱动，而我唯一能做的，就是一步一步、一点一点地勤加练习。"

"干得漂亮，坐下吧。"

回座位的路上，他又控制不住地发出怪叫，但这次，同学

们并没有像往常一样嘲笑他，而是不约而同地鼓掌，激起了一阵雷鸣般的掌声，可能是鼓励，可能是理解，也可能是尊重……

在一所特殊教育学校里有这么一群孩子，命运领他们去了那些无人肯去的领域，他们歪打正着地深陷其中，活在各自的世界。

在这里你会发现，大声歌唱、说话、跳舞的几乎全是老师。在这么热闹的环境里，孤独的儿童们仍然执着地待在他们孤独的世界里，他们四处游移的眼神中传递出漠然，好像周围的一切与自己无关。只有一个小男孩站在活动场地中心，对着刚刚进门的罗明和罗杰笑个不停，一会捂起自己的嘴，一会又将手背起来扭着身子，但是当罗明笑着向他招手，向他走过去时，他却不理不睬，问他什么话也不回答，不点头也不摇头，一转眼又跑去玩滑梯了。

地板上，几个孩子围坐一圈，有位老师在中间站着，讲着课。从远处看，不会觉得这群孩子有什么不同的地方，仔细观察才能发现每一个孩子表现得都有些奇怪：有的一直在玩自己的手指，有的眼睛呆呆地望向一个地方……有个孩子突然站了起来，不停地转圈圈。

每个孩子的身后都有一位指导老师。开始上课了，中间的老师做一些简单的手部动作，一些孩子在模仿，另外一些孩子却依然保持着漠然的表情。身后的指导老师拿起孩子的手，照着中间老师的动作模仿，但是孩子却依旧漠然。

这一群孩子，年龄从三岁到六岁不等，他们长得也白白净净，有着漂亮的大眼睛和长睫毛，然而他们却不能像正常的孩子一样去普通的学校上课、学习，与同伴们一起嬉戏。他们是一群特殊的孩子，他们可以冲着镜子自顾自地玩半天，舔镜子，偶尔撞镜子，还会在镜子前持续地傻笑；他们会一个人安静地趴在窗户前，手指抠着破了一个洞的纱窗，目光随意地落在外面，想着我们猜不到的事情或者直接放空大脑；他们会把塑料椅子一个个摆好，再放倒，骑在上面，好像是在骑什么威武的坐骑；他们会拿着一个不知从哪儿拿来的破鞋垫当口罩，脱下鞋子玩自己的脚趾；他们搭积木，努力地搭很高很高，这时会有爱恶作剧的孩子，一掌排山倒海，于是又努力地重新搭建。

全国各地一群无助的家长带着同样无助的孩子，从四面八方赶到这栋草绿色的大楼。大楼门口种着几株高大的棕榈树，院子里面还有椭圆形操场，200 米长的红色塑胶跑道围绕着绿色的橡胶球场，从高处看就像红色花边里镶着的一块碧绿的宝石。

学校里的家长们有的从澳门过来，比如豆豆的父母，每天要背着他来回两趟穿越人山人海的拱北海关，他们等不及澳门的官办孤独症康复机构，那里有几百人排着队，每个人一周只能轮上一小时。有的家长从佛山、深圳、香港过来，一个十四岁男孩，父亲是佛山一家医院的副院长，发表过 47 篇医学领域的学术论文，但他被孩子的孤独症彻底打败了。还有位家长是大学老师，当他的孩子还躺在摇篮里的时候，他就读着蒙氏教育的书籍，想把孩子培养成科学家，但医生却告诉他，“这孩子得了终身不能痊愈的孤独症。”

罗明想到刚得知孩子患病时，他觉得一团看不见的，但是浓密而沉重的迷雾进入了胸膛，把那里的一切都紧紧地裹起来，向中间挤压，该把这种感觉称作什么呢？懊丧？压抑？在这种时刻，他只感觉到这团迷雾在不断收缩、凝聚，沉重如乌云。

在很长一段时间内，他也很纳闷，为什么孤独症孩子不能恰当地与别人进行一番对话？反之，时常嘴里经常会冒出一些毫无关联的废话。他们也是有感情的，只不过是找不到表达的方法而已。甚至无法控制住自己的身体，按照别人的要求不动或动一动都是十分艰难，这就好像我们在远程控制一个失灵的机器人一样。他们经常会受到斥责，而他们却连申辩都做不到。从嘴巴里胡乱发出声音跟对话交流不是一回事，其实很多人没有办法理解这件事。

有时他们一些人可以发出声音或吐出单词，但并不等同于他们所表达的就是他们心中想要表达的。即使是最简单的“是”或“不是”，他们也会出错。在他们身上经常会发生这种事情，结果便是别人误会或误解了他们所说的话。他们几乎不能跟人对话，纠正表达中的错漏就更是在他们的能力范围之外了。每当出现这种情况的时候，他们就会恨自己一无是处，然后再也不肯开口说话了。

他们也时常为此感到内心煎熬。如果仅靠他们自己的话，根本解决不了这个问题。

为什么他们说话的时候不跟别人进行眼神交流？“跟别人说话的时候，要礼貌地看着别人的眼睛。”虽然被教育了一遍又一遍，他们仍然做不到这一点。对他们来说，跟交谈对象进行眼神交流会很不自在，所以他们倾向于避免眼神接触。那么他们到底在看什么呢？你可能会猜，要么往下看，要么盯着对方背景看。你错了。他们在“看”的其实是对方的声音。声音虽然看不见，但是他们会尝试动用所有感官，揣摩对方在说些什么。当他们把注意力全部放在理解对方意思上的时候，他们的视线就会在某种程度上涣散。

其实他们不是不喜欢跟人握手，而是当他们恰巧看到了一件有意思的事情时，就会忍不住松开握住的手冲出去，甚至都没有意识到自己已经松开手了，直到听到别人说："呃，好像他们不想要跟人握手。"

这会让他们很沮丧，但是因为他们无法向对方解释自己为什么要撒开他或她的手，而且他们发现自己也很难长时间握手，所以别人误解不误解的，他们也就没有什么办法了。这不是他们要跟谁握手的问题，甚至也不是握手这件事情本身，而是他们看到有趣的事情后，哪怕只有一丁点儿趣味的事情，都会立即跑过去。

"你更喜欢一个人待着吗？"

"啊，不用担心他。他更希望自己一个人待着。"

他们不知听过这句话多少次了，可任何一个来到这个世界上的人都不希望自己孤零零的。说实话，他们希望能跟别人待在一起。但是因为事情的进展从来都不会很顺利，所以他们慢慢就适应了独处，甚至自己都没有意识到这个过程。每当他们不小心听到别人评论他多么喜欢一个人待着的时候，他们就会觉得内心极为孤单。

他们缺乏对复杂生活的逻辑思维能力。四季呈现出来的诸般颜色，光的各种形状，空气和雨水的味道，风吹往的一个方向，他们都无法投入思考。

因为困惑不解的疑惑，他们不会知道什么事最重要，因为大事和小事总是难以区分，因为时间流逝，却又停滞静止，要做的事太多，因为人世间爱这么强，忧伤如此深，它们在生命

中扩展，他们真的不知道该如何应对。

这些几乎意识不到却像呼吸一样包裹着他们的东西，会使他们莫名地焦躁不安，像是就要爆发躁郁症的病人。他们很快就将不属于这座城市，在这儿生长，陌生感却越来越强。有时，他们觉得这座城市几乎变成了另外一个地方，并不是他们童年记忆中的地方。虽然出去只有几天，那也是一种离开，离开这嘈杂的环境，也许就能完全地进入自己，他们也许会真正地安静下来。

轻度的孤独症孩子能治好，有自己特殊的天赋并被发掘出来的也能在社会上生存，那其余的那些孩子呢？自理对他们来讲都是一件有难度的事情，长大后他们应何去何从呢？每思及此，罗明都不免感伤，好像身处一片白茫茫的地方，四周都太白了，看不见其他，那种迷茫、怅惘和一种仿佛再也出不去的焦急不安困扰着罗明，令他无法自拔。

患孤独症的孩子就像被困在机器人里的灵魂，他们的一生都无法逃脱，在各自的星球独自生活，但无论多么不同，他们都需要认识世界，理解世界的规则，才能在这个世界立足。

地球是圆的，如果他们一直只向正前方走，最后他会回到原地，永远赶不上人生应到的站台。也许康复训练的老师就是他们最好的导游，因为孤独症治疗尚无特效药，康复训练是目前唯一证明有效的矫治途径。就像想要左撇子变成右撇子，没有药物没有手术，只能训练一样，孤独症谱系障碍也是神经发育异常导致的，而神经系统障碍想要克服，就需要高强度高密度地训练患者，直至形成条件反射。

谱系孩子的核心问题是社交，影响社交的因素有眼神、指令、互动等。于是，目标拆解，并把训练任务具体化、数字化。

如你要训练孩子眼神对视时，要跟他面对面坐下来，拿着他喜欢的物件，引导他看自己。看一眼，给他一辆玩具车；再看一眼，再给他一辆；再看一眼，再给一辆……

罗明希望通过训练引导儿子表达。他问道："这是什么？"

孩子脱口而出："小汽车！"

"这是什么？想要就得叫爸爸。"他说，"爸——爸、爸——爸。"像这样子。

孩子站在路上不肯走了。罗明只好说："回家。"

孩子还是不应声，也不肯走，罗明就拽他走。罗杰边走边回头看，突然说："棒棒糖。"谁把棒棒糖扔地上了？

——看，语言出来了。

看到罗明手上有包海苔，他还没下任何指令呢，儿子就主动开始表演了："1，2，3，3，4……"

他数数，从"1"一直数到"20"，看罗明还没有给的意思，又接着往下数，因为着急，中间很多数字都跳过，直接跳到了"50"。看到罗明还是没有给的意思，他马上开始另一个节目：

"找呀找呀找朋友，找到一个好朋友，敬个礼握握手，你是我的好朋友……"

唱完歌了，看罗明还是不给，又开始下一个表演："人之初，性本善，性相近，习相远……"他终于得到了想要的美食。

罗明承认，是美食激发了他儿子的语言。

但儿子却叫不出爸爸妈妈的名字，不知家住哪儿。

太阳透过窗户，照出柔柔金光，室内的置物架上密密麻麻地放着一件件玩具，一袋袋美食，每次上个人课，老师从置物

架上掏出玩具，掏出美食，一件件、一包包排列在讲台上，只要学生能听口令并按指令回答，就给奖励，让他们尝到一些甜头。这几乎成了老师上课的一道固定程序。孩子们知道怡口莲的软糖是最好吃的，但吃多了腻味，且不常有。怡口莲的盗版品牌叫“怡口链”，像是带上了河北口音，罗明吃过，甜得发苦。阿尔卑斯牛奶糖也不错，它的盗版品牌叫作“阿尔鼻斯”，“阿尔鼻斯”近乎无味。

罗明每天都看见墙壁上那扇明亮的小小窗户后面，露着一个油头脑袋，但从没对着他笑过，也从没喊过他。

“爸爸来了，”老师指了指罗明说，“那是你爸爸！”

可儿子面无表情。

多少次，罗明在梦里听见儿子叫他爸爸，梦见他张开双臂和他拥抱，但醒来发现，原来是自己的左手紧紧握着右手。

自孩子两岁被确诊为孤独症后，罗明多年来都做着同样的梦，世界上最遥远的距离不是生与死，而是他站在你面前却无法与你交流。

有时候站在他们身边会有种不真实的感觉，他们无法沟通，虽然离得那么近，但自己就如同空气般被无视。

为了消除这种“无视”，老师们会用音乐努力融入他们，与孩子一同哼音调、打节奏。然而，一两次的参与并不能让孩子们对这些陪伴者有任何反应，但哪怕一个点头、一丝微笑，都会成为老师们努力的动力。

这些训练每天都要不停重复，老师们变着花样换着他们感兴趣的物件来换取他们几秒的对视。

这所康复机构是私人创办的，仅仅二百多平方米，楼外观小巧玲珑。但机构所在的村子实际很大，囊括了数不清的田野和河流，山丘连着山丘，一直向远处延伸。这个没有名字的康复机构，就靠着一条没有名字的小河哺育。河边的西南角有一棵孤单的树，它紧压着矮篱笆，固执地生长在那里。罗明不知道它是什么树，不知道这棵坚韧的树有没有名字。它甚至无法站直，至少不像一般的树那样笔直，在强劲的西风面前，它只能退却。瘦长有力的枝杈都伸向东南，为了躲避寒风，它们尽力伸展，与地面平行。冬天村里中午天就开始暗了，漆黑干枯的枝杈像老女巫的手指扭曲在一起，要抓那抓不到的东风。秋天，干枯的叶子尚未落尽，枝杈像蠕动的触手、游动的蛇，拼命要挣脱树干的束缚。夏天，绿叶繁茂，它们应和着鸟鸣虫唱，成为茂盛凉爽、怡然自得的神秘生命。春天，在将要抽出幼芽之前，它们伸展的手臂饱满而坚定，那是拒绝，又是对新绿的渴望。

罗明想爬上树干，躲进叶子和枝杈，在某处刻下孩子的名字，希望地下的树根是幸运通道，把罗杰的名字和故事传播至远方。在罗明的想象中，树把整个世界联结在一起，地下的树根紧紧抓住一切，也记录着孩子们的故事。当把耳朵贴在地上，人们就能听到那些故事，在地下齐声轻诵，把你、我、他，所有的人汇集在一起。

罗杰班里的老师是小美老师，每天小美老师的阿婆听见上课的声音，便鬼鬼祟祟地将头探进教室。这时，黄皮狗也来了，跟着叫了两三声。阿婆是个身材高挑的人，但脑袋却极小。她的动作总是刻意带上喜剧色彩，家长们一见到她，便吱吱嘎嘎地笑起来。小美老师一手向外作驱赶状，像喝退两只看热闹的

黄皮狗，右手则在空中比画，竭力想将家长和学生们的注意力拉回课堂。小美老师有一盒粉笔，但用了一个学期也不见少。她更多时候是用生动的肢体语言在空中比比划划，末了走下讲台，与小孩一个一个地互动，摸摸这个，碰碰那个。小美老师的手心软软的，红红的，像蚌壳肉一样。有时候她用指甲挠一挠，小孩子还会怕痒，缩起手指。

绘画课是在狭小的教室里上的，大家用铅笔在纸上画鸟和太阳。没有笔的孩子，就用食指在课桌上默默地画。太阳是大红色的，且永远只有半个——这是属于小美老师的“三一律”——鸟儿的眼睛永远只有一只，小草永远呈锯齿状。

“这很复杂……关于鸟儿为什么只有一只眼睛……这涉及到古希腊绘画规定，透视法……从鸟的右边看，她永远只能看到它的一只眼睛。”

大概是这么说的。总之，也差不离了。大家虚心地接受这样的定论，为了打好孩子绘画的基础，老师在稿纸上苦下功夫，画了一千零一只飞翔在纸张四分之三高度的小鸟，它们由两个三角形（喙与躯干）、两个圆形（眼睛和脑袋）还有四条直线（翅膀和脚）组构而成。画好后让孩子们涂颜色，学校里再没有比小美老师班里的学生更会涂的孩子了。

手工课则是搭积木。小美老师从储藏室里拖出三四个蛇皮袋的积木与玩具，倾倒在拼拢的课桌上，孩子们在家长的示意下从座位上站起来鼓掌。这些玩具多是从义乌批发来的，按公斤卖，加上存放随意，所以缺胳膊少腿，有时候奥特曼的脚会出现在牛魔王的头上。罗杰最爱上手工课，那时候罗明想，如果可以上一辈子手工课该多好啊。

小美老师笑着，数落他短浅的目光。她说，只要能把他们“修好”，这些玩具就只是生命中的一个记忆。

小美老师说：“到时候，房间角角落落都摆满鲜花和气球。学校会给孩子们开大型欢送会，将这整整两蛇皮袋的玩具统统丢进厨房的垃圾桶。

体育课安排在手工课之后。孩子们的手工课刚结束，王仁妈妈开始念叨自己的孩子。

“以他目前的智商，根本不懂汽车人和奥特曼，更不懂是什么夜明珠。”

王仁妈妈转身面向罗明问：“你的孩子玩的是不是奥特曼？”

罗明摊开他的手掌心，说：“我这颗是夜明珠。”

那颗翠绿颜色的珠子到了老师的手心里。老师颠着手掌，珠子便躲来躲去，她向大家展示夜明珠的不同侧面。

老师双手将夜明珠捂住，呼喊着要孩子排成一列。谁不想见识夜明珠呢？大家看老师汗津津的双手只露出一条缝，老师让家长把眼睛放进去。眼睛怎么放进去呢？但家长还是照做了想象着看见了手心里边的珠子。这真气人，里面什么也没有嘛——他们还以为那颗绿色的夜明珠会把老师捂着的手照得翠亮。尽管大家什么都没有看见，但王仁妈妈愣了一会儿之后，揉了揉自己的眼睛，说：“老师，这实在是太亮了。”

尽管罗明什么也没有看到，他还是说：“是的，我看见了绿色，在发光。它在发光，像一片树叶。”

王仁妈妈说：“老师，你该提醒我们，它刺到了我的眼睛。”

菲菲妈妈说：“我看到了一片原始森林。”

小莹妈妈说：“我好像看见了老虎山上的那种绿光。”

老师愣了一会儿，看了看大家，说：“孩子们像这颗夜明珠，到时间就会发亮。”

另一位家长将夜明珠拿过来，紧紧盯着手握住的缝隙。罗明有些担心地看着他的动作，怕他说：“老师，我什么也看不见。”但他专心看了一会儿，将头抬起来，扫视着围拢的众人。

“怎么样？”罗明问。

“真不愧是夜明珠。”他说着慢慢地摊开手掌，小心地将那一颗翠绿的珠子在手心里颠来颠去。

菲菲妈妈也说，真不愧是夜明珠。

大家的表情坚定得近乎一种固执。

每位家长心里都明白，这是在自信危机之下给自己的一种安慰，需要不时得到某种确证。

罗明仿佛含上了一颗柠檬味清口糖，这颗柠檬糖不只是糖果还是副耳塞，可以帮助他排除干扰。柠檬糖在舌面上慢慢融化，骤然而起的微微酸涩的味道，顺着食道流向胃腹。这糖一定是果绿色的，比高速路边树林的颜色还要浅。罗明似乎已经看到阳光照进路边的树林，茂密的槐树、合欢树折射出深浅不一的金绿色。在阳光细腻周全的衬托下，植物变得轻盈、清透、豁亮，某种冲动随之而起。

罗明知道这些孩子没有地方可去，风把他们吹向唯一愿意接收他们的地方，被迫认识卡片上的事物，服从简单的指令，每天都如此。他们才那么点大，原本该在父母跟前撒娇的年龄，却开始了这不是学习的学习，看了真心酸，没有一个家长愿意把孩子送到这种地方来，但没办法。机构里大大小小的孩子有二三十个，都一样的单纯可爱。他们在一起从来不会打架，脸都没红过一次，当然他们谁也不会多看谁一眼。

在机构学习的孩子，都需要家长或保姆在一旁陪读。有多少个孩子，就有多少个成人，男女老少都有，女性居多，其中还有不少白发苍颜的老者。每个大人都紧紧地牵着自己孩子的手——这群孩子身上像装了一个上紧了弦的发条，时刻准备着在你撒手的那一刻立即跑开，一跑就是很远。有时马上能追回，有时要追好几天——天知道跑哪儿去了。有一次罗明听到一个妈妈在哭诉："我就系了下鞋带……"妈妈系鞋带也就一分钟，但孩子能跑出去好几天——出门就上了一辆公交，又换了一辆公交，进了一个超市，又去了一个公园……几天后派出所打电话过来："你们是不是丢了一个孩子？"

每天的集体体操课，老师在前面喊着口令，孩子们跟随在后，严格地说是家长牵着、扯着或拖着孩子跟随在后，孩子们基本踩不到节奏点上，老师喊着"一二一"，孩子们听到的可能是"四五六"，踏出的却是"七八九"，总之乱成一团，反倒是家长在老师的口令引领下，步伐齐整、神情专注。罗明耳边仿佛听到了一个激昂的声音："他们迈着坚定的步伐走向正前方，他们有老有少，有男有女，有工人有农民，有退休干部也有白领阶层。"这支由家长和学生组成的队伍，在操场来回走着正步，走在第一个的是一个中年男子，这些家长中就数他的姿态最标准，但是他的表情太严肃了，一直若有所思。他在想什么呢？他是想起了上一次走正步的时光吗？他看上去有四十岁了，估计他上一次走正步还是二十年前大学军训时，那时穿着绿军装，一扫学生的稚气，英武挺拔的他一定没想到今天因孩子问题，以这种方式再次列操。

有位奶奶已经体力不支了，但没有一点放弃的意思，牵着孙子的手一直跟在队伍后面。为了不掉队，不时要快走两步，她努力想给孙子做个好榜样。她的孙子不愿走正步，一直想挣脱，奶奶就牵着孙子的手，更紧更用力。但也许太用力了，下课后罗明看到她孙子一直在轻揉那只被牵扯的手腕。也许他也试图告诉奶奶轻点，但他不知道怎么去表达，只能忍受，只能事后轻揉手腕。

队伍中最不专心的当数那位穿红衣服的妈妈，她儿子四岁了，她看上去还是很年轻，但一直心不在焉。队伍要经过一个井盖，井盖上有一个小孔，路过井盖时她试图把一块小石子踢进孔里，没踢进去。队伍折返回来再次路过井盖，她又在踢那块小石子入孔，这次差一点就成功了……不知是第五次还是第六次，她终于把小石子踢进了小孔。但从她的脸上也看不出成功后的喜悦，看上去她什么都不想，一点心事都没有。但她是不敢去想，避免去想吧，生怕一想就收不住，不该太早结婚，不该太早要孩子……最不该不听妈妈的话，没读个大学。读了大学，就不会认识现在的丈夫，就不会有这个儿子，就不会来这里走正步了。想了很多之后，她最后觉得，还是什么都不想最好。

队伍中有位老人很醒目，看上去跟罗明父亲一样大，该有七十岁了吧。老人上了年纪腿脚不便，反应也不再灵敏，总是跟不上节奏，踩不到点，他太希望跟大家步调一致了，所以一直在调整步伐，眼睛一直盯着前面人的脚。前面的人迈左脚他也跟着迈左脚，但是他反应太慢，他左脚还没迈出，前面那人已经在迈右脚了，这时他着急地又迈右脚。他的两只脚像是分别由两个大脑控制，一直处在分裂矛盾的状态，各行其是，看上去就像是在跳舞。如果这是跳舞，那这舞也跳得太难看了，罗明在旁边多次差点笑出来。老人还有时间想点别的吗，比方他的老同事老朋友此时此刻都在干点什么？他也许在想，老王还在公园树荫下下象棋吗？还会像跟自己在时那样喜欢悔棋吗？他的对手也会像他那样宽容他悔棋吗？也不知道老刘的程式太极拳打得怎么样了？其实他打的根本就不是程式而是杨式，几次纠正他，他反而越来劲了，等孙子好了回去打一次让他开开眼，看看什么才是真正的程式……

每次上课，浮想联翩的罗明，都会有各种感受涌上心头，但印象最深、感触最强烈的还是三个月前那个下午的运动课。那次是跑步比赛，人员变化不大，还是这群家长和孩子——机构总有孩子进进出出，但进来的不一定是新面孔。有时某个家长觉得自己的孩子训练得差不多可以去正常学校了，结果一个月都不到又回来了；有时某家长累得筋疲力尽、油尽灯枯，需要回家调整调整，但还是再一次来到了这里……家长各自牵着自己的孩子在起跑线上站成一排，等老师喊“开始”。老师说完“开始”，家长立即松手，这时罗明没想到也从未看到过的一幕出现了——家长松手后，这些孩子犹如乱箭齐发，奔向东西南北各个方向，也有个别忘了出发停在原地的。

如果不是自己的孩子是一个孤独症患者，他很少能在公共空间里碰到这些同类病症的孩子，自然对他们的生活、他们的爱与痛也不那么在乎，可以忽视他们的存在，也忽视他们的不存在，他们似乎是活在另一个世界。

普通人面对这些孩子会本能地害怕和退缩，亲人和社会则

试图去“照顾”他们，方式是尝试规范他们的人生轨迹：小的时候，应该去康复机构而不是幼儿园；学龄阶段，应该去特殊学校而不是普通学校。上学，标志着一个孩子离开家庭，到了另一个集体，与同龄人在吵闹混杂中认识这个世界，在这个世界里产生故事。

而这些孩子在父母垂老、离去后，他们也就理所当然去到托养机构。因此，在里边人手不足、以安全为重，外出被限制也是“情理之中”。

经常沉默、不喜与人亲密接触、突然间大声叫喊、拍手、捂住耳朵……一些心智障碍者在表达方式、行为反应上的不同寻常，与社会长期以来对这个群体的残缺认识叠加，导致他们的社会形象被反复固化：缺乏能力，无法自理，需要被照顾。

有时候学校会借助其他家长的压力对患病的孩子作出劝退的行为，因为他们对残障的认知停留在“必须是坐轮椅或者看不见”上。在那个时候，这也是国内大部分人的看法。

这也是罗明第一次在观念上与学校有直接的冲撞——这些孩子和其他人生活在同一个世界，同样在努力，在挣扎。

几十双黑亮的眼睛，看上去与别的孩子的眼睛没什么区别。这里最大的孩子十四岁，最小的只有十八个月。可只有静静地凝望一会儿，你才能发现，他们眼睛里倒映的是一个外人无法走入的世界。

微笑，还做出了拥抱你的姿势，可他扑过来只是死死抓住了一位女孩头上的蝴蝶发夹。一个两岁半的男孩的目光快速地掠过人，然后停留在自己的手上，他把两个大拇指抵来抵去，他比较着相同的指甲，膝盖、鞋子，然后是桌上相同的饭碗、相同颜色的积木。事实上，他在比较眼前一切相同的东西。

另一个男孩，像追赶着自己的尾巴，不停地旋转，让他停下来的办法是给他另一个旋转的东西，比如电扇、玩具汽车的轮子，又比如画太阳。他可以一刻不停地画太阳，一个又一个，一页又一页……他的瞳仁里装满了大大小小的圆。

唯一的女孩，用美丽的大眼睛打量身边的每一个人，突然，这个天使般的三岁女孩，跑到每个人身后，用鼻子闻别人的头发、衣服，然后扇动鼻翼，深呼吸——她享受着“闻到的世界”，而不是“看到的世界”。

这些孩子就像天上的星星，各自在自己的轨道运行，遥远、孤独地闪烁着亮光，却让人无法触摸。

一颗两颗三颗四颗
五颗六颗七颗八颗
九颗十颗十一颗十二颗
数呀，数不清

在他们很小的时候，家人都不知道自己孩子是所谓的“特殊儿童”。从别人的口中，知道有的孩子跟其他人不同，这“不同”给不幸的家庭带来终生的疼痛，就像风带着大疼和小疼在地球上转悠。风的疼来自很多地方，它把其他地方的疼带到各村，一并在各村白天夜里“嘤嘤”地喊。风叫疼的地方很多，有时叫出的疼是自己的疼，有时叫出的疼是其他地方带来的疼。无论是自己的疼还是其他人的疼，风面对有些东西的时候，再疼也不敢叫出声。

罗明见过一阵风远远地叫着疼从一片玉米林走来，每片玉米叶都是一把锋利的“刀”，风绕不过那片玉米林，它经过很多把“刀口”朝村子扑来。风叫疼的声音罗明在自家院里听见了，罗明那时在院中等这阵风。这么多年，罗明已经习惯等一阵叫疼的风从自己头上刮过。他看见那阵风刮过一片绿绿的玉米地，刚到村口的大石堡就停了下来。罗明踮起脚看风在村口遇见了什么。那天太阳很好，十几个孩子坐在一堵断墙下晒太阳。那些老人自从坐在那里，就没说几句话，他们眯着眼靠着墙睡觉，睡醒了盯着地下的黄土看。罗明当时想，人到老了只对一抔黄土感兴趣了。那天的风遇见十几个老人，“嘤嘤”声没有了，它们在离老人不到几米的地方，却抬不起向前走的脚。黄土在风的后面上下左右地乱舞着，那是风在自己哆嗦。不一会儿，风转身向其他地方吹去了。那天的风绕过了十几个老人，却又追赶着其他孩子……

病痛

在风追赶其他孩子时，康复中心院道路两侧树的树叶已经发黄，一些已经坠落，一些摇摇欲坠，一些仍然坚挺地贴紧枝头。罗明想象着树叶在风里抱紧树枝，全都拒绝离开一棵稳定的大树的样子。这时，突然有一片叶子决定主动坠落，它在空中晕头转向，不知道自己将会去往哪里，不知道独自存在的滋味，不晓得离开大树后能够撑多久，但它想要勇敢一次。

这让他莫名有些感动，这是一片多么好的叶子。他想打开房门透透气，一只粗壮的手臂从他的太阳穴处伸过来，用带着外地口音的普通话说道："不要开，冷。"

罗明不说话。

老太太看看他怀里的书包，问道："礼拜天，要走哪里去吗？补课班？"

他本来想解释什么，最后看着怀里的书包点点头，想快些结束对话，不想被打扰，于是他做了一个噤声的动作。老太太却没有闭嘴的意思，转而说起自己的孙子……

看罗明不愿搭讪，老太太沉默下来，眼睛里隐约有一只小飞虫飞过，留下一片淡淡的暗影，似乎有很多不能说的故事和秘密，藏在那片不易察觉的暗影里。

在人世间，各种各样的病痛，各种各样的天灾人祸，都会出其不意地如风一样，令人始料不及地降临，给人带来短暂的或者是绵延无期的痛苦，甚至改变一个人的命运。能够拥有正常的生活，就是一种幸运。罗明想到平日里常常看到父母们因为孩子的顽劣淘气而恼恨，因为孩子的生病影响到自己的生活和工作而抱怨，因为孩子的学习成绩不理想而对他横加指责……这些恼恨和抱怨的情绪对他来说是多么奢侈啊！

孤独症患者各不相同，实际上，当你见到了一个孤独症患者时，你只是见到了“一个”孤独症患者。有些孤独症患者口若悬河，有些则不大说话；许多人有感官问题、胃肠道问题、睡眠问题等等；也有一些人社交能力发育滞后。孤独症是一个“谱系”障碍，孤独症患者的病症程度有轻有重。有些患者可能很聪明，说话滔滔不绝，而另一些患者可能心智迟钝，有些甚至无语言。人们将这种不同患者之间差异很大的障碍称为“谱系障碍”。在这个谱系里，患者最显著的共同特征是与他人交流有困难，比如不能与人眼神交流，不能维持谈话，或者不能从他人的角度看问题等等。

从第一例孤独症患者——美国男孩唐纳德·格雷·特里普利特于 1943 年被确诊开始，孤独症已经进入人们生活半个多世纪。孤独症已成为严重影响儿童健康的全球公共卫生问题，世界卫生组织将其列为儿童精神疾病第一位。由于患者往往表现出交流障碍、社会交往障碍、兴趣狭窄和刻板重复行为，如天上的星星一般，孤单地沉浸在内心世界，故被称为“来自星星的孩子”。

罗明在接触到这一群孤独症孩子的时候，无意中看到了这样一幅画面：妈妈说到伤心处黯然泪下时，孩子上前擦去妈妈的眼泪，同时口中机械地重复着“妈妈，妈妈”。虽然母亲仍无法与孩子进一步交流，但罗明被这短暂的一瞬间感动着。看过影片《雨人》的人们或许会有印象，当弟弟的女友与雷蒙共舞之后并亲吻了他时，雷蒙用充满喜悦、害羞的表情回望着这个给了他一种全新体验的女孩——也许有一种语言可以让他们彼此交流，那就是爱。

冬日的阳光像一片温柔的水波，从玻璃窗上泻下来，光影溅落在红砖地上，把整个房间照耀得温暖又明亮。儿童康复中心的教室里正在进行一场玩具“售卖会”，“老板”正是阳阳和妈妈。阳阳紧随妈妈身后，教室里欢笑声一片。这不是真的做买卖，是阳阳妈妈特意为儿子创造的生活场景，旨在帮他融入社会，更快康复。

阳阳有一双明亮的大眼睛，双眼皮，睫毛很长，个头已略微超过妈妈，俨然是一个乖巧沉静的小帅哥。

“我的孩子是五岁时被诊断为孤独症的。”阳阳妈妈说，当医生说出“无药可治”四个字时，她脑子一片空白。

她回忆，阳阳从小就有很多类孤独症的症状，比如，喜欢盯着旋转的风扇，喜欢一个人默默转圈，怎么叫他都不理，不看人，不和其他小朋友玩，迟迟不会说话……

阳阳的家人都觉得孩子长大就好了，但奇迹并没有出现。

“虽然我看起来很乐观，但也不是不曾绝望，尤其是孩子在

家闹得厉害时，还有带孩子出门，他与众不同的行为引来异样的目光时。”阳阳妈妈说，但她更懂得父母肩负的责任，生活还要继续。

当年，年轻气盛的她放下事业，全心全意带着五岁的儿子全国求医，两年后，钱花光了，治疗难以为继。

阳阳妈妈只好带阳阳回老家上学，幼儿园还能勉强维系，小学知识难度升级，阳阳学不会了，学校纪律要求严了，阳阳也不能适应。她加强了对阳阳的管理力度，阳阳被逼得紧了，出现了尖叫、烦躁等异常表现，但依然学不会学校的规则。

她慢慢意识到，阳阳的确和其他孩子不同，包括智力。阳阳妈妈开始自己在家带阳阳，教他生活技巧。她说：“他学习再好，生活都不能自理有什么用！”

在康复中心待了半年，阳阳已经取得了一些突破性进步，对话能力有所提高，还能进行100以内的数字加减法运算了。周末回家，亲戚朋友都感到很惊喜。

在儿童康复中心治疗期间，有一次阳阳妈妈带阳阳乘电梯下楼，她还没进去电梯就关门了，这让她非常着急。她赶紧走楼梯飞奔而下，刚下两三层，就听见咚咚咚的上楼声，楼梯转角处，她看到了上来找自己的阳阳。那一刻，她泪湿了眼眶。

“我最大的愿望是，等自己老了阳阳可以独立生活。”阳阳妈妈说，她有一本笔记本，记录了阳阳点点滴滴的成长足迹，阳阳每一点进步，对她来说都是值得庆祝的喜事。

当天音乐训练结束后，阳阳摘下耳机说：“妈妈，听完了。”阳阳妈妈说，她相信儿子会越来越好，相信明天是美好的。

小宝也是罗明认识的一个孤儿症孩子，知道了病因后，小宝的爸妈开始上网查资料，四处搜索康复培训机构，因为孤独症早一天介入治疗，孩子就多一分希望。2004年春节刚过，小宝爸妈就带着小宝来到康复中心接受训练，将母子俩安顿下来，小宝的爸爸就急忙赶回福州上班，因为治疗小宝所需的高额费用不允许他放弃工作。

待在康复中心最初的两个月里，小宝并没有什么明显的改善。时间一天天过去，小宝的妈妈开始焦灼不安。突然来到一个陌生的环境，让小宝产生了不安和恐惧，经常哭闹。小宝爸爸只能通过长途电话关注着儿子的康复进展，他决定五一节过后再请假过去看儿子。

他多么希望小宝能够在自己去看他的时候喊一声“爸爸”啊！“爸——爸——小宝，看这里；爸——爸——看这里……”小宝妈握着儿子的手，一遍遍教他发声，眼睛则紧盯着小宝，不时地用命令的语气让小宝看爸爸，并不断把小宝的手放在自己的嘴上，让他感觉到发声时口中的气流。当小宝勉强发出含糊的“巴——巴”的声音时，小宝妈马上大声说：“小宝真聪明！小宝真棒！”然后将一根甜甜的棒棒糖塞进他的嘴里。这样的训练每天要反复进行上千遍，当小宝终于能够清晰发出“爸”这单音时，时间已经整整过了五个月。

5月23日，小宝爸爸至今仍然清晰地记得这个日子。那一天，当他举着小宝最喜欢的棒棒糖出现在儿子面前时，小宝两只眼睛亮亮地看着站在门口的父亲，笑呵呵地冲着他叫了一声“爸爸”。小宝爸爸惊呆了，孩子终于主动叫爸爸了！那天，他和妻子像两个孩子似的又哭又笑。那一刻，他们觉得所有的绝望、艰辛都随着那声“爸爸”消失了，因为，他们看到了一点曙光。

那年年初，小宝和爸妈一起回到福州，在青岛一年的康复训练花了六万多元，几乎耗尽了他们的积蓄。回到福州后，小宝妈妈辞职了，专心到全国各个孤独症儿童的康复机构学习，只要有讲座，无论多远她都赶去听课。她要自己摸索一套最适合儿子的训练方法，慢慢为小宝疗“伤”。

“很多孤独症的孩子，因为错过了训练的最佳时期，变成了痴呆或者疯子，很难想象一旦父母不在了，他们该怎么生存，想到这些，我就有了紧迫感。”这是小宝爸爸经常挂在嘴边的话，他想用一个父亲对孩子的爱和责任，一步步把儿子拉出那个孤独的世界。

由于小宝是个重度孤独症的孩子，在生活自理方面有困难。为了教会儿子上厕所——这件在正常人眼里再容易不过的事，小宝爸爸用了整整一个夏天。他说，夏天气温高，反复训练儿子上厕所不容易着凉。去年这个夏天，他每天必做的一件事是不停地让儿子喝水，然后反复训练儿子如何脱裤子，如何用洗手间。

小宝爸爸每天晚上哄小宝睡觉要花上两三个小时。许多孤独症儿童大多伴有多动症，即使精疲力尽也不肯闭上眼睛睡觉，但只要儿子醒着，小宝爸爸就不停地跟他说话、讲故事，不管他听不听得懂。他知道一旦不理儿子，儿子就会浸入自己那个孤独的世界。

朝来夕去，一晃小宝五岁了，他学会了说“爸爸”“妈妈”“我要吃”“我要玩”等简单的语句，也会自己动手吃饭、上厕所，会简单自理。期间有一阵子，小宝被送到普通的幼儿园里和正常的同龄孩子学习了几个月，但最后又被小宝爸爸接回了家，因为普通幼儿园里一个老师要照顾十几个孩子，而家长又不可能随时陪伴左右，孤独症儿童在这个群体里显得格格不入，难免受到周围同学的排斥，并且被迫从外部感受到家庭的环境犹如一个不再属于他的封闭世界。

感受儿子情绪变化，小宝爸爸妈妈决定，不再执着于让儿子上普通学校。

迪迪是很典型的一个孩子。罗明第一次见到迪迪时，他刚刚吃完午饭，长得虎头虎脑的，甜甜地笑着。如果不把他与孤独症联系起来，这个四岁的小男孩会是聪明活泼惹人喜爱的，可是一接近他，就发现他与平常孩子的不同。你叫他，他不应，依然甜甜地笑着；和他说话，他默默地沉浸在自己的世界里，不会搭理你。叫他、抱他、在他的眼皮下拍手，这些都不能引起他的注意。

不一会儿，迪迪把自己的右手插在衣服口袋里，不断地摇晃起来。张老师带了迪迪十个多月了，对他的情况再熟悉不过："三岁多过来的，来的时候没有任何言语，喜欢哭，不看人，对陌生人更是不理不睬，他的刻板行为就是转圈和摇手。"迪迪依然在不知疲倦地摇晃着他的小手，张老师把他的手拿过来，给他一根筷子，他马上熟练地晃动起手中的筷子，再换上一张硬纸片，他依然把纸片晃得啪啪响。

"迪迪，快叫阿姨。"张老师拉住了他的右手，指引着迪迪说话，好久，迪迪才吐出了机械的、含糊不清的两个字，可眼睛依然望着被张老师拿走的那张纸片。"他说话完全是无意识的模仿。"张老师说，"迪迪属于程度比较深的孤独症，来这里十个月了，进步很明显，由原来的没有言语，到现在能发出所有的叠音，还会说'鸭子''阿姨'之类的词语了。"

张老师还想要迪迪说出更多的词汇，他不乐意了，突然朝张老师的左胳膊咬了下去……

“老师在学校里教，我在家里教，真的好难教呀，语言慢慢地恢复了些，怎么说呢，培训总比不培训要好。他又爱乱跑，我要一刻不停地紧盯着他。”迪迪妈妈一脸的悲伤。提到孩子的未来，她仍不敢想象，“我不知道他能不能好，什么时候能好。”迪迪的妈妈说，在福州市，一个孤独症儿童一个月培训的费用在2000元左右，如果全托的话就是3000多元，这对很多家庭来说是一笔不小的开支。除了经济上的压力，这些“麻烦天使”们的家长更要承受社会压力和精神上的煎熬。

“孩子今年六岁，该上小学了，片区里的小学让我去报名注册，我把孩子的情况和学校老师说了，他们倒是没有拒绝接收孩子。只是童童第一天上课就无论如何也不肯坐在老师安排的座位上，把自己的椅子搬到教室外面坐了一天。第二天好不容易被老师哄着坐在教室里了，结果不到十分钟又坐不住，非得站起来在教室里走动，还拿着铅笔去扎同桌的手，把小女孩吓得哇哇直哭！”童童的母亲忍不住摇头叹息道，“这种情况怎么可能和正常孩子一样随班就读呢？举止怪异让同龄孩子疏远，我们的孩子无法融入社会，大人不可能照顾孩子一辈子，他们的将来怎么办？”童童的母亲显得非常无助。

康复中心里每个孩子的档案，都写着他们相聚在此的理由：孤独症。疾病就是这里玩的游戏，疾病也是这里的身份。疾病在不同的地方找到了他们，即使他们当时身处不同的生活，但疾病一眼看出他们共同的地方，统一把他们赶到这么一个地方圈养。

在这里，人与人的关系也被重组了，同一种疾病的孩子家长，会被安排在邻近，经过几天的相处，他们成了最熟悉的人。

他们讨论着孩子身上唯一，也是现在最本质的共同点，小心比较着各种细微的区别："我这个会叫爸爸，你这个呢？""他知道钱可以买东西，但不知道该怎么使用。""他飘移的眼睛偶尔也会和我对视。""我这个不行，只知道哭……"意识在这躯壳中爬进的一点点距离，发生的一点点小障碍，他们都能感觉到。在这里，灵与肉的差别第一次这么清晰。在这里，他们第一次像尊重自己的情感和灵魂一样，尊重自己的肉身。

凌晨，出租屋寂静的走廊，两个同病相怜的人。"兄弟，有苹果没？"老者强作笑颜，讪讪地问道，"他闹得厉害，非要吃苹果，你说这前不着村后不着店的地方……"遗憾的是，罗明才刚刚住下，哪有时间和心情去买水果？老者失望地摇摇头："多谢啊！"老者虽然未能如愿，依旧礼貌地表达着谢意——要谢什么呢？在这凄清的一刻，在这生命的孤岛之上，两个素不相识的人，一同咀嚼着彻骨的无奈与寂寞，和一个无法实现的苹果梦。

罗明很快认识了这里的其他陪同小孩的家长，但小孩子却互相不认识。

正在午睡，一阵阵嚎哭声把好不容易睡着的罗明父子俩吵醒——尖锐，乖戾，旁若无人，不时夹杂着一两声念混不清的咒骂。"来了新租户，孩子很闹腾。"隔壁老者租客苦着脸介绍，沟壑纵横的皱纹直欲飞下额头。大概已见怪不怪，罗明虽然有些烦心，也不再在意。不过很快"搬走"的念头再度占据他的大脑，他又开始不厌其烦地与妻子商议谁来陪读这个问题。正如医生所言，孤独症孩子的治疗有相当的难度，而且是一个长

期的过程，看来是希望一线，而道路坎坷了。

有种东西，隔阂着彼此，让这些家长注定无法做非常好的朋友——目光，太透彻的目光。这里的家长脸上都有双通透的眼睛，看着你，仿佛要看进你的心里。同样，这里的孩子也躲着人，也许作为有疾病的孩子，他内心如何悲伤，如何假装，他和你说笑话的时候是想很刻意地遗忘，但这种遗忘又马上会催生内心的负罪感。

于是，打扫卫生的王阿姨成了这里最受欢迎的人。阿姨来自乡下，身上还带着土地的气息。她说话的嗓门大，做事麻利。

说起来王阿姨并不是那么好的人，贪小便宜，如果你没有给她点好处，她就边收拾边骂骂咧咧，有时候干脆假装忘记你交代的事情。她说话非常刻薄，偶尔有刚来的孩子在走廊开心地嬉闹，妨碍了她的工作，她会把拖把一扔，大声地喊："这是谁家的孩子，这么不懂事，别人都要累死了，还有心情在这闹？"

孩子哭了，声音在走廊一起一伏。过一会儿，一个大人跑出来，做贼一样把孩子抱了就走，然后隐隐传来啜泣声。

其实她好人缘的根本原因是，在这康复中心里，只有她是可以交往的对象，只有她是和疾病最不相干的人，不用担心要在她面前掩饰悲伤或者承受她的突然消失，而且她的坏脾气恰好是个优点：确保不会很深地和她产生情感牵绊。

孩子家长和老师最痛苦的是，常常要看着孩子，不知道孩子的世界是怎样的，无法跟他们建立一种共情，一种连通渠道，不能在一个时空分享情感。

出租屋狭长空旷，无桌无椅，仅有的两张板床父子俩各据其一。窗上的铁棂粗暴而趾高气扬地乜斜着简室中的一切——

昏暗的白炽灯，污浊的墙壁，以及心情忐忑的两夫妻。如果不是床角那盏雾气氤氲的淡茶，真的要茫然于是否被困于囚室了。

晚餐罗杰吃得津津有味，些许玉米粥，一个鸡蛋，就着一杯牛奶，几乎顷刻间被他一扫而空。他许是暂时忘了病痛，在这一刻，重新回归到炊烟袅袅的如水流年。然而，这不过是错觉罢了，一份随意而单调的晚餐，对于惊惶懵懂的儿子来说，或许有些熟稔在其中。从走入那条那逼仄幽深的小巷伊始，罗杰就便陷入了巨大的恐慌里，在接下来的例行检查时，他怀疑，拒绝，躲闪，挣扎，哭泣，以至于老师们不得不暂时颓然放弃。

“为什么不配合检查？”罗杰能感觉到老师语气的强硬和冰冷。究竟是怎么了？目光游移的罗杰像个做错事的孩子。无助，彷徨，自尊，牵挂，无不溢于言表。令人心中猛然抽搐一下，痛啊！

罗杰必须处在结构化、有规律的环境。这是他在陌生环境着急一种表现。

生活中没有人会传授理论知识，只能在人与人的相处中学会应该怎么去生活，这是一个漫长而又复杂的过程。

两个娃相差七岁，小娃不懂的事正好大娃儿刚懂，但又不全懂，所以俩娃正好是打架的拍档。可是世界上最难平息的战争，就是孩子之间的，因为无论谁对谁错，他们都是无辜的。大娃和小娃常常为了一块糖，或是一个游戏的输赢而打起来。小娃会哭得泪人儿似的寻求支援。因为力量过于悬殊，大人都觉得大娃在欺负小娃，但大娃又何尝没有委屈呢。自从妹妹出生后，大娃儿保存多年的玩具一一被破坏，大娃儿唯我独尊的领地逐渐被占领。当大娃儿被气得发疯时，却被别人说：你那么

大了，还跟她计较。这样的评判难免不让大娃把矛头转移到被评判人身上。好在经过几年的磨合，她们找到了相处之道，也互相影响了对方。大娃更加独立了，小娃嘴巴更甜了，他们这些特点自然有它的两面性，但无疑会成为他们各自的生存能力。

但对于孤独症儿童，他们没有筹谋的能力，天生无法许多理解为人处世的规则，还有那些潜台词，这套随机应变、审时度势的体系，他们根本无法理解，更无力去实践。这套体系似乎不那么光明正大，但人人都会使用，可他们不行，他们别无选择。他们不知道如何去与人相处，他们也不知道是否还有其他的方法，他们根本不会自我掩饰。在人们眼中，他们做事不假思索，这让他们很容易受攻击，也难以和他人相处，因为他们不知道如何回答问题，不理解他人的举动，会怀疑他们是在戏弄自己。

要保持固有的联系，最好记住那些应该记住的事情。这样说有些奇怪，罗明想说的是，人们储存在脑海里的记忆，其实都是经过仔细挑选的。很难说它是我们自己的选择，还是在与世界接触中的自然选择。

我们无法记住所有真实的事情，话语所表达的，就像五月绿草的阴影，没有什么能保证它不会消失。另一方面，我们能循着记忆的线索穿过晦暗的时间缝隙，把我们和它们连接在一起，能够在记忆的想象之中，穿越古老未知的时间。这样，在一个充满意义的联系中，我们和其他人互相铭记，彼此共处。现实顽固坚硬，如冰与铁一般冷酷，而彼此建立的联系则令人宽慰，尽管它们可能不全是真实的。

罗杰无法理解这种羁绊，他的生活充满严密的逻辑结构，因果联系明确、不容置疑，他只能接受真实，他不相信微小的可能性带来的变化，甚至不相信与真实相似的，不确定的精神体验，对于把自己的归属感建立在其他人不可靠的归属感上，他总是充满戒备。这就是为什么他总是孤单一人站在角落，渴望着，渴望能够和别人一起玩，渴望内心的快乐，却又不去加入大家的原因。走过去竟是如此痛苦吗？

人们寻找刺激，尝试挑战，要求变化，而他不能也不敢接受那些突如其来的事物。甚至不喜欢家里的意外，他不会认为那些小小的惊喜是礼物，也不愿意尝试新事物。假如有什么是他没有见过的，你觉得他会喜欢的东西，一定要事先通知他，让他有足够的时间准备，只有那些已经成为习惯的事情——父母外出买来礼物，修好、替换坏了的东西，洗干净衣物然后晾干——任何不寻常的事情，多次发生变得寻常时，才能顺利接受它们。

可是，生活中的大部分事都是不寻常的，都是新出现的，他能学着让自己接受吗？

在罗明整个人生当中，经历过很多别人称之为灾难的事，但他都觉得无所谓，因为相信自己能解决，而且事实上，每一个问题都解决了，但是儿子的孤独症是终身的，这是罗明第一次遇到不能解决也不能逃避的问题。小孩一定得负责，不能逃跑，明知道走不到终点，也必须一直走下去，就是那样一种强烈的挫折感。

基因是逃不掉的，没有比孤独症更直接的命运了。

罗明曾为了儿子能开口说话，不分日夜地奔波于那个号称九河下梢的大都市的寻常巷陌，一载光阴，几乎踏遍了海河两

岸的每一寸土地。每日里便是候车，候车，候车。冬有三九，夏有三伏，严寒酷暑成了候车最大的敌人，短暂的两三分钟常常被无限拉长，像是沦陷到一个茫无涯际的时空里，没有起点，没有终点。

“罗杰，这是什么？”

罗明手里拿着一个苹果问儿子，可他听不见，他就在罗明身边却听不见自己。他的眼神飘向远方，罗明强行把他的小脸掰过来直面着自己，把苹果放在他眼前，再问：罗杰，这是什么？”这次他好像听见了，但还是没有一点回应。

儿子，你都五岁了，从来没问过爸爸一个问题，都是爸爸问你：“罗杰这是什么？”“罗杰这又是什么？”罗明很期待有那么一天，罗杰能主动问，哪怕他问：“你是谁啊？你找我妈妈有什么事吗？”

虽然罗杰不曾问过哪怕一个问题，但罗明知道，在罗杰的内心一定有很多很多的疑问，关于自己，关于妈妈，关于爸爸，关于人生，关于命运，关于宇宙……

等待，永远只是一个过程，永远处于进行时，正似永动机上一个循环往复的齿轮，日夜不停息。思绪杂沓，一骑绝尘，戛然而止，倏地悲从中来，悲苦之情催人肠断，罗明瞬间灰心，真想就此放弃。

晚餐之后，罗杰始终用手紧紧拽着他的手臂，闹着要回家，前后持续折腾了近两个小时。总算上床睡觉后了，罗杰毫无睡意，躺下，坐起，下床，上床，如此辗转，三四分钟重复一次，唯一与白日里不同的是，他没哭。

头痛，头痛，针扎一样。这又是一个不眠之夜。

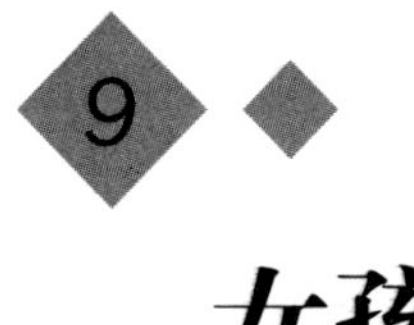

女孩

在康复机构的这些日子里，罗明注意到一个漂亮女孩。女孩一米七的高个子，整个人看起来非常“健康”，她常穿一件样式简单得不能再简单的连衣裙，裙子介乎蓝与白之间的颜色，让人联想到好品质的玉石。柔和的脸庞莹润，文文静静的她此刻眨着一双清澈如水的大眼睛，正专注地在教务处摆弄着电脑。她悠然地喝着一杯浅绿色的，看上去很清凉的果汁，整个人透着清新惬意。

“嗨，美女。”

“嗯。”

“在干吗？”

“嗯。”

“缪老师呢？”

“嗯。”

面对这个答非所问的女孩，罗明一时语塞。

自讨无趣的罗明走出教务室大门，买了一杯双皮奶和一些

零食。

“嗨”，罗明回到教务处，主动将零食递给她，她淡然笑了笑，两人算是结识了。

经过一段时间的接触，女孩终于向罗明敞开心扉。她跟罗明谈自己，甚至谈她不愿向任何人透露的关于她和她母亲的事，罗明在两人的交流中也能感到紧绷的神经放松了一些。

女孩名小雨，今年 28 岁，是一个曾被宣判“永远不能痊愈”的孤独症患者。大学毕业后，她和妈妈一起，选择成为康复中心的老师。

来这康复中心的大部分孩子，都有问题。

沟通障碍、语言障碍、行为刻板是孤独症孩子的三大核心缺陷。

有的孩子不会说话，有的已会说单字，即使说话也是自言自语。他们像来自火星的孩子。

老师说：“问老师好。”孩子鹦鹉学舌说：“问老师好。”甚至重复着问老师好，问老师好。

他们不理解“妈妈、爸爸、叔叔、阿姨”这些称呼，混着叫。

孤独症孩子很难跟别人交流，大脑一片空白，有时会蹦出几个词语——即便开口，也跟所要表达的意思相差十万八千里。尤其眼神总是非常飘忽，也很难做到和他人对视。面对老师的指令，孤独症孩子理解不了，更做不出反应。“他们的思维就像一条单行道，只容得下一个方向！”

所以人们称他们是“星星的孩子”。

他们对某些声音格外敏感。一些噪声会让他们心烦、害怕。持续听这些噪声会让他们失去方向感，不知道自己身在何处。

所以捂住耳朵是他们保护自己的最佳方式。

他们很刻板。有的孩子能连续几个月专心致志地玩一个玩具，无论大小，必须随身携带，否则就会从嗓子里发出低吼，开始哭闹。有的孩子不喜欢吃白米饭，碰都不碰，只吃淀粉类的食物——馒头、包子、玉米等。

他们动作反复、怪异。有的孩子喜欢把手指往洞口里伸，看着自己的手指头在里面反复动来动去。有的孩子喜欢没完没了地关灯开灯，关了开，开了关，乐此不疲。有的孩子常莫名其妙地笑，踮起脚尖转圈圈，直到摔跤……

康复中心这些孩子奇怪的行为，倒映的正是小雨自己的过去，按下了小雨童年生活的回放键。

小时候，她喜欢一个往外跑，稍不留神，就跟风一样，跑得无影无踪，当妈妈焦虑地找到她，抱着她流泪时，她跟没事人儿一样，冷漠地推开妈妈，好像是陌生人。

分不清“你”“我”“他”的小雨有一次和妈妈一起去理发店，结果没想到，三个人的对话竟然成了这样：

理发师问：“谁剪发？”

小雨说：“我剪发！”

妈妈说：“她剪发。”

理发师又问：“她要剪什么发型？”

小雨说：“对，她要剪发，她要剪发！”

旁边很多顾客笑弯了腰：小雨明明想说“我”，却说成了“她”。

小雨妈妈在小雨5多岁的时候，才知道“孤独症”这个词。当时是在图书馆一本医学杂志上看到的。1933年小唐纳德出生在贵族家庭，3岁时开始显露出与其他孩子不一样的行为。他

的父母陷入深深的纠结中，这个娃娃目中无人，连妈妈都不愿意搭理，吃个饭都懒得拿勺子，喊他名字也没反应，但是他记性又特别好，对音乐很敏感，痴于数学、字母、音符和旋转圆形物品。小唐纳德到底怎么了？小唐纳德夫妇陷入深深的忧虑，为此四处寻找名医。1938 年，他们来到约翰霍普金斯医学院，找到了顶级的儿童心理学专家利奥·肯纳教授，向教授讲述自己的迷茫和困惑，及对孩子未来的担忧。这位教授当时听了也蒙了，也不确定小唐纳德究竟得了什么病。之后的几年里，肯纳教授一直在追踪观察小唐纳德，跟小唐纳德父母定期交流孩子的情况，也是在这几年里，肯纳教授陆续发现 10 例类似案例。经过调查研究，他将这种未见过的病命名为“早期婴儿孤独症”，以此为研究课题发表了里程碑式的论文，并建议把小唐纳德送到乡下附近的一个农场生活。肯纳教授认为大自然安静的环境有利于孩子的发展，孩子送去农场后，他自己也经常去关心和指导。不知不觉小唐纳德逐渐开始好转，越来越关注这个世界。孩子不仅上了高中，还上了大学，主修法语。学会了开车，学会了打高尔夫球，多次参加高尔夫球锦标赛，旅游中走过 36 个国家。然而其他 10 个孩子却没有那么幸运，有 4 个失去音讯，2 个孩子发展成了较严重的癫痫，其中一个在 1966 年不幸去世，另一个长年住院，剩下 4 个孩子被送进了精神病。

了解这些后，小雨妈妈泪流满面，她更坚定了任何生命都有自己的一片蓝天，无论是高贵或平庸，美丽或丑陋，都有生存权利，不应该被轻视或抛弃，只有父母的爱才是孩子的世界，充满能量的她决定倾尽全力救女儿。

不懂医学的她，看不懂大脑结构图，不知道额叶、顶叶、左半脑、右半脑的功能和作用，作为老师的她决定用最原始的办法打开孩子内心那片荒凉的世界。

她制订好一整套干预方案，坚持每周一三五晚上讲半小时故事，早上听半小时儿歌。每周二四六晚上听半小时日常生活用语对话，早上听半小时儿童歌曲和古典乐曲。

白天她带着小雨到户外荡秋千、玩跷跷板，在沙滩上捡贝壳，去郊外爬山，进行体能训练，24 小时全程陪护。她忙乱得没有时间考虑自己的事。

有一次在桌上，明明是已经掌握的技能，但小雨就是不配合。小雨妈妈又是变换语气，又是换提问方式，折腾半天，都不行。最后发现原来是后面桌子上放了个米奇玩具，难怪不听指令呢！

“环境”是居家干预中不可缺少的要素，小雨妈妈只好在创建环境上花费心思和精力，房间里所有器物的变化增减，都和小雨的训练流程同步。家里的沙发、茶椅、桌子都撤走了，家里所有的东西都“落单”了，连枕头都没有一对儿的。小雨妈妈甚至每天穿着两只不一样的袜子上班。那段日子真的糟透了，妈妈的教师工作没了，家庭的平静没了，妈妈与爸爸夫妻之间的良好关系也没了。

山穷水尽的妈妈，把小雨托付给了姥姥，从网上找了两份她曾经完全没想过要干的兼职，一份是晚上在中餐馆当服务员，一份是白天在奶茶店当跑堂。

夜里 9 点，妈妈带着小雨回家，前方黑夜茫茫，道路凹凸不平，大雨稀里哗啦下着，路灯掩藏在朦胧雨雾里。小雨妈妈拉着小雨的手，绕过站台和后面的花坛，慢慢向姥姥家走。妈

妈倾斜着伞，不让雨淋到小雨的脑袋，头发湿了，雨水顺着她脸颊滑落，她眨了眨眼睛。前方是黑魆魆的一片暗色，也许是胳膊累了，妈妈换了一只手，人群推搡，距离隔远了，妈妈又拼命挤回来，不断朝小雨的方向喊叫张望，两人继续前进，雨伞打斜，能遮一点是一点，最后还是全身都淋湿了，整个身子抖着回家。

妈妈打两份工作的工资大半耗在小雨“治疗”上。

几个月过去，曾经120斤的妈妈瘦到100斤，姥姥看在眼里，疼在心里。暗暗着急的姥姥拿出二老养老钱补贴家用，支撑起她俩的生活。

那段无法回忆的日子，已经整整过去18年。这掰碎了的18年，细细杂杂的真是慢呀，慢得如同一本老也看不完的书。

经过努力，当5岁的小雨第一次有意识喊出“妈妈”时，那一刻小雨妈妈惊喜狂奔过去，蹲着抱住小雨狂吻，并语无伦次说着：“叫妈，叫妈妈……”

“妈妈，妈妈，妈妈……”一声声稚嫩的童音在空中回荡，时间静止，空气凝固，小鸟停飞了。小雨妈妈所有的无奈、委屈、痛苦都在瞬间释放了。

经过十几年训练，小雨不仅上了高中，还读完了大学。如今一个曾被宣判“永远不能治愈”的孤独症患者，已成为康复中心里许多家长看得见的希望。

小雨看起来已经正常许多，不过偶尔也会与这个社会产生疏离感。她常常在深夜睁开眼睛的一瞬，在空白的状态下愣住，然后问自己：我是谁？

她喜欢一个人看书，一个人跑步，一个人写字，一个人听歌，对周围人有种隐性抗拒。“她就像一幅高明的赝品，只有对孤独症有足够经验的人，才能发现她还有孤独症的影子。”

在特殊教育学校管着学生学籍和后勤工作的她，喜欢坐在靠窗的位置办公，一成不变，如去封闭的场所，她则会逃之夭夭。喜欢用符号在每个学生名字后面做标记，红线为已交学费，黑线为资料齐全，右边打钩为已完成注册，左边打钩为已通知，她每天都会在值班老师名字右边打上一个勾，把表格贴在办公室最显眼的地方。

小雨对数字很敏感，随机说出五位至六位数相乘，小雨就能报出准确的得数。去超市买菜，她会在本子上记录好菜名和重量。她不会用现金，但会用手机支付。

她喜欢听音乐。

梨花飘落
这年又添一色
如你素衣斑驳
泪无辙
千言万语
字字不离不舍
转身　又能　对谁说

张碧晨这首《听雪》带着初冬的微风穿堂入心，空旷忧伤。让沉浸在清静、空阔中的小雨泪流满面，谁说孤独症孩子没有感情？

小雨喜欢玩电脑游戏，她有次偶然进了一个微信游戏群，

这个群里少男少女特别多，组成不同类别的小圈子，每天都会引发一场辩论会，真真假假、大大小小、吵吵闹闹、叽叽喳喳。小雨在微信群里认识了一个男孩，男孩在聊天中知道小雨喜欢玩一款闯关游戏，这个游戏在闯关过程中需要进行简单的加减乘除运算，而且玩家在游戏中要通过鼠标控制蓝色的橡胶小人进行闯关，去和红色的橡胶小人进行战斗。这款游戏需要脑、手、眼的高度协调，小雨玩不来。男孩说，我玩给你看吧。只见男孩在游戏中操控可爱的火柴人，穿过一个个障碍物，飞速提升自己的人群数量，获得胜利，看得小雨目瞪口呆，不时传出兴奋尖叫。

在一款建造世界的游戏中，他们俩在虚拟的罗马帝国中东地区，采用方块狂造罗马古建筑。空间序列和独具的功能要求是城市建筑主要艺术特色，使用轴线对称组合成封闭形的院落，循序渐进，层层引申，每一进院落设置香炉、鱼缸，立碑悬匾，堆石叠翠，掘地架桥，“小桥流水”的园林风味，形成完整公共浴室、广场、陵墓、城堡、皇宫等，模拟着真实生活。两人亲临古罗马帝国伟大的工艺建筑，在罗马城里自由放大、缩小、旋转经营有成的城市，从不同的角度来欣赏罗马时期的精美雄壮建筑，甚至可以采取军事手段来征服邻近土地，建造军事单位生产投石器、步兵、骑兵以及弓箭手等等武力来打击进犯敌人。高度的耐玩性，欲罢不能成就感，一瞬间使小雨感觉和男孩之间没有拘束，生活在同一个时空。

他俩从陌生走向熟稔，从相识走向相知。

“贾樟柯的新电影要上映了，一起去看？”

“可是，周日学校有活动。”

“噢，好吧。”

“喂，早上好。昨晚我梦到你。”

“嗯。”

“谁惹了小仙女？”

“没。”

“出来散散心？”

“想去哪儿玩？”

“咖啡馆吧！”

在咖啡馆里，男孩看到小雨径直朝有窗户的位置走去，背对着他正在搅拌杯里的咖啡，男孩拨通了小雨号码，听到声音确认后，立刻上前拍了拍小雨的肩膀。小雨一愣，低着头，紧张地看眼前的桌面，气氛一度陷入了尴尬凝固的状态。

“你喝什么咖啡？”男孩落座后半分钟才开口，“对不起，我迟到了。”

这熟悉的声音缓和了小雨紧张的情绪。小雨抬头仔细端详，认出了是在社交软件上认识的男孩。

当他们分别时，小雨已经肯定，他们还会再见面。

看着安静少言、外冷内热、高挑纤细的小雨，男孩感觉挺有趣的。

接下来的几个月里，男孩带着小雨逛商场、去图书馆、去郊游，他们听音乐、品美食、骑车、爬山，找各种地方消遣。两人一个英俊潇洒，一个秀丽脱俗，又都受过高等教育，看上去俨然是一对让人羡慕的情侣。

不知不觉一个多雨潮湿的春天过去，接着是一个晴朗的夏季。一天上午，男孩约小雨前往茶山摘杨梅，上山的车辆和下

山的车辆连绵不断十分拥堵。男孩开了将近一个小时才到达目的地。小雨下了车，面对着无边无际青翠繁茂的杨梅树林，闻着飘进鼻孔的淡淡清香，看到树枝上挂满了一颗颗红得娇艳欲滴、紫得发黑的杨梅，小雨按捺不住兴奋，还没等主人同意，就已一头扎进杨梅林里。她爬上一堵墙，使劲拉着一根粗大的树枝，摘下一颗通红的杨梅放进嘴里。新鲜杨梅酸得她直皱眉头，男孩呆呆地望着她，片刻笑了说："大大的黑黑的才甜。"小雨连忙挑了一颗黑黑的杨梅摘下放进嘴里，咬一口，甜津津深红汁水沁入五脏六腑。她含着满嘴的杨梅，咯咯笑了。他也跟着笑了："好啊，你多吃一点吧！"

说完他就想去找篮子来装采摘的杨梅，可是被她叫住了。

"快来，快来！帮我下来行不行？我没法下去……"

往回走的男孩，好奇地问小雨是怎么上去的。

"用我的手和脚啰，爬上来很容易，尤其是看这让人心醉的杨梅。"

"是啊……可是吃过了就没有勇气，不知道怎么下地了。"

她装作害怕的，装腔作势地哀求他别把她丢在这儿。他们一边笑一边望着彼此。

"好，来吧！"他一边说一边对她张开手臂。

她从墙上弯下身子，张开双手向男孩的胸怀扑下来，她的冲撞入怀差点儿使他往后翻倒。跳下来时两人脸也碰到一起了，他吻了她满是杨梅汁的嘴唇，她也大大方方还了他一吻。以前盘踞在小雨心里的小妖怪已经不在了。她拖着男孩的衣袖一边跑，一边笑，像发疯似的。

男孩还从没见过小雨如此开怀，那副阴沉的面罩从她脸上化去，紧接着破壳而出的，是一张鲜亮的少女面孔。

回去的路上，小雨看到路边公园里空空飘荡的秋千。

“我们一起荡秋千吧。”她笑着拉起男孩的手，“那种感觉很好，跟飞一样。”

男孩跟她坐上了秋千，小雨抖开裙裾，抬起双脚，用脚尖猛地点地，秋千“呼”一声荡了开去感觉真是像飞一样，长风呼啸而来吹起小雨的长发，仿佛牵引她青春的梦，小雨微微张开嘴，深吸高处的空气，心儿随着秋千飞翔。每当秋千荡到最高处，她都不由自主地抓紧两边的扶绳快乐尖叫。偶尔，也会张开眼睛，瞧着那高远的天空，以及那白得像洗过的云朵，那么纯洁，那么宁静。

这短暂美好的时光，默默地载着小雨的幻想，小雨仿佛要飞向云端，成为一只无忧无虑的鸟儿。

交往的这段日子对小雨来说是一种无法描述的梦幻诗意日子，这是爱情的魅惑引人沉醉？她说不出来。

小雨的妈妈认为他们两个能聊得来、彼此有好感，谈个甜甜的恋爱是好事，却不赞成他俩结婚。

妈妈自己知道，这幅美妙画面里有怎样一个致命的破绽。

男孩子问：“怎么讲？”

小雨妈妈说：“当爱情在你身边，它会让你成为一座桥，忧愁河上的桥……”

男孩很伤心，因为他喜欢小雨，喜欢她的率直、善良、透明、可爱。

“那要看你对小雨抱的是什么指望了，是不是？”

男孩笑笑：“反正就那么回事，我能有什么指望？往远处想

我希望将来能娶她，往近处想我希望能填补她无聊的时间。”

小雨妈妈说：“你知道她不一样吗？她患有孤独症。”

“沟通及谋生能力上的缺陷，势必会成为婚姻阻碍。你明白吗？所以，对于她以后结婚生子这件事，你真的是想都不能想。”

男孩说：“我不想让她失望，哪怕她对我没有指望。”终于把要说的说出口了，男孩心里堵着的东西哗的一声碎在了迷雾中。

男孩感到微微的如履薄冰。小雨妈妈是在暗示什么，或者在抱怨什么吗？两个人密切到一定程度，似乎就要担负某种义务，尤其是男人。可是，他知道，世上的事什么都能试，除了自杀，还有爱一个人。爱过而不能相守的人，对于彼此，就好像是死了一样啊！他怎么甘心“试着”去爱她，“试着”让她来爱自己？

小雨妈妈叹了口气，幽幽地道：“你真不知道要怎么做才能不伤害小雨吗？我不希望你和她一起往下沉。”

婚姻，势必需要两个家庭的支撑，对方家庭能否理解，能否接纳，都需要不断地沟通与协调，未来不可预测。

“虽然基因的遗传是个概率问题，但负担另一个生命确实是太沉重的事情。不管后代是否正常，有一个或者一对不太一样的家长，对孩子的成长也会有些影响，我不希望让你去背负这些。”

男孩怔住了，没想到小雨妈妈这么直截了当，他眼里慢慢泛起了泪花，明白了小雨妈妈的意思，正因为明白才心痛如绞。他们如此相像，又如此看重对方，却注定没有将来。

男孩眼里的泪只一闪，就重新微笑了。他轻轻地对小雨妈妈说：“您一直在烦恼吗？不用担心我，我想我们可以就做平和的朋友，就足够了。”

至此他们进入一种奇怪的状态，像情人，更像家人。男孩有一把她们家的钥匙，下了班可以自己进来，一起吃晚饭。晚上如果有应酬，一定会通知对方。但是他们没有肌肤之亲，连一些自然而然的接触也小心避免。他们不谈“原则”，不谈将来，也不表白。

到这里来走走真是太好了。罗明决定从今往后要乐观，儿子以后一定要过得幸福。小雨一直对罗明说往前看是多么重要，她是对的。

“假设人们没有往前看，那么这里——”小雨指了指底下的景色，“这里就都还是废墟一片。”

罗明笑了：“是啊，你说得对，小雨，这里就都还是废墟一片。”

每天小雨都会和康复中心几个青春年少的老师，陪着孩子一起没有形象地玩闹。

他们唱儿歌：

两个好朋友，手碰手
你背背我，我背背你
来了一只小螃蟹，小螃蟹举起两只大钳子大钳子
我跟螃蟹点点头，点点头
螃蟹跟我握握手，握握手

他们玩游戏：

吹泡泡，吹泡泡，吹成一个大泡泡（宝贝们和家长们手拉手，围成一个大圈圈）

泡泡变小啦（向中间靠拢或者向外后退）

泡泡飞得高（一起踮起脚尖）

泡泡飞得低（一起蹲下）

啪！泡泡破啦（家长带自家宝贝分散跑，提醒家长注意安全，小心别摔倒）

他们跟着儿歌做手指操：

毛毛虫，爬呀爬，爬到了手臂上，我甩，我甩，我甩甩甩

毛毛虫，爬呀爬，爬到了肩膀上，我抖，我抖，我抖抖抖

毛毛虫，爬呀爬，爬到了头顶上，我摇，我摇，我摇摇摇

他们一起呆呆地看着窗户外面，一起看熊大、熊二和光头强的那些事儿。安老师告诉罗明，到现在，他始终能清晰地记着第一次来时的兴奋与不安，以为孩子们就像那个名字一样，把自己封闭起来，不和任何人沟通交流。然而等来了这里，活动室门一打开，一副副咧着嘴笑，喊着“哥哥”的可爱模样让人想象不出“孤独”的模样。

恍惚中安老师不禁喊道：“南南。”

可是南南没有回应。安老师不知道他是压根不想回应他，还是无法回应，或者，不知道如何回应他？

尔后，南南突然跑到安老师的前面，露出了可爱的笑脸。

不一样的孩子，不一样的天空。

这里的老师，脸上没有严厉的神色，也没有不耐烦的表情，只有暖心的安抚和引导。

集体课上，每位孩子都各有各的世界，彼此之间没有交流。有的孩子静静地坐着，表情漠然，不论你跟她说什么，她都没反应；有的孩子，自言自语，说着听不懂的话；有的孩子拿着玩具不停地敲打桌面；有的孩子"啊啊"地叫着；有的孩子在教室里跑着、跳着，停不下来……

"宝贝你们把自己关进了房间，沉浸在自己世界里。你吝惜每一句简单的语言，与你沟通，真的太难。怎样做才能走进你的世界，怎样做才能让你认知外面的世界，让我牵你的小手，走进你的心？"

"不要说孤独症儿童没有情感，他们有情感，只是沉溺在另一个世界里走不出来。"中心里的10余名老师都不是特殊教育专业出身，但他们眼里满是关爱，都有一颗渴望读懂"星星"的心。

一间不足十平方米的个训室，安老师关着门给建安上一对一的单训课，他俩面对面坐在一张小桌边，午后温暖的阳光透过玻璃洒在室内，文字构建的美妙意象在字里行间跳跃飞翔，安老师指着识字卡片。

"叔叔。"

"稀稀。"

"不对，叔叔。"

“叔叔。”

安老师的音调提高，嗓音温柔中略带沙哑，这是老师的“职业病”。

“建安，看着老师，再来一遍，‘叔叔’——”

“叔叔。”

听着指令，一遍遍对视，一遍遍教，这节时长半小时的课，安老师不断在重复这一个词。安老师嗓子不好，把一个水杯带到了教室，可直到下课，他也没顾上拧开水杯喝上一口，却时不时拿出海苔、巧克力给小建安奖励。

看似简单的词语，对于孤独症孩子而言要学几百遍才会。

建安注意力不集中，而且比较内向，很难接受外界传递给他的信息。“叔叔”这个词安老师已经教了他两个多月。

如再学不会，就要琢磨换个方法。

从排得满满的课程表上看，每位老师一天差不多有10节课，一节课半个小时，中间休息10分钟。除了常规课程，还要进行一对一的个训。孤独症儿童情况各不相同，情况复杂，老师每节课都要备两三套教案，以应对孩子的不同需要。可以说，从早上8：30到下午5：30下班，老师基本上没有空闲的时候。老师需要对每位孩子的社交技巧、社会适应、语言沟通等能力进行一次全方位的评估，然后依据年龄、能力和兴趣，结合家长意见进行教学。许多孤独症儿童语言功能极低，几乎不说话。对普通孩子指个方向，孩子会自然地朝那边看，但这里的孩子不会，非得反复说、反复教才行，有时感觉像是老师在自言自语。刚开始安老师还不习惯，孩子越学不会他就越急，但时间长了，坏脾气也变好了。有时候在干预过程中，不管你怎么教都教不会，但过些日子他却自己会了。本来学习过程就是从接受外来信息到内化和迁移的过程，因为孤独症孩子有接收障碍，这个过程格外艰难和漫长。

游戏是孩子们最主要的沟通方式，简单的游戏也可能隐藏着强烈的情绪交流和学习目标。

南南喜欢把小塑料盆当作帽子扣在自己头上，有时还故意扣在别人头上。但“帽子”总是戴不稳，只要掉下来他就很不开心，哗哗掉眼泪。

一开始安老师对这行为一再制止，他反而哭得更厉害，狠狠扔掉“帽子”。他不会主动说自己生气，大家也没有引导和帮助，甚至还特傻气地和他讲物理平衡、卫生问题，一时如同对牛弹琴，南南哭得更厉害。

那他为什么要这么做呢？他在训练手眼及身体平衡，希望自己能掌握“戴帽子”的新技巧。

想明白这些后，安老师开始随他玩扣帽子游戏，并鼓励他：“你给我戴的帽子真好看，我很喜欢。”

说“我”时，安老师用手拍拍自己。说“你”时，安老师指了指南南的胸口。南南一直分不清“你我”，安老师就从游戏中教他。他也不再哭闹，乐此不疲地重复“戴帽子——帽子掉落”的过程。

渐渐地，他俩互换角色，“你我”这两个词逐渐升级为由南南来表达，后面还加入了第三个人，学习“他”的含义。

塑料碗也升级成专用练习“帽”。经过一段时间游戏后，他不仅搞明白了“你我他”，还掌握了新技巧——“帽子”能在头上安稳停留几秒。

即使有足够耐心，安老师他们还是免不了会遭到“星星”的“暴力袭击”。孤独症的孩子沉浸在自己的世界里，会突然情绪失控，有暴力行为，比如突然冲上去抓别人的头发，会咬人、打人。安老师曾经遇到过一个孩子，为了表达喜欢老师，经常打老师；也遇到一个不愿与人接触的孩子，安老师想抱一抱表示鼓励，手却被孩子狠狠咬了一口。这些举动是这里的孩子表达情感的独特方式。

但他们却说：“没关系，孩子只是带错了来这个世界沟通的密码本。”

康复中心的孩子们在这里训练时间长短不同，这很大程度上取决于家长的决心。他们常会遇到一些对孩子恢复失去信心的家长，尽管老师一再劝说，他们还是放弃了训练。最让老师伤心的是，那些经过训练的孩子，离开后就再也不会见面。安老师曾接触过一个孩子，孤独症不算太严重，经过一段时间训练，已经可以与老师简单对话。最让安老师高兴的就是与孩子建立信任关系，看着孩子慢慢地能与人沟通。随后，孩子转去常规幼儿园上学。但孩子到了新环境一时难以适应，有一天，这孩子跑回中心来找安老师，想回来和中心的老师玩。家长得知这件事，特意找到安老师，把他“教训”了一番，希望中心的老师再也不要和孩子有来往，因为家长不想别人知道孩子曾在这里接受过训练。“老师最大的满足是看着以前的学生回来探望自己，但在这里，根本不可能。”说话时，安老师的脸上闪过一丝失落。

虽然同样是老师，但这群特殊教育老师所面对的误解与压力要大得多。中心一位年轻老师就遭到了自己家人的误解。她刚结婚，虽然之前家里人都知道她的工作，但婆婆还是颇有微词，常常念叨："教什么不好，偏偏教这些'不正常'的孩子，以后可别影响自己的孩子。"对此她也很无奈。平时与人打交道，她只说自己在幼儿园工作，不敢多解释，因为别人很难理解这个份作。

作为中心唯一的男老师，安老师的压力似乎更大。他已记不清曾被问了多少次为什么从事这一行，对朋友们开玩笑一般的嘲讽也早已习以为常。"别说特教男老师，你看幼儿园里的男幼师有时还被人指指点点呢。"他总这样回答别人，也安慰自己。

可每当深夜来临，远离喧闹，独自思考的时候，安老师总是会有一种莫名的恐惧和迷茫，虽然做孤独症一线教师的年头逐年增加，却有越来越多的问题让他不知道如何面对。当上完最后一节课，走廊里的人都走光时，他会沿着消防梯偷偷爬上楼顶，站在最高点的阳台俯瞰校园。他总有种错觉，不知是自己远离了人群，还是人群远离了自己。

有很多训练机构都会说，他们这个机构怎么怎么好，把孩子放进去，会受到怎样的保护。但从来没有一个人对他说，我们把孩子放出去，而不是放进来，散养而不是圈养，让这个社会可以接纳这些孩子，而不是让孩子回避社会。也许有人说他傻，说他自己砸自己饭碗，学生越少说明他的岗位越不稳定。也许真的有一天，这些孩子都回归到主流社会，他们这些老师就没用了，就得下岗了，但如果真的有这么一天，他宁愿下岗，宁愿回家。那将是何等幸事，吾国有幸，吾辈有幸，吾等有幸。

安老师作为"编外"教师收入是有限的，但他还是愿意尽力给予孩子们物质上的幸福，抚平他们在生活中可能有的痛苦，

因为他认为自己作为孤独症的老师是有这份责任的。

然而，这种工作干久了会打击教师的自信，因为教育时间很长，却进步得很慢很慢，一个简单的走步动作，可能教一年仍然不见大的成效。安老师休息的时候可以一整天不说一句话，朋友说他变得冷漠了，其实不是，只是上班时说的话太多了。一句同样的话，他也许每天要重复上千遍，并且还不一定有效果。那种亢奋，激昂，只是他的工作状态，不想过多带到生活中。他说他这辈子都没办法像别的教育者那样，桃李天下，弟子三千，同学聚会的时候，他会有瞬间的自卑感。有时候他还会受伤，被学生挠的，抓的，推的，咬的，撞的。他也会心灰意冷，也想过放弃，也感到孤独，也想打人毁物，也欲哭无泪。也许是因为每天看见的特殊孩子比别人一辈子见过的都多，那些孩子，那些孩子家长，那些家庭所面临和承受的，不是当事者是很难想象的。因此，很多时候，他感觉自己很无能，什么忙也帮不上，唯一能做的就是默默地看着，听着，关注着。

大学毕业后，安老师立志成为一名特教，让充满诗意、不食人间烟火、在夜空闪烁的“星星”，回归市井烟火，可真的太难！疲倦难过时他只能向日记诉说……但是，每当看到那些特别的孩子能说话、能写字、能回到普通学校时，他的脸上又会露出灿烂的笑容。

他多希望有一天，他可以不这么孤独地一个人行走。

他一直固执地认为，所有的工作中，吃自己专业这碗饭最踏实。他也许会去外面做别的事情赚钱来支持他的各种爱好，但永远不会忘记自己的初衷。每当抑郁的时候，他都竭力找一些办法让自己平静，找了好久，也换了好多种方式。

后来，找累了，换累了，也就顺其自然了。他突然明白，好好活着，认真生活，努力工作，真心对待他班里的那些与众不同的孩子们，才是他该做的事。

“每次有孩子从这里回到普通学校上学，我就特别高兴，所有辛苦都忘了。”安老师说。

去年，有个叫欢欢的小朋友从这里康复离开时，学校为他举办了欢送会。安老师无意中得知那天是欢欢的生日，于是他在悄悄地准备着。那天午休时，他在黑板上写上“生日快乐”字样，在桌子的正中央摆上生日蛋糕。在大家的簇拥下，欢欢羞涩地走上讲台。孩子们唱起了欢快的《生日快乐歌》。那天，欢欢破天荒的在众人面前表演了一个节目——唱了一首儿歌。虽然是一首简单的歌曲，但对欢欢来说已是非常不容易了。

安老师还记得三年前，欢欢妈妈拿着诊断书来找他咨询时，满脸的泪水和绝望。

三岁的欢欢与很多孩子不太一样，在幼儿园上课时，别的小朋友会安静地坐在座位上听课，而他却漫无目的地在课室里走来走去；排队玩滑梯时，他会直接挤开前面排队的小朋友；平常还会因为一点小事躺在地上或者踢人，还会哭得崩溃到无法平复……

他因行为和情绪问题换过五所幼儿园，部分家长联名写信给学校要求他退学。

来到训练基地后，在老师的帮助下，欢欢学会了自己吃饭、自己上厕所，还学会了叫“爸爸、妈妈”、说“老师好”，甚至学会了认字、写字，还学会了弹电子琴……

安老师至今仍然和欢欢的妈妈保持着联系，前两天和欢欢通电话时，小家伙告诉安老师说他是班里的学习委员，还说要

回来找安老师。听到这个消息，安老师高兴极了。

安老师见到阳阳的时候，小家伙正在康复教室里做桌面游戏。“我们到这边玩”“把玩具给老师”“把玩具放好”……面对老师的提示，阳阳完全不理会，只是不断把墙边摆放好的玩具搬到桌子上当老师要求他还回玩具时，他就会频频尖叫。阳阳尖叫声音非常大，很快成了中心最“红”的孩子，大家都认识他。最严重的一次，老师拒绝他玩水后，阳阳不仅尖叫，还推翻桌子，扔掉鞋子，到处疯跑。

安老师给阳阳设置还回增强物、建立等待概念、提要求等情绪问题的干预项目。阳阳抗拒“还回增强物”，是因为他以为把东西还回去就是没有了。于是，只要阳阳能做到“还回来”，安老师就告诉他，你刚刚把东西还回来了，我们可以再给你玩。阳阳点数的时候，嘴巴里说的数字跟手上点的时常没法统一，安老师握着阳阳的手，一个一个挪着数，逐渐地，阳阳理解了“还回来”的概念。经过几个月的干预，阳阳的情绪问题好转了很多。

后来，阳阳因为父母工作调动，要离开这里。在他离开前一天，上体育课玩“蹲走运物”时，安老师刚蹲下来，正准备伸手协助他，阳阳突然站起来，用他的小手抱着安老师的头，在安老师脸颊亲了两口。安老师抬头看向阳阳，发现阳阳也刚好看着他，在他们眼神交错的瞬间，安老师的眼泪唰的一下流了下来。

这份感动让安老师真正感受到自己工作的价值，“谁说我们的孩子冷漠、没有情感？在阳阳亲我脸颊后看向我的那一刻，我所有的迷茫、疲倦都消失了。”那一刻，安老师终于明白什么是人生真正的幸福和满足。

10 绝望

黄昏，夕阳斜斜地落在斑驳的窗棂上，霞光透过残缺不全的玻璃，染红了那已洗成灰白色的蓝布窗帘。树影在窗帘上来来回回地摇曳，时而朦胧，时而清晰，时而疏落，时而浓密，像一张张变幻莫测的画。

小薇咬着铅笔上的橡皮头，无意识地凝视着窗帘上摇摇晃晃的光影，然后，又低下头望着桌上摊开的家用账本：伙食、调味品、燃气、水电、零用、教育、医药、娱乐……预算中的项目似乎没有一样可以减少，康复训练 100 元一小时，带孩子玩游戏，模拟各种生活场景；房租 2000 元，生活饮食费 3000 元，培训中心 4000 元，其他 1000 元。这些零零碎碎的项目加起来竟变成了那么庞大的一个数字，除此之外，收支的差额也一个月比一个月大。小薇紧咬着铅笔，呆呆地瞪着账簿出神，如何能使收支平衡？这似乎是一门最难的学问，学了十多年的数学，她仍然无法让支出不超过预算。

烦，烦，烦！

各种事情极为纷繁杂乱，让小薇几乎没有消停的时间。她在为这无尽的既非必需、也不能使家中情况得到改善的支出感到疲惫，她觉得支出的数字就像是连续不断的陷阱和欺骗。于是她在日记里写道："成为妈妈使我心碎。"

刚开始小薇以为，干预就是治疗，可以痊愈，于是她跟罗明决定，砸锅卖铁也要治好儿子的病。做了半年干预，有次机构有专家来开讲座，她问专家："需要多少钱，才能把我的孩子治好？"专家愣了一下，告诉她："这位妈妈，很多事情你应该朝前看，相信孩子会越来越好。但你说砸锅卖铁，也要坚持走医治孩子的路，我不赞成这样做。你的心情我能理解，但是目前来说，根本就没法达到你想要的效果。"

那一刻，她有点明白"终身干预"的意思了，就是孩子这一辈子都需要帮助。

回想起专家的话，小薇呆坐了半天，而后毅然地握着铅笔，下决心似的把罗杰所有的开销那一项划掉，划掉的同时，她眼前立刻浮现出罗杰睁得大大的眼睛和伸开的手。

她看着睡在自己身边，蜷缩成一团的孩子，感觉到生活中的一些时刻，飘浮在另一些时刻之上。这是一种性质不明的时间，一种现在与过去重叠但又不混淆的时间，她觉得他们的生活与世界发展进程的方向是相反的。

生活千疮百孔，真的到了即将崩溃的边缘？

"你说怎么办？你准备怎么办？"小薇又问罗明。

罗明无法回答，郁闷地走出出租屋，在街上漫无目的地溜达街上的人影灯光，广场上的广场舞步，以及那喧嚣的音乐，杂沓的笑话……种种种种，都还在脑中纷纷乱乱地充塞着，低着头的他，听到熟悉的音乐，忙从口袋里掏出手机，划了一下屏幕。

“喂！”一个像患了重感冒似的沙哑的声音在电话那头响起，“罗哥，你在哪啊？”

“你谁啊？”罗明懒洋洋地问，其实手机的来电显示有拨号人的姓名，可他根本没有看。

“你有病啊？”那人无比气愤地谴责，“你个小土豪，连我是谁都听不出来了？”

“我管你是谁啊！”罗明一副死猪不怕开水烫的口气，“有事快说，不然我挂电话啦。”

“我是阿平啊。”那人可能比罗明都要了解罗明，大人不计小人过一样赶快自报家门，“你这个健忘的家伙。”

“对啊，你又不是不知道，我患了健忘的病，刚从医院出来呢。”罗明换了一副口气问，“有什么事吗？”

“我儿子是孤独症，怎么办啊……”

罗明假装震惊地“噢”了一下，对方以为得到了回应，开始肆意倾诉她的绝望和痛苦。

“如果让我选择，我……愿意选择一死，来逃脱这个困境。可是我不能死，我是这个孩子的妈妈。如果我能用自己的生命换来他的健全，我都是万死不辞的。可是，上天偏偏不给我这个机会。我只有选择活着，慢慢地承受这一份煎熬……”

罗明仿佛看见阿平的脸一阵白，一阵青，瘦骨嶙峋的身体摇摇晃晃，好像布袋戏中的木偶。

可罗明真的心有余而力不足，自己一地鸡毛，又怎么去安慰别人？他抓住时机问道：“孩子他爸、他奶能帮忙管吗？”阿

有几分钟没说话，之后便跳过了这个问题。那头，她绝望；这头，罗明更绝望。这倾诉何时才是尽头？

罗明只好虚情假意地安慰：“上帝关了一扇门，一定会打开一扇窗”“那是老天爷给你的礼物”“不要放弃，有希望的”等等。

同是天涯沦落人，深深无奈的他很少说这种煽情的话，但当时那情形，如果他不这么说上几句，自己都会觉得自己不是人。

两人深深地陷入长时间的沉默之中，对方也觉得他实在不是倾诉的对象，就不怎么说话了。院子里的空气冰冷如针，满天的繁星在朔风中摇曳，好像就要掉下来。

阿平没有一丝睡意，头脑被冷风一吹，竟是格外的清醒。阿平感到自己的神经嘣嘣作响，就要断裂成一地碎片。

她实在忍受不了这种煎熬。

孩子是她挚爱的人，伴随着她走进如此诡异莫测的命运。孩子永远不会知道妈妈的痛苦和抉择，不知道妈妈的屈辱和快乐，不知道人间的失算和狡诈……

罗明想绕开那沉重的话题，笑着问：“那么，恐龙为什么灭绝了呢？”

“不知道”。

罗明说：“就是这些恐龙蛋啊。据研究，在恐龙生活的晚期，它们连蛋都孵不出来了。也就是说，恐龙的繁殖出了问题。一个物种，没有了健康的后代，哪能不灭绝呢？所以，任何生物，只要它的后代开始患莫名其妙的病症，那么，这一物种，距离整体的灭绝就非常迫近了。”

阿平突然联想到很多，冷汗沁出，问道：“那结局呢？”

罗明说：“恐龙做过抗争，尽它们的力量和智慧。但是，没效果，恐龙还是灭绝了。这就是结局，我们都知道的。”

阿平说：“这太可怕了。”又急急争辩：“可是人，是不甘心的。”

罗明说：“对，人也要抗争。但愿，人聪明起来。”

阿平听着，沉思着。

最后她招呼也不打就断线了，尴尬的罗明深入骨髓地体验到了阿平的无助、绝望与悲伤。

并不是所有孩子都能在干预中很快见效，更多孩子的进步是缓慢的。罗明孩子就快八岁了，干预的黄金期早已过了，但仍然没有自己主动表达的能力，认识物品的能力也没有进步，今天学的东西明天就不会了。而回顾过去，两年的干预花费了三十多万，罗明认为他的付出和收获是不成正比的。为了儿子“可能”的进步，罗明付出了不计其数的代价，而之后的失望给他的打击则比刚拿到诊断书时更为沉重。

罗明如今已失去了过去所有功绩和对未来的宏伟蓝图，变成了为治病奔波的麻木的人，连明天自己会怎样都不知道。井然有序的生活和无可挑剔的住宅，在这几年之内就与他分隔开来，留在人间的彼岸了。无论孩子的结局怎样，生活还将继续下去。无论他现在怎样着急，怎样关心，怎样哭泣，不幸还是像一堵墙把他与外面的世界隔离，留在墙这边的只有他自己。他消耗了几倍的精力，却对一个生命的不幸无能为力。

罗明每天都在重复这些让人崩溃的日常，一遍遍，已经将耐心磨平，时常陷入崩溃。

罗明知道，罗杰想说话，想沟通，但却实现不了，他的内心有团火，却燃烧不起来。语言就是心的火，一个人几天不说话就想发疯，这孩子却天天说不了话，能不发疯吗？

有时罗杰早上一睁开眼就烦躁不安，不断发脾气，磨蹭着不起床，不穿衣服。他妈妈情绪不佳，对他吼几句，他就把面包扔到妈妈脸上，把果酱甩在桌子上，墙壁上，到处都是。罗明无法控制怒火，大声训斥他，小薇尖叫起来，她无法忍受这个疯狂的家，哭着跑出了大门，甚至忘了带她的午餐。

罗杰继续哭闹，他无法理解为什么每个人都那么气愤。奶奶被吵醒了，今天轮到她休息，可她必须得从床上起来。她冲进厨房，安慰着罗杰，努力挽救这个糟糕透顶的早晨。罗明心如刀绞，不知道如何是好，也不知道该怎样处置自己，心里一阵抽搐，浑身痛楚难言。他去了书房，关上门，自己呆呆地坐着，一动也不动。

对孩子的看管一刻也无法放松。罗杰的那些要求、那些期望，真的让人觉得复杂得难以解释，他们没有力气去一一理解，也不能样样满足他的要求。罗明夫妇难免让孩子失望，孩子生气抑郁的时候，他们不是总能兴致勃勃地劝解他；孩子无聊烦闷的时候，他们也没办法让他开心；当孩子迷失在心智的迷宫时，他们也会短暂失去陪伴他的耐心。当孩子陷入绝望无力自拔时，会又哭又喊、乱打乱踢、撕咬推撞，从睁开眼睛那一刻就开始尖叫咆哮，无论他们怎么哄他，不管他们做什么都无法使他安静。直到深夜，直到孩子被那深渊般的狂乱折磨得筋疲力尽，昏昏入睡，他们却陷入更深的痛苦，因为他们没有更多的力量帮助孩子。

罗明夫妇真的很累，有时他们绝望得难以入睡。他们互相发泄着自己的绝望，吵架，相互指责，然后互不理睬，再口出恶言伤害对方。脱口而出的那些话，是他们心里不想说却控制不住说出来的。他们要发作出来，除了互相发作，他们还能去找谁呢？夜已经很深了，带着这样的心情，他们无法入睡，很多时候，他们甚至不知道是不是还能撑得下去。

他们非常痛苦，生活在一个迷失了方向的家庭，茫然若失的情绪犹如每晚的黑暗一样笼罩着他们，家庭中的每一个成员都不由自主地助长着自己的孤僻性格，岁月的流逝使他们在可怜的自我里越陷越深。

“别人不知道我们到底怎么了，”小薇后来说，“我没有告诉任何人。”她想自己那时觉得很丢脸。别人不会也不可能理解她的感受。姐妹之间虽然很亲近，但她也无法向她们倾诉。

小薇常常在深夜从梦中惊醒。

凭什么命运对她这么残酷？凭什么她生的孩子跟别人的孩子不一样？凭什么她的生活就比别人的生活更艰难？凭什么让她的生活充满痛苦？她的脑海里经常充斥着那段难言的痛苦回忆，感觉永远都不会有外力将这段回忆从自己的记忆里抹去。她宁愿自己带病生活，也不愿意过这种糟透了的生活。

一些孤独症孩子已经很大了，还跟在妈妈身边。别人问道：出门这么远，为什么要带着孩子？有位妈妈说，因为孩子大了，情绪问题、行为问题比较严重，无处可去，只能带在身边。小薇这才突然意识到，她的儿子以后如果没有地方接收，也同样离不开父母，除了留在家，一般只能送去托养机构或精神病院。小薇也是家长，当然不希望自己的孩子流落街头当乞丐，或者被关在某个地方。但这样的孩子，真要带他出去，一个人也很难完成，因为一不注意，他就挣脱跑了，根本就跟不上。家长既害怕别人嘲笑，又害怕孩子闯祸，只能在家画地为牢。他们

成了囚徒，把自己关在牢房里，即使门开着，也不敢出去。

不知有多少次，罗杰的行为破坏了社会准则和规范。有一次，他们一家人在商场逛，罗杰摇摇晃晃地走着，提着自己精心挑选的椰子，脖子上挂着紫兰花项链，再加上一头油亮的黑发和白净的皮肤，活像一个可爱的小精灵。走到商场门口时他突然停下，看着门口右侧的模特，径直走到她身前，把手里拿的冰激凌和汽水一股脑倒在她的皮衣和裙子上。罗明傻眼了，看着一群人怒目相向，大声责备那个躲在他身后，睁着大眼，却一头雾水，不知自己冒犯了谁的罗杰，心里无限荒凉。尤其当看到他们那种鄙夷又可怜的眼神时，罗明夫妇恨不得蹲在地上缩成一团，消失在原地。

罗明为上天给予他这样糟糕的生活而恼火，这种生活根本无视人性的存在，用日常的鸡毛蒜皮、平庸的忧虑和欲望折磨着他，让他离“安居乐业”越来越遥远。

这样的日子不仅压榨着罗明，也压榨着其他孤独症孩子的家长，消耗着他们的爱与耐心，以及美好愿望威胁着要毁掉他们，毁掉他们的家。

罗明去康复中心接儿子回家时，偶尔会看见一个长得白白净净的小女孩。小女孩叫灵灵，生了双格外有神的眼睛，当她用那双透着无辜和懵懂的大眼睛直勾勾盯着罗明看时，总能让罗明早已波澜不惊的心中生出不忍。灵灵喜欢蹲在一张椅背布满镂空格子的藤椅前，似乎藤椅就是她在康复中心最好的朋友。她会先痴迷地盯着藤椅看一会，或者用几根手指在椅背镂空处戳来戳去，然后把嘴巴贴上椅脚，亲一下，再亲一下，亲完又捂嘴笑了。罗明给儿子买小零食时，碰到灵灵会分给她一点，可灵灵大多时候会径直跑开，偶尔好奇地伸手接过，没过几分钟又失去了兴趣。最近几次罗明来康复中心都没有见到灵灵，正觉得疑惑，就听班里其他孩子家长在闲聊时提起，灵灵几天前被她爸爸接回家后，失踪了。

罗明心底莫名升腾起一丝不安，却无从探究来源，便不再深究，将这股莫名的念头抛到了脑后。可这份不安很快得到了验证：灵灵于 4 日清晨遇害，凶手正是他的亲生父亲。

在罗明的印象中，灵灵的爸爸蔡某身体消瘦，面色蜡黄，额头沟壑纵横，周身常常萦绕着低迷沉重的气息。蔡某一直对女儿异于常人耿耿于怀，总是情绪消极，眉头紧锁，常常独自在休息室一角坐一下午，面前堆满烟蒂。罗明听说，灵灵的妈妈也是察觉到丈夫近期情绪的异常和言行举止的失常，意识到丈夫欲放弃女儿的想法，才在女儿失踪后第一时间报了警，然而还是未能挽回花一般年纪的灵灵。

经调查取证，警方证实灵灵已经遇害。几天后，当警察出现在蔡某面前时，他没有一丝反抗，主动伸出手戴上手铐，跟随警方离开，留下了情绪濒临崩溃的妻子。

灵灵再也不能琢磨这个她弄不懂的世界了，她如花般凋零在了这个世界。可罗明愿意相信，这个来自星星的孩子，只是结束了她在这个世界的短暂旅途，已经回到了自己的星辰大海。

恐惧

罗明总是沿着台球室门前的那条水泥小路拐向桃源小区。小镇的夜晚是安静的，透过薄薄的云层，月光洒在了道路上，替代了那万家灯火。一盏盏明灯一闪一闪的，又慢慢熄灭，几乎所有人都回到了自己的家。罗明害怕回家，他甚至都不愿意踏进家门，每天到了必须回家的时候，他得强迫自己往家走，拖着沉重的脚步一步步踏上楼梯。硬着头皮打开家门，迎接他的是屋里桌子上所有的东西。茶杯、本子、笔、小盒子、打火机被胡乱丢弃，凳子全倒在地上，一个脚朝天，一个脚朝墙，还有一个少了一条腿。壶里的水流出来，地上四处都是水迹。还有打碎的碗，儿子撕破的纸……

家里人对他的归来几乎没有什么反应。他真想退出房间关上门，任他们去了，但每次都还是忍住了，该干吗还得干吗，哪怕是应付着，也得让自己走进去。

站在门外的罗明忐忑不安，好像看到很多东西，但都没有看进心里。他感到头顶有一片黄色很热烈，“那是家的灯光。”

他心想。然后他将手伸进了口袋，摸到一片坚硬的金属。他心里微微一怔，手指开始有些颤抖，他很惊讶自己的反常。那是一把钥匙，它的颜色与此刻走廊的灯光近似，它那不规则起伏的齿条，让他无端地想到自己正面临一条凹凸艰难的路。钥匙插进门锁并且转动后，他推开门迈进了家，大脑却开始操纵与躯体对立的行为。他伸手将门拉过来，猛地用力，将房门撞在门框上，那声音是粗暴且威严的。不用怀疑，他现在已经回家了。然而他并没有感觉家里有烟火的气息，他的视线里没有出现儿子和妻子，寂静的家让他心里暗暗吃惊。迷惑不解的他惊慌跑到楼下才朝四周打量起来，发现不远处聚集着一群人。挤进人群的罗明看见妻子小薇蜷起腿，双手紧紧抱着罗杰，目光呆滞。罗明顿时觉得脑子里轰轰作响，看天，云彩就在脑子里飘飘荡荡；看一株树，树就立在眼前，像是鼻梁的影子。这瘆人的寂静让人感觉很漫长，其实却很短暂。

傍晚在厨房忙着炒菜的小薇，发现罗杰在她身旁跑来跑去。油锅里的油还在噼噼啪啪地跳着响着。他看了妈妈一眼，“蹬蹬蹬”地跑进了大卧室。等小薇忙完进屋，发现屋里根本没人，正四处找时，突然想起大卧室的窗户是大开着的，她心中一震，急忙跑进卧室扑到窗台向下看，地上还真有个小小的身影——天，这可是5楼!

她吓得一口气憋在嗓子眼里，转身就往楼下跑。

虚脱的她用颤抖的手抱起地上的罗杰，发现他只是头上有些青肿，神智却很清醒，见了她，就软软地靠在她怀里。小薇心中稍定，这才发现自己出来得急，什么也没带，脚上还穿着拖鞋。

旁边围观的邻居大哥急得直冲她喊：“喊半天了你咋才下

来？我们也不敢随便乱动孩子，你赶紧送他去医院看看吧！”

医生检查后告知，孩子并无大碍，只有头部轻微擦伤。

后来据围观的李师傅说，阳台的雨棚是十多天前才刚刚装上的，上下两层彩钢瓦，中间是厚厚一层泡沫，起了缓冲作用，孩子幸好是掉在这上面，否则后果真不堪设想。

“这样的日子不晓得还要过多久？”小薇悲苦地问着罗明。

罗明回到房间，身体埋没在黑暗中，像深蓝色的铅块。人们躺下来，取下他们白天戴的面具，结算一天的总账。他们打开自己的内心，打开自己的“灵魂的一隅”，他们悔恨，悲泣，为了这一天的浪费，为了这一天的损失，为了这一天的痛苦生活。自然，人们中间也有少数得意的人，他们已经满意地睡熟了。剩下那些不幸的人、失望的人在不温暖的被窝里悲泣自己的命运。无论是在白天或黑夜，世界都有两种不同的命运，为这两种不同的人而存在。

那天晚上躺在床上，罗明几乎一夜没合眼。窗外寂静无比，惨白的月光幽幽动人，窗外树木的影子隐约可见。他在追忆着以往的岁月，竟无意间多愁善感起来，连他自己都有些吃惊。他仿佛看到一个男孩正离他远去，背景是池塘和柳树。男孩走在一条像绳子一样的小路上，每走几步总要回头朝他张望。

他设想着明日早晨醒来时的情景，或许当他睁开眼睛时将看到透过窗帘的阳光。如果没有阳光，他将看到一片阴沉，或许还能听到屋檐滴水的声音。但愿明天早餐阳光灿烂，这样他就能听到户外各种各样的声音，那声音如朝阳一样充满活力，也能看到邻居的四只鸽子在楼顶优美地盘旋。

罗明突然感到很不安，他从床上起身，毫无目的地在黑暗中找寻着未来，脑子一片混乱，一遍又一遍回想着那晚发生的事，恐惧紧紧覆住了他。他茫然地向窗边走去，玻璃上映出往昔家人的身影，耳边响起愉快的欢笑，他做了三十年儿子以后，开始做上父亲了。现在儿子罗杰已有八岁，他父亲六十三岁，母亲五十八岁，他是又做儿子，又当父亲，属于承上启下、继往开来的人。几年前，一些朋友问他：当了父亲以后感觉怎么样？他说：很好。确实很好，而且他只能这样回答，除了“很好”这个词，他不知道该怎样说。家里增加了一个人，一个很小很小的人，罗杰把这个小人儿抱在怀里，长时间地看着他，然后告诉自己：这是他儿子，他们的生命紧密相连，他和他拥有同一个姓，他将叫他爸爸……

罗杰就这样往下想，去想一切和儿子相关的事，直到再也想不出什么时，他又会重新开始去想刚才已经想过的。

儿子出生以后，罗杰每天都有着实实在在的感觉，他能感受到儿子的声音，有时候会感到比体会自己更加真切。而且这实在的感觉每天都在变化着，随着儿子身体和声音的变化而变化，虽然很微妙，可是十分明显。他感到有一个生命正在追随着他，他能够理解儿子逐渐成长的思维，就像理解自己的思维一样容易。

可是，命运总是捉弄人。儿子四岁时，被确诊为重度低功能孤独症。那时，罗杰才知道小便要去找痰盂，但有时玩疯了常常来不及，会尿在裤子上。夜里常常被小便憋醒，抱他起来小便又很不开心，大哭大闹，闹得所有人都无法再入睡。他不会说话，但会发出各种各样的噪声。带他去坐公交车、坐地铁，他会一直发出“呜噜呜噜”的怪声，怎么制止都不听。在家里，

他喜欢跳来跳去，为了不打扰楼下邻居，罗明只好让他在床上跳，床已经被他跳塌了两次（后来，专家评估他不适宜跳蹦床，会导致过度兴奋）。越是不能做的事情，他越是喜欢。带他出去容易，带回家却很难。有一天，他发现在楼道上喊叫，回声会放大，这让他兴奋不已，越发喜欢在楼梯上大喊大叫。罗明怕打扰到邻居，只能费尽力气把他扛进屋子。

每天看到爸爸下班回来，罗杰从不会兴奋地扑过来让爸爸抱抱，只会瞥爸爸一眼，然后该干吗干吗。正常的孩子会和家长互动，会撒娇，会分享他的喜乐，在家长的引导下慢慢成长，并时时给家长一些惊喜。他会慢慢地独立，交新朋友，对生活有新的认识。然而，孤独症孩子仿佛永远不会成长，你喊他过来，他其实听到了，也听懂了，但就是不愿听从你的指令。他跟你从没有互动，除了他有需求的时候，才会拉你的手到他需要帮助的地方，例如打不开的盒子、够不到的玩具。

罗明在养育儿子的过程中，一点成就感也没有。

从康复中心回来，罗杰情绪起伏变得非常大，因为东西学不会，也无法用语言表达自己的情绪，心中的火气也随着年龄增长变得越来越大。罗明夫妇每天要面对各种突发事件，还要一遍遍不断地重复和解释。

如果看到别人口袋有东西吸引他的话，罗杰就会伸手去拿。对方要是知道罗杰的病还能理解，尴尬的是往往对方是陌生人，这时罗明夫妻俩常常要一个劲地道歉，解释。

“最常听到的也是最怕听到的就是别人说，这孩子真没教养。”但事实上，他俩在教孩子方面下的功夫，可能是普通父母的成千上万倍。

他们也尝试过语言训练，可教他五个字，他花了一个半小时也记不下来。他也会尝试着说出来，可是别人听不懂。

罗杰知道苹果、香蕉、杯子、电视机，也知道飞机、火车、轮船，这个世界他已经认识了九亿分之一，他已经很棒了，但还有一些东西，多少他也应该知道一点，但是他却无法知道，譬如说忧伤……

别着急去厨房翻冰箱，冰箱里没有忧伤，也不用拉抽屉，玩具柜里也没有忧伤。你是找不到忧伤的，它太狡猾了，躲在一个谁都不知道的地方。它没有颜色没有形状没有味道，看不见闻不到摸不着，想找的时候找不到，不找的时候突然就来了，罗明想到这些就开始忧伤了，忧伤来得突然，没有一点铺垫、过渡，打了罗明一个措手不及。

过年，奶奶要邀请伯伯、哥哥、姨妈、姐姐、姑姑、弟弟大大小小二十多人参加家族年夜会。妈妈做大家最喜欢的食物和甜食，把家里装饰起来，在客厅搭一张长餐桌，保证每个人都要有座位。家里到处都是鲜花，擦得锃亮的家中灯光璀璨，餐桌上摆放好看的瓷器里面装着糖果、点心。

人员到齐后，年夜饭开始了，当大家举杯庆贺，还来不及反应之的，罗杰快如闪电般抓起左手的杯子，将两杯酒倒进了盛面条的碗里。同时脸上带着无辜的表情，好像他并不知道自己在做什么。

“罗杰！”

小薇拉住罗杰的胳膊，拍打他的手，带他离开了饭桌。但是太晚了。罗杰变得狂乱起来，他咬着妈妈的大拇指，又踢又打，拼命挣脱她跑了。当着大家的面，他尖叫、咒骂着跑过走廊，

“砰”的一声，重重地摔上门跑了出去。客厅里一片沉寂。几秒前大家的欣喜心情消失，奶奶那句“祝愿我们家每个人健康”的话还未说出口。

罗明尴尬地看着一桌人的表情，他们努力掩饰着自己的不安和愤怒。他没有不安，也没有愤怒，只是仿佛有什么狠狠地击中了他，他只感到悲伤，令人头晕目眩的悲伤。他想闭上眼睛，就这样离去。渐渐地，大家回过神来。奶奶和姑姑开始收拾，把餐具拿去厨房清洗，把碗碟装进洗碗机，也许，应该把这次晚宴洗个干净。现在，每个人都想帮忙，必须要做点什么具体的事儿，得让这个夜晚回到正常的轨道。三岁的妹妹觉得奇怪，罗杰哥哥为什么那么愤怒？姑夫制止了她，不让她继续问下去，哄她到旁边玩。

餐桌旁只剩下罗明和小薇。他们看着彼此，心里知道这是他们必须承受的，其他人不能理解，也无法帮助他们，他们深知这样的事实。

罗杰跳了起来，一溜烟消失在走廊尽头。几分钟之后她姑姑皱着眉头回来了，对罗明摇头、眨眼，示意罗明从客厅出来。走到卫生间，罗明看到罗杰坐在地上，小薇化妆盒里的东西撒了一地，罗杰用口红、睫毛膏和面霜，把脸涂得红一块、黑一块、白一块，还用半管发胶，把自己的头发做成了金字塔的形状。“住手！”罗明几乎要愤怒地大声叫出来，但他忍住了自己，温和地责备罗杰说，这会让妈妈伤心难过的，然后帮他洗掉。

这一个月，罗杰天天拖着小薇去超市买东西，不给买就撒泼耍赖，旁人的指指点点让小薇脸上无光。她抹着眼泪去收拾东西，想回娘家。可翻遍了衣柜，却发现自己连一件像样的衣服都没有。

自己过的这是什么日子啊？八年了，吃的是罗杰搅和得乱糟糟的剩饭，穿的是夜市里二三十块钱的地摊货，连睡觉都不能安安心心地早点躺下……

有时晚饭吃的是饺子，剩下一大碗她收在冰箱里，早上起来想热一热当早饭，却怎么都找不到了——猜来猜去，多半是罗杰半夜里吃光了。走在路上，罗杰要是看见别人拿着饮料喝，就跑上去把人家手里的饮料抢下来，仰着脖子就开喝。她要赔人家钱，碰见好说话的，笑笑摆摆手就走了，碰见脾气不好的，怒气满脸地训她两句，也是常有的事。

小薇带儿子出门买东西，一出门，儿子就像挣脱了缰绳的野马一样到处乱跑。小薇在后边喊着撵着也追不上，保安帮忙拉着他，他还对人家挥拳头。

有时坐公交车遇到没座，他就把人家从座位上拉起来，自己一屁股坐下。人家看看他的神态举止，也就不和他一般见识。可她得赶紧跟人家道歉说好话。

有段时间罗杰像是油桶边偷吃的老鼠，熟练地拆开包装袋塞进嘴里窸窸窣窣，吃完就变成大摇大摆的猫，享受外界普通的天光。有时吃得撑了，只能用两根手指轻轻插进自己的喉咙，让食物倾泻而出。暴食是会对身体造成伤害的，小薇明白这种行为是绝对病态的，只能二十四小时看管罗杰，不能让他再暴食。

想着想着，小薇慢慢停了手，坐在床边放声大哭起来。

小薇所有耐心都被磨光，崩溃得悄无声息，她感觉自己的体内像是有座钟在走，一秒一秒卡着时间，快不得。尽管她想此刻快速过去，最好快得连记忆都来不及保留。她觉得自己的

生活在这炎炎夏季像是发了潮的被褥，她披着厚重的被褥，感到有些窒息。

她恐惧入睡前的那段时间，闭上眼感受到不安的黑夜。回忆最会扰乱人的呼吸，大脑为了安慰她而编造出无比真实的情节，醒来后现实只会让她更加难过。在房间的大床上，小薇辗转反侧，思绪让她凌晨四点五十二分就会变得无比清醒，然后再用一个小时去继续中断的梦。一天的时间开始骤然缩减，她期盼的是每一次心慌中迎来的天明，白天的日子也像是一匹被突然剪断的白布，粗糙暗淡而冰凉。时断时续的悲伤像信号不好的通话，偶尔接在她身上，不断让她将注意力集中在眼前，思考眼前是什么。

一天中除了睡觉，罗杰就是在跑，谁都想象不出，他这么一个小小的身体何以蕴藏那么巨大的能量。火山再猛烈也只是一阵，喷发完也就停了，他不是，永远在跑，永远在路上，每天睡觉不过是为下次的奔跑积蓄能量。他不停地跑着，一刻也闲不下来。电动玩具后面都有一个开关，不想玩了关掉开关立即停下。每次看到儿子从屋这头跑到那头，小薇多希望儿子身上也有个开关。

楼下邻居家的男人身体不好，出来进去都坐着轮椅。那家女人 50 来岁，因为噪声的事上来过好几次："看好你家孩子，别成天弄出那么大动静。我丈夫心脏病做了好几个支架，受不了噪声的刺激。"

小薇只得连连道歉，看着邻居怨气冲天地转身下楼。

白天小薇干活的时候，都会把罗杰关在小卧室，让他自己玩。等她忙完手里的活，就带他出去玩。即便是这样小心翼翼，出来进去偶尔和楼下的邻居碰面，他们还是脸色阴沉，对她的殷勤讨好毫不搭理。

有一天晚上，罗杰因为一点小事发脾气，又蹦又跳，大声叫嚷，又折腾到了将近十二点。小薇怎么劝哄他都不听，气得罗明狠狠骂他两句，他才老老实实去睡觉。

第二天一早五点多钟，罗明被门外“啪啪”的敲门声惊醒，揉着眼睛去开门。一个不提防，门被人从外面一下子拉开，呼啦啦涌进来男男女女六七个人，有个人开始指责：“你们家是不是有病，大晚上不睡觉，经常三更半夜在上面连蹦带跳，怎么，不想活啦！最后狂欢？”

“家里有病人，多次上来给你们讲小声点，你们一如既往的吵闹，当我们是软柿子？”

“你会不会说话，孩子那么小，好动不行吗？”小薇争辩道。

“你们大人也没消停啊！连吵带骂的，连个小孩都教育不了？再说了，你的小孩都那么大了，是智商低吗？你们全家是夜猫子，当别人都不用睡？”

原来，昨天晚上罗杰闹这一通，让楼下的老两口忍无可忍，给儿女亲戚们打了电话，让他们上楼交涉。

罗明自知理亏，连忙给人家说好话。可人家不为所动，要求他们尽快搬家，还说要是因为罗杰这么折腾，他家老爸心脏病发作，有个三长两短，罗明是要负责看病治疗的，并扬言要罗明夫妇赔偿自家巨额精神损失费。

“你这个人怎么这么缺德？我们家小孩也是病人，我们也要正常工作生活。”小薇争辩了两句，结果老人的儿子抡拳就打。

场面瞬间混乱起来，最后闹到居委会，罗明再三道歉后才了事。

伤痛

自四岁的时候被确诊为孤独症，罗杰也就没有了童年，小薇指的是大多数人所经历过的那种童年，也是罗明和小薇他们所经历的童年，那种属于田野和街道、属于争吵和赌气、属于无知和无忧的童年，那样的童年是贫穷、疾病和死亡都无法改变的。而罗杰的童年犹如笼中之鸟，在阴暗的屋子里成长，丧失了一切愿望，墙壁阻断了他与欢乐之间的呼应和对视。他能够听到外面其他孩子的喧哗，却只能待在死一般沉寂的屋子里。门开着，他不是不能出去，而是“找不到钥匙，尽管门开着，还是出不去”。

小薇对这样的生活充满了恐惧，对生命意义的追问常使她从梦中惊醒。

长时间忧郁下，她逐渐发现自己脚步拖沓，情绪变化无常，记忆力衰退，最近甚至常常在睡梦中哭泣。

起初几个晚上，梦里都是别人，她自己不在其中，只是一如往昔不断走马观花。所有的声音、情节、心绪定格为线条、色彩，那些起初在梦境中贯穿始终的佛音没了踪迹。她觉得自己离这个梦更近了，那或是，梦境再次奔向她时，已经成为她犹疑的一部分，成为她生活的倒影，影子的混沌与摇摆早已一同构成她内心的不安。早上醒来时，小薇觉得头晕晕的，直到中午也甚是滞重。梦中的细节仍反反复复缠绕在心间，和即将要看的材料混合在一起，其间伴随着的各种晨间杂音，渐渐又成为刚刚梦境的配乐。她突然觉得记忆中熟悉的佛乐又回来了，只是这次，它们不是从寺院或者街头广播传来，而是从她身边。这种气氛让她经历着的每一个此刻也总是伴随着过去，而过去的声音又成为现在的一部分。

罗明看到小薇神色恍惚，像往常那样拍拍她的背。移动身体的瞬间，她的指尖不经意触到罗明的手指，又是一怔。她意识到自己走神了，想到重要的事情还没有说，但又觉得说了就会变成诉苦。而此时她的心境，完全受不得任何诉苦，哪怕是从自己口中讲出的。言语悬置，她又愣在空气中，直到罗明困惑地问道："没事吧？"

她颤声问："你打算一直这样吗？"

"什么？"

"不工作，就待着。我是不知道去哪里，你也不知道吗？"

"你要说什么啊？"罗明不耐烦起来。

"我要说什么你不知道吗？"接着她开始哭，低声抽泣。

他惊讶，只得温和地问道："你怎么了？到底怎么了？"

她不说话，只是满脸泪水，鼻涕被硬生生吸着。罗明伸手将她额前的头发捋到耳后。一种绝望被另一种绝望追赶着，似要稀释，但前面的绝望依然最深重，不可阻挡。她迅速平静下来，

再看向罗杰，又觉得他和往常一样。

“我不像你，我没有选择……我也不知道我到底要做什么，所以我说的拒绝，是逃避。可你是为什么啊？你的一切都是现成的。你随时可以带，可以试试看……痛不痛苦……你是真的因为痛苦才想去工作吗？我不明白我为什么在这里，我也不明白我为什么在这里瞎混。我更不明白为什么是我？为什么是我？老天爷为什么这么对我？我做错了什么？”她说了哭，哭了说，未擦拭的泪水在她脸上流动，显得情绪波动极大。她走到门边，关掉灯，楼道的光把她的脸映出小半边黄灰色轮廓。

周围的事物终于变得无法辨识了，她认为她已经跨出了之前所有的边界。她曾听人描述过这一时刻，当扬帆起航，终于看不见陆地时的心情。她想，人们经常描绘的，有关这一刻的不安与兴奋，应该跟她开着车渐渐驶入陌生区域的心情非常相近吧。这种心情就是在她转过一个弯道，发现自己驶上了一条环绕小山的盘山公路时，袭上心头的情绪。她能感觉到左侧是陡立的山崖，只不过由于路边树木丛生，繁茂的枝叶使她没办法看清罢了。那种不知前路如何的感觉陡然涌上心头，她得承认自己当真感到了一阵轻微的恐慌——这种感觉又因为担心自己也许完全走错了路而变本加厉，唯恐自己正南辕北辙地朝荒郊野外飞驰而去。这种恐慌只不过一闪而过，但却让她放慢了车速。

“等我们离开了这个世界，他们将怎么办？”这个问题小薇一直无法回答。

即使她确认自己已清楚地知道要怎么做，可她认为，在这个问题上他们有责任去对抗现实。对所有像她这样家庭的母亲而言，重新生一个，就更是一种父母责任了，唯有如此，他们每个人才可能为赢得“尊严”而更好地努力。

小薇对罗明说：“咱们再要个孩子吧。”

“你不打算给罗杰生个弟弟或妹妹吗？”

“如果再生一个，将来就有人照顾罗杰了……”

总是有人劝罗明再生一个，罗明知道他们的动机是善良的，每次都嘻嘻哈哈，插科打诨地敷衍过去，但对小薇提出再生一个他就没好脾气了——他也不知道为什么，别人说话他可以不计较，但只要是小薇跟他说这些话，他就只想放狠话。所以小薇每次旧话重提，他就恶狠狠地说：“要不，你跟别的男人生去吧。”

“你能保证再生一个是没问题的？万一生的还是这样的，我们该怎么办？”

小薇觉得他们不会这么倒霉。孤独症概率非常低，一千个小孩中可能才有一个，没有谁会这么倒霉！

——是吗？！

“兄弟，也不能总是别人家的孩子得孤独症。”一个朋友安慰他的话言犹在耳。

如果只有一个孤独症的孩子，他的人生百分之百就输了；如果他还有一个普通的孩子，他就只输了一半……

理论上，他的人生还没有完全输掉——如果我生一万个普通孩子，失败就被稀释得微乎其微，可以忽略不计了。

但他却生不了一万个孩子。

他记得曾经有个女孩告诉他，她还没出生就带着责任来这个世界。

她叫吴梦，从小吴爸吴妈就跟她说，吴哥是她在世上最亲的人，要她对吴哥好，无论如何都不能丢下他。

于是，打小吴梦的身边就有个哥哥。

她小的时候还不懂哥哥跟其他人的区别，一直把父母的话放在心里，有些小伙伴骂哥哥是傻子时，她还会捡起地上的石子扔过去骂道："你才傻子，你全家都是傻子！"

等她上了五岁，早就不再尿裤子尿床了，可哥哥还会尿在裤子上，她笑哥哥笨，吴妈就会轻喝一声："不许这么说，你哥只是学得慢了点。"

哥哥生病进医院了，医生说还得住院，这下又得分出人去医院照顾，吴爸和吴妈忙得晕头转向，偏偏哥哥也不是个听话的，在医院里待不住，趁人不注意自己拔了针头跑了出去。

吴妈找了大半夜也没找着儿子，只好告诉了吴爸，吴爸怕吴梦一个人在屋里不安全，索性背着她一起去了医院。

吴妈看到睡得有些迷糊的吴梦，找不到哥哥的惊慌让她的情绪失衡了，她恼怒地把吴梦从吴爸的背上掀下来，生气地拍打着她的胳膊，咬着牙骂："你为啥不好好看着你哥，要是你看管住他，怎么会病，又怎么会跑！你哥要是有事，都是你害的！"

吴梦被打清醒了，她无措地看着一脸扭曲的吴妈，还有一边唉声叹气地伸出手，却最终没有拦住吴妈的吴爸。

五岁的吴梦在茫然之后就是难过，却也明白了一件事，哥哥有事，被骂的是她。

把这个关系换算一下，那就是，在吴爸吴妈的心里，她没有吴哥重要，她突然打了个哆嗦，觉得很冷。

后来，哥哥被找到了，他在外面冻了半天，又没穿鞋子，脚底被硬物割伤了。

吴妈又哭又笑地扑过去，吴爸也跑了过去问长问短，看儿子有没有哪儿不舒服，他们全然忘了吴梦就孤零零地站在一边。

折腾大半夜，一家人累了，只好在病房里囫囵撑到天亮再回家。

两个大人就在椅子上凑合着，吴梦躺在病床上跟哥哥一起。

哥哥身上还带着寒气，他傻傻地拉着吴梦说："妹妹快过来啊。"

那时的吴梦还理不清自己的情绪，只觉得看着哥哥有股闷闷的感觉溢了出来，她抿着嘴，闷不吭声地背对着他缩进被子里。

哥哥的手在被子里摸索了一阵，往妹妹手里塞了件东西，她不要，于是推了回去。

哥哥固执地又塞了过去，她又推，他又复塞，来往了好几次，吴梦很不高兴地捏着那玩意儿往被子外一扔，哥哥急了，叫了出来，爸爸妈妈被惊醒了。

亮了灯，哥哥一脸委屈地看着吴梦，眼睛眨巴眨巴地说："我捡回来的，妹妹把它扔了。"

吴爸当即就趴在地上找，没找着，哥哥就有些闹脾气，加上吴爸本来工作就累，又一夜没睡，情绪也不太好，就揉着太阳穴怪吴梦："你咋能把你哥给你的东西扔了？太不懂事了！"

吴梦眼睛一酸，差点就要哭出来，她猛地一拉被子，把自己裹了起来。

她慢慢明白了，哥哥跟自己是不一样的。

吴梦上学后，吴爸吴妈的工作更忙了，吴哥几乎就交给了吴梦，她去哪儿都得带着他。她上课，他就在门卫室里玩，下

了课两人再一起回家。

整个童年时代，她没有一个朋友，不是不想，而是不能。

人人都知道她有一个傻子哥哥，所以嘲笑她，觉得跟她亲近了也会沾了傻气。

唯一一次，有个同学过生日，也约了她，她欣喜若狂地赴约，那种场合自然不能带上哥哥。

可他不依不饶，竟然追着去了。吃蛋糕的时候，一群少男少女玩疯了，追着往其他人脸上涂奶油，吴梦也不例外。

其实那一刻，她很高兴，那意味着她被接纳了，有同龄人的快乐了，可哥哥把一切都破坏了。

他以为那个在吴梦脸上涂奶油的人是在欺负她，直接冲过去打人家。

哥哥比他们大七岁，长得又壮实，把那同学的鼻梁都打断了。

吴梦傻眼了，她看着那个把她护在身后，自以为己个勇士的哥哥，心里却无限荒凉，其他人看她那种鄙夷又可怜的眼神刺得她恨不得蹲在地上缩成一团。

他为什么要出现在自己面前？为什么要破坏掉自己好不容易得到的友谊？

他是她哥吗？不，是她的债主，天生就是来向她讨债的！

后来，吴家赔了一笔钱把事儿了了，可吴梦却彻底被孤立了，谁敢靠近她？万一她那个傻子哥哥又把人打得断胳膊断腿了咋办？

上大学那几年是吴梦最快乐的时候，因为不用走在路上时也要注意哥哥是不是跟上了。

毕业后，她原本已经在外面找好工作，可哥哥又惹出了事儿。

他有天想去救一只楼顶上的猫，结果没站稳摔了下来，吴爸看见了这一幕，冲过去垫在他身下，最后他没事，吴爸的腰却伤着了。这一伤，吴爸的工作只好打了内退，吴妈一个人又照顾不过来，只好叫吴梦回来。

她想拒绝，吴妈立马就哭了，他们愧疚得情真意切，却也要求得理所当然。

吴梦把电话攥得死紧，她是真的很想没有良心一回，可她又做不到，这么些年，她已经默认自己要照顾他们一辈子了。

有些东西，就像紧箍咒一样天天在耳边念，尽管很讨厌，但下意识的反应已经形成了。

她回去那天，哥哥去接她，嘴咧得很开，说："妹妹回来了啊，以后又能在一块儿了。"

吴梦冷冷地看着他，想大声质问他，为啥要去救猫，蠢得把爸爸也弄伤了。

其实她也知道，自己并不能在外逃避很久，可人一旦有了借口，就会死抓着不放，好像假装没有发生，一切就可以不同似的。

她感觉一切又回到了少年时期，她的生活就是不停地看着哥哥，不停地替他收拾烂摊子，不停地围着哥哥转。

吴梦二十八岁才结婚，她自己谈过恋爱，也相过亲，可对方得知她有一个傻哥哥之后都打了退堂鼓。是啊，谁愿意要这样一个负担？现代人谁活得没有压力？谁都想活得自在些。

后来，她有了儿子，战战兢兢地看着他长大，儿子喊出第一句妈妈时，她哭得很厉害，心里也终于落下了一块石头。

儿子是正常的，她的家族基因并没有坏，只有哥哥的病是命运开的玩笑。

儿子五岁的时候，吴梦跟人合伙开了家服装店，生意很忙，所以没办法，就把儿子交给吴妈照顾。她跟吴妈叮嘱少让儿子跟吴哥接触，哥哥力气那么大，又没轻没重的，万一把儿子伤着了怎么办?

吴妈都答应得好好的。

可那天，吴梦正在店里帮助顾客挑选衣服，眼皮突然跳得厉害，果然，她妈打电话来说出大事儿了!

吴梦跌跌蹿蹿赶到的时候，儿子已经昏了过去，头上一片血迹，皮肤白得有些透明。原来，哥哥偷偷带着儿子去骑车，结果自行车翻了，儿子的头被磕破了。

吴梦差点没站稳，她晃了晃身体，咬着牙把儿子送去了医院，医生说孩子颅内有淤血，有一定的可能会压迫到视觉神经。

换句话说，儿子可能失明。

吴梦彻底崩溃了，她狠狠抽了吴哥一耳光，骂他："你要害了我儿子，我跟你没完!"

她像只失控的狮子冲着哥哥发泄，吴母过来劝架，说："你哥也受着伤呢!"

是的，哥哥胳膊流出的血凝固了，又在她的拉扯下被她撕裂了伤口，腿也一直在发抖，可吴梦却觉得他活该，比起她儿子可能会瞎，这点痛算什么!

过了好一会，吴梦才想起来问妈妈："我不是说过不要让他俩在一块吗?为啥他们会一起去骑车?"

她生的儿子她知道，有点认生，一般不会跟人出去玩。

吴妈支支吾吾了半天吴梦才听明白，妈妈是故意的，她就是想让哥哥跟儿子多接触一些，最好能产生深厚的感情。

她是在替哥哥筹划以后呢！

哥哥不知道生活的压力，冷了只管要穿，饿了只管要吃，世界再残酷也与他无关，他在他的世界里称王称霸，过得极为潇洒。

而吴梦却会被生活摧残得提早老去，说不定当她成了一个佝偻老妪时，哥哥还会像头蛮牛一样健壮又天真。

所以，吴妈对外孙也灌输着要对舅舅好的思想，这样等吴梦老了，她的儿子就会接过照顾哥哥的担子。

吴梦脑子一嗡，她不想让吴哥和儿子亲近，为的就是不让两人发展感情。

她还没有出生的时候，就已经背负着照顾吴哥的重担了，她这辈子是无法挣脱了，可她儿子的人生不应该戴着这副枷锁。

所以，妈妈凭啥安排她儿子的人生？为什么要为了一个傻子拖累两代人？讨她一个人的债还不够吗？凭啥还要拉上她儿子？！

崩溃的吴梦尖着嗓子把几十年来她受的委屈通通骂了出来，骂爸妈自私，自己没本事就拉上她垫背，害了她一辈子不够，还想害她儿子！

她回忆起自己贫乏又可怜的童年和少年时期，因为哥哥，她被人奚落，被人嘲笑，被人孤立，高中因为要照顾哥哥，她的学业也受了拖累，要不然，她本可以考更好的学校。

后来，她喜欢的人因为哥哥放弃了她，现在的婆家也因为哥哥的存在轻视她。怀儿子时，婆婆甚至说：“要生出来像你哥

那样的，我们可不管啊。”

那时她死咬着牙，尝到了血腥味儿，却没法反驳，哥哥的傻活生生地摆在台面上，她一句反驳的话都说不出口，只好忍着。

她仿佛从来没有肆意过，一个傻子就足够让她的人生染成灰色。

骂到最后她蹲在地上哭了，最后她哽咽着一字一句地说：“如果早知道活着这么累，我情愿你们从来没有生过我！”

吴梦骂完一通就被医生叫走了，她也没管爸妈是啥脸色。痛吗？悔吗？那也是他们应该受的，早在他们怀着再生一个孩子来照顾傻子的想法时，对她就已经很不公平了。

医生那边是个好消息，儿子颅内的淤血散得很快，孩子眼睛应该不会失明。

吴梦深深地松了一口气，一连几天不离医院，观察儿子的病情。

那期间，只有吴妈来了几回，吴梦也没放在心上，她知道那天自己骂得太狠了，他们心里肯定有想法。可她不后悔，他们也该反省反省了。

儿子终于可以出院了，视力虽然受了点影响，但好歹没有失明，只要注意点还是没啥大碍的。吴梦也觉得该回去看看哥哥了，说来她也觉得奇怪，以前哥哥从来没有这么多天不出现在她面前。

她回娘家的时候，吴爸好像已经等她很久了，他说：“让你受委屈了。”

吴梦已经不是情绪激动的那会儿了，听到这话有些别扭，有些自嘲地说：“还说这些干啥，这么多年都过来了。”

她早就接受了。

吴爸说：“你骂得对，这对你很不公平，我们觉得你辛苦，却没想过这也是我们逼的。”

不，或许是想过的吧，但是没有办法，他们需要一个接任者，于是忽视了她的委屈。他们想通过自幼捆绑的方式将他们绑在一起，好让吴梦扔不掉哥哥，可这又何尝不是逃避做父母的责任？

所以，这些天他们没有再让哥哥去找妹妹。

吴爸深深叹了一口气说：“你哥该是我们管的。”

吴梦心口猛地一跳，总觉得有哪儿不太对劲，她有些结巴地问：“你，你们打算咋管？”

吴爸说：“我跟你妈现在还能动，管得住他。”

至于动不了的时候……吴爸没有具体说，但吴梦猜测，他们是想到时候把吴哥也一起带走吧。

她觉得有些荒唐，又觉得有些无奈。

荒唐的是，当初他们任性地决定了自己的出生，现在，又任性地决定了吴哥的死亡；无奈的是，他们想用这种方式，减轻她的辛苦。

吴哥突然回来了，他看见妹妹，原本想冲过来的，但想起了啥，又收住了笑，慢腾腾地挪远了。

吴梦看得有些气闷，却又有些心疼。

于是，她喊了一声：“哥，你手里拿的啥？”

“哦，花和树莓，你爱吃的！”

吴梦以前带他去爬过山，说过自己喜欢花，还喜欢吃树莓，

他都记下来了，不能去看妹妹的时候，他就跑去山上，摘花和树莓。

他说：“树莓好难找，我找了很久，你看我手都划破了。”

吴梦低下头，突然眼窝发酸。

她想起了小的时候，人家骂哥哥是傻子，她捡石子扔过去，那些人也扔过来，哥哥就挡在她面前。

生日事件之后，哥哥知道自己错了，为了让她不继续生气，就跑去那个被打的男同学那儿让人家打回来，结果人家更觉得他傻得厉害，更不想理他了。

大学时每次她回家，他都会把藏起来的好吃的给她……

她无法定义这些过去是不是美好的，却也无法否认这是一个人最真诚的部分。

这个人，是她哥哥啊。

她并不愿意，却也陪了三十多年的哥哥。

吴梦找来医箱，替哥哥清理伤口，她说：“你别再去了，下回我带你去，你乖乖的哦。”

包扎好了之后，哥哥认真地盯着绷带，神情一片天真。

吴梦看着他想，他来到这世上，却看不到世界更多的样子，他只能无知地待在自己的世界里活着。其实，他比自己更没有选择权。

生命本无辜，也许有些人就是要接受这样的宿命。

比如吴梦，比如吴爸吴妈，比如小薇，比如罗明自己。

崩溃

“人为什么要活得那么累？”

无论是诗意的安居，还是平淡的生活，罗明和小薇越想抓住的，却离他们越来越远。每天在闹钟声里度日的罗明常常紧张得手忙脚乱，同时又无聊到感觉每过一分钟都受尽了煎熬。小薇也一样害怕失败，两人面对扎心的现实生活，差不多天天要吵架。

每到晚上小薇总在重复那几句话：为什么是我？老天爷为什么这么对我？我做错了什么？说了哭，哭了说。她把手捂在心脏的位置，长这么大她从没这么痛心地哭过，对于体内那些源源不断的泪水她都有些害怕了。

除了泪水，她还能记那天有一条不知饿了多少天的流浪狗，浑身沾满了泥土，跟在她的身后。这条脏兮兮的狗让她更加难受，她不再压抑自己的悲伤，转而放声大哭。那条脏狗显然被她的哭声吓坏了，撒开四条短腿狂奔而去。

她站在楼下，仰起头看黝黑的天空，一瓣弯月眨眼间就被

乌云吞没了。回到家取衣服，一屋子的凌乱让人糟心。前前后后，从阳台到厨房，挪了挪身，打开煤气灶，点上火。烟雾里，窗外天空狭窄，窗内环境逼仄，空气里弥漫着一股不可名状的味道。这种味道，让小薇感觉处在一只巨大的冰柜里，又冷又窒息。

小薇关了灯，骂了自己一句，真没出息，一个家庭经营得这么惨淡。看着冰冷狼藉的厨房，还有厨房外杂乱的几十平方米小院，小薇真真切切地希望这只是梦一场。

好像上一段记忆还不是这样。上一次是儿子突然横亘在两人之间，似乎不经意间改变了这个世界。两个人变成了两个家庭，两个家庭又成了两个家族，至此她的生活分裂成两块碎片。

她清清楚楚、真真切切地看到了这两大块碎片里无数的细小碎片。从儿子落地起，这些泛着光泽的小碎片就腾挪跳跃着，每一片都带着粗糙却锋利的棱角，虎视眈眈，直到把这个家啃噬得体无完肤。

而他们的婚姻，原本有很多暖心的场景，只是没想到会如此快地转成窝火的场面。细想起来，两个人之间凡有大事，罗明从来没听过她一次。面上似商量，其实是通知。他想干吗就干吗，自己想干吗偏不能干吗。无数次她想学他，可事到临头，她的心又软了。每每聊天，他永远不在她的点子上。小薇苦笑了一下，抱起脏乱的衣服，一股脑儿地丢进了洗衣机。水花四溅中，母亲的话又翻腾起来：“人这一辈子很短，随便将就一下就过去了。”

可是既然这么短，为什么要将就呢？

母亲却说：“你要离了，我就不认你这女儿。”

在母亲的眼里，小薇是不负责任的逃兵。

罗杰的问题一直没有解决，或许永远也解决不了，人可以开山辟路，上天登月，更不必说漂洋过海，远离他乡。这些都不难，难的是凭一己之力，去改变一个人。她的牺牲、奉献，并没有换来“云开见日”，反而深陷泥淖无法自拔。她的生育史不仅毫无辉煌，甚至颇为暗淡和辛酸。

这种怨恨情绪憋久了，会到处乱窜。一会儿蹿上眼睛，导致黄斑病变，一会儿蹿到鼻子，引发过敏性鼻炎。用嘴呼吸的日子，小薇整夜整夜地睁着眼，黑夜里一抓一大把的气四处游荡，啃着她，咬着她。

“离婚吧。”小薇说。

两人吵起来，罗明充满怨怼地说：“你倒好，想躲的远远的，什么事都没有。”

罗明说完后冲到卧室，翻箱倒柜，找出结婚证书摔到地上说：“这可是有法律效力的证书。”“有什么用？这证管不了我，不过一张纸！”小薇抽抽噎噎地哭泣，罗明闷声不响坐在角落。小两口争吵，较劲，闹得昏天黑地，不知如何收场……天空黑蓝，大块乌云滚动，远方天际几点星星眨眼，阵阵西北风扬起沙砾，摔打在玻璃窗上，光秃秃的老柳树上长长的枝条，被风吹得摇摇摆摆。天气寒冷，小区万家灯火，偶尔有人走动，匆匆忙忙。楼道传来脚步声，脚步声渐行渐远。

“愿意过就过，不愿意过就拉倒！”听罗明一席话，小薇更加伤心，由小声啜泣变成了号啕大哭。此时，罗明也不想再规劝，索性关了灯，走到屋子一角，抱着腿坐着。小薇气儿不顺，她认为自己为家尽心竭力，罗明对家不上心，不像个爷们儿。更不该的是，自己无能就是了，也不能怨妻子。家是夫妻二人的，

大男人怎能把担子都甩给妇人……她越想越来气，冲到罗明跟前大声喊："不愿意过了是吧？咱们分手，离婚。"

罗明一惊，觉得小薇无理取闹，耍蛮横，太过分，有点欺负人了。于是提高嗓门说："你爱咋就咋，管那么多干什么，个人吃个人家的饭。"罗明不为所动。

"干什么？过日子？这样的日子怎么过？"小薇心里的火苗往上蹿，她看着一起生活多年的丈夫，觉得好陌生，不可理喻。

"怎么过，就这么过呗，不是过了好多年？"罗明蔫蔫地说。

"啊？你……"小薇被气得在屋子里徘徊，"这日子没法过了，我可受不了了啊……"

"没那么严重！不要钻牛角尖。"罗明闷声闷气地说。

那可怕的黑洞在伸展、在扩张，吞噬着房子里的人和物品，还有梦想。小薇感觉要走的路程太远，尤其是看不到前方是什么，毫无目的地在黑暗中找寻着，只是徒劳。她突然感觉到一阵剧痛从心口袭来，流窜在身体的各个部位，从手脚开始，向着心脏慢慢地往上走。小薇尽力去寻找痛感的来源。她终于看到，她的心脏上面扎着一根刺，长长细细的一根刺，这就是令她骤然疼痛的原因。可是，她无能为力，她的灵魂都被打散，充斥在空气中，疼痛着。她的躯体还是向前，也许这是个小问题，她的心还在不断地疼痛，她只能持续地忍耐着。真不知道是哪一个环节的疏漏导致了这个问题，不应该有所疏漏，因为她几乎一刻不停紧绷精神。想解决这些问题，只要她的躯体还能向前，自己能朝着轨道向前，前面一定就是她所期待的终点。

夜深，小薇侧卧着，辗转反侧。她背对着罗明，凝视着黑暗，身子一动也不动。她知道罗明和她一样没有睡着，她可以由他紧促的呼吸声分辨出他激动的情绪。因而，她努力调匀自己的呼吸，维持身子的固定位置。她希望罗明当她是睡着的，而不来和她讨论现状。她渴望能逃避那份现实，逃避和罗明讨论现实！虽然她知道这是逃避不了的，但，她却那样恐惧罗明再提到它！长时间的凝视使她的眼睛酸涩肿胀，她试图闭上眼睛，而每当眼睑合拢，她就会看到一幕幕痛苦的记忆，在她眼前闪现。

隔壁房里罗杰的床在吱吱咯咯地响，显然，那孩子也同样的无法安眠，他也许感知到这个家庭即将分裂。小薇侧耳倾听，每当罗杰的床响一声，她的心就痛一下。孤独症孩子像是一个谜，一个等你解开的谜，十年，百年，一千年一万年，一个浩瀚无际的谜，包含着他们的过去，现在和未来，谜底就在谜语之中，这谜压在人身上，太沉了，甚至地球也无法承受。小薇凝望着地面，喃喃自语道："老天爷还会帮我解开这个谜吗？"风听到她的祈求，并没有回应。

这是一个在生活里迷失了方向的家庭，岁月的流逝使小薇在可怜的自我里越陷越深无法自拔。她整个人被困在房子里，避开朋友，拒绝社交，大脑的愉悦中枢不再正常运转，疾病就像一只贪得无厌的鼻涕虫，吞食思想和灵魂。每天只能处理最简单的事情，并且对自己的孩子无法管教，无法履行一个母亲的责任。一种压倒性的自我厌恶和责备疯狂爆发，小薇的大脑被卷入自责旋涡中，无休止地反省自己这没有做对、那也没有处理好，搞砸了一切。这些情绪不合逻辑，不合时宜，却迟迟不能平息。这些思绪同样也喧闹得令罗明难以忍受。恍恍惚惚一夜没睡的罗明从床上下来，沉坐在椅子上叹息、抽烟，淹没在蓝色的烟雾里，那烟雾缥缥缈缈，组成一片片幻影般的图案。

抽了三根烟后，罗明的苦闷已有所减退，转而变作一种若有所思的茫茫然的状态了。这种状态大约延续了一个小时。当他从内心的迷惘中清醒过来以后，推开窗户，愣愣凝视着窗外的蓝天和白云。阳光美好地照耀着，大地无边无际地伸展着，清新而凉爽的空气从大开的窗口涌进来，搅散了累积一夜的香烟气息。罗明灭掉了手里的烟蒂，下意识地再燃着了一支，喷出的烟雾冲向窗口，又迅速被秋风吹散。他坐正了身子，揉揉干而涩的眼睛，试图在脑子中整理出一条比较清楚的思路，但，滞压过久的思想，早已使脑子麻木。他摆了摆头，脑中似乎盛满了锯木屑，那样密密麻麻，又沉沉重重。思想是涣散的，正像那被风弄乱了的烟雾，没有丝毫的办法可以让它重新聚拢。

小薇感到太难了，几乎无法坚持，她决定离开这个家。当她推着行李的时候，复杂的情感实在难以言喻。在起初二十分钟的路程中，她很难说没有丝毫的留恋和不安。尽管她距离家越来越远，周遭的景物却并不陌生，至少还都是她曾经涉足的地方。她因为被责任感禁锢在这座房子里，在此之前她一直都觉得自己极少外出，不过这些年来，因为这种或是那种生活上需要的原因，她当然也难免会有各种各样的短途出行。周围的景物终于变得无法辨识了，小薇知道她已经跨出了之前所有的边界。

不知不觉她已经走进了一条狭窄的胡同，两旁是高高的院墙，墙上生长着些许青苔，那青苔像是贴标语一样贴上去的。脚下是一条石板铺成的路，因为天长日久，已经很不牢固，踩上去时石板摇晃起来。她走在一条摇摇晃晃的胡同里，头顶有一条和胡同一样窄的天空，但这一条天空被几根电线切得更细了。小薇已走到家门口了。那扇漆黑的大门上有两个亮闪闪的铜环，她抓住铜环，推门而入，听到一声老旧沉闷的响声，那是门被推开时所发出来的吱呀。展现在眼前的是一个潮湿的天井。右侧便是自己几年没有回去的家。她此刻心累得要命，就想洗个热水澡，然后一觉睡到大天亮。但她发现浴室的花洒坏了，她揉了揉红肿的双眼，看见对面人家门敞开着，亮着灯。走进去找人帮忙的小薇看到了两鬓有些花白的一个背影，那是与她青梅竹马的小军。他正一只手拿着涂料，另一只手拿着画笔，在一块纸板上涂抹，他的年纪其实并不算大，不到四十岁的样子，但不知怎么搞的，他鬓角处的头发竟然全白了，像两团经年不化的白雪，特别扎眼。

她在离他几步远的地方站住了。他那只纤细修长的手握住了画笔，可能是由于灯光的缘故，她觉得他的手白得几乎透明。他的手很巧，手里的画笔特别听话，忽上忽下，忽左忽右，不差分毫地涂抹着，她看呆了。一幅栩栩如生的山水画在他巧手下诞生，而他极其专注，额头的汗珠落到了画纸上。

此时小薇脑子里却闪现出小时候的一幅画面，院子里一个漂亮的男孩轻快地跑过来，眨着一双大眼睛，穿一身干净的白色运动装，如果知道这一眼能让她多年不能舍弃，她多么希望能够选择另外一种命运，比如从来没有见过他，比如他没有那双发亮的眼睛。可是一切都注定了，爱是天时地利的命运。他不说话，只是用眼睛盯着她身边的球。这时一个阿姨叫一声“小军”，他听到后转身跑了，球就留在了那里。就是那一个球让他俩成为两小无猜的伙伴，他担负了照顾她的责任，会满大街带着她买果冻，会在雨天为她稳稳撑起一把伞，会为她跟别的男

孩打架……被他照顾的日子是幸福的，她的要求并不多，只希望他能在她身边，她伤心难过时拉上她的手说一句：“微微笑起来最好看。”

他爱画画，并且极有天赋，任何一样东西在他的笔下都是那样可爱灿烂。他画的最多的就是她，一张又一张，各种不同的姿态，她自己都不知道自己会有那么多表情。“你为什么老是画我？”“因为我喜欢。”“你以后不能再画我了。”“为什么？”“因为你把我画得那么难看。”“我下次把你画好看，行吗？”“好吧。”日子就这样慢慢地流，宁静而美丽，她看着他从跟她差不多的个子长到她要仰头看的高度，听着他稚嫩的声音变得粗犷，看着他脱下运动装换上白色衬衫，他已经是一个大男孩了，可她依然习惯叫他小哥哥，因为她喜欢。十六岁生日的那天，他依旧拉着她的手去买棉花糖和果冻，准备拿去小公园吃。那时小薇心里忽然有一种异样的感觉。“你不能再拉着我的手了。”“为什么？”他并没有放开。“因为我长大了。”她突然意识到自己的连衣裙上早没有了蝴蝶结。“我喜欢。”他笑笑。“那你会拉多长时间？”“只要你愿意，我就会一直拉着。”他手拉得更紧了。可是，再真诚的承诺也可能被现实撞得粉碎，不是他违背了，也不是小薇违背了，只是瞬间的阴差阳错，爱被灼热的阳光晒得褪了色。

门前桂花开了，浓郁的香气直扑她的鼻孔。她忍不住打了个喷嚏。小军这才回过头来，冲她微微一笑。一个人只有心无旁骛地专注于某项技艺多年才会有如此自信干净的微笑。她的心忽地一下荡开了，接着一股暖流从心底淌过，泪水夺眶而出。

“你能帮我一下吗？”她走到他跟前，有点儿忸怩地说。

他看着她，她的心开始狂跳。“是这样，我家的淋浴器坏了，你能帮我修下吗？”她红着脸说出了自己的请求，小军高兴地笑了笑，她的请求让他始料不及。

“这个我不大懂啊。”他放下手里的画笔，不好意思地抓了抓稍显凌乱的头发。在她看来，羞涩的男人总是有几分可爱的。他的退缩反而激发了她的好奇心，她往前走了一步：“你可以的，你的手很巧，你可以的。”她看着他那双比平常人长一些的手，这双手看上去似乎更适合修电器。

“好吧，我去看看，不过，我不敢保证一定能修好啊。”在她的步步紧逼之下，他终于答应帮忙。她呼出了一口气，今晚的郁闷好像稍稍缓解了一点儿。爸妈探亲未归，房子里就只有她一个人了。她买了一袋喜欢吃的橘子，房间里萦绕着一股橘子皮清冽的香气。小军似乎一直很喜欢这种味道，一进门，他深吸了口气，笑着对她说真香。她好久没听到别人的夸赞了。

看他这副样子，她心里挺欢喜地拿着橘子请他吃，被他拒绝了。他笑着说他是来干活的，说完钻进了浴室。片刻后传出敲敲打打的声音。她其实没指望小军能把淋浴器修好，这会儿她感到从未有过的放松，小时候的感觉又回来了，让她觉得心里踏实。

过了几分钟，小军出来了。他搓着手，颇有点兴奋地告诉她，毛病找到了，不过，他需要一把扳手才能把淋浴器修好。她的家里当然没有这种工具，小军说回家拿扳手过来，她笑着说谢谢。然后把一杯菊花茶递给了他。他有些受宠若惊地接过来，脸上又浮现出了那种特别干净的笑容。她看见他的眼睛眯了起来，眼角的皱纹像泡在水中的菊花一样绽放开来。就在这

时，她眼前突然一片漆黑，停电了！整栋楼都陷入了黑暗。

小军的笑容似乎还飘浮在黑暗中，像突然断电的白炽灯的钨丝，在她眼里残留着清晰的印象。两个人相距只有半米的距离，彼此的呼吸声听得极为清楚。她的气息率先乱了，胸脯开始一上一下地起伏。接着，她觉得有双手握住了她的手，她想伸手把那双手打掉，但她的手重得连抬起来的力气也没有了。

小军迟来的爱把小薇带回少女时期美好的回忆，充满失落和痛苦的心态消失了，而那张曾经跟他一起生活过的面孔，变得越来越遥远。

出走

小薇的离别令罗明心如刀绞，他的心里一阵抽搐，浑身痛楚难言。作为妈妈的小薇不愿承担这份责任，罗明决定一人去承担，一定得对孩子负责，他不能逃跑，儿子是他生命中的一部分，一个极其重要的部分，他必须一直走下去。他知道罗杰的心门必须由他去打开，罗杰的妈妈走了，只有他能打开。“我是你的爸爸。”这是罗明对儿子今生的承诺。

父与子之间的那种抽刀断水水更流的关系，其实是父子间真正的联系，就像是琴与弦，永远不可分割。

树木，花草，它们虽然都不会说话，被禁锢在地面，但只要吸收一些水分和阳光，它们就可以照着自己的意志，朝着各自最完满的样子不断生长。

树的完满是更高更大，拥有遮天蔽日的树冠和粗壮结实的树干。树枝上的每一片叶子都在努力长出更优美的形状。花的完满是更明艳更饱满，层层叠叠的花瓣几乎要溢出花萼，而花秆正努力直起身子将它们托起来。那些看起来没有脾气的矮灌

木，你可以把它们修剪成任何你想要的形状，但永远也无法阻止它们长出枝。

这就是生命，罗明想，生命永远拥有自由。

他需要一点时间，再多一点的时间。也许他可以消化这一切，就像之前的每一次一样。

他走出了家里的大门。道路两旁的树木依然保持着凶猛的生长势头。树木也会死的，罗明想，因为各种各样的原因，气候、季节变换、砍伐，或者属于树木的生老病死。罗明忍不住摘下一片香樟叶来，它那么绿，那么光滑，叶片上的脉络清晰可见。他把它摊在手掌心看了一会，然后扔进了泥土里，和那些自然落下的叶子混在一起。就算是夏天，也是有树叶要凋落的。

他抬起头，看着高大的树冠。繁茂的树枝遮挡住了好几盏路灯，它们需要接受新一轮的修剪了。

它们真的自由吗？罗明望着那些冲出路边的枝条。它们可以任意地生长，修剪、砍伐、病虫害，都无法阻止它们生长的欲望。

又是谁让它们生长的呢？是谁让它们从来不问原因，极尽一切可能用力向上生长？罗明仿佛看到一只从天而降的、无形的巨手，它释放着一种巨大的能量，让所有的树木奋力向上。

它们真的自由吗？

人们总想要知道得更多，因为未知让他们感到恐惧。他们用各种各样的方式飞向月球，飞向火星、金星，企图了解整个宇宙，而他却无法了解自己的儿子。

罗明心里很明白，真正能击垮他的东西，并不是儿子疾病本身。虽然那足以让他痛苦万分，但更为致命的将他彻底击垮的，是内心那个即将崩塌的秩序大楼，他构建了四十多年并对它的坚固度始终坚信不疑的大楼。如今他看到一条致命的裂缝正从建筑根基的地方慢慢向上攀爬，他听到承重柱弯曲时发出的“咔咔咔”的声音，他看到砖瓦和石块不断地从高处跌落。

罗明将自己离婚的情况如实告诉了住在乡下的罗杰的奶奶，老人在听到这个消息的时候，感觉地面在战栗，空气也在战栗。眼泪瞬间就从她深陷的眼眶里滚落下来。担忧儿子生活的她火急火燎地处理掉家中鸡、鸭等家禽及地里的庄稼，连夜进城照料罗家这个不会讲话的、唯一的孙子。

第二天罗明上班后，罗杰就没停止过哭泣。给他点吃的，他边吃边哭，吃完又笑，给他玩具他又没兴趣，给他几块钱他又不会用……奶奶一时束手无策。后来她想到一个好办法——让他哭去，哭一会儿他就不哭了。事实证明，这不失为一个好方法。哭了大概十来分钟，罗杰不哭了。接着，罗杰给自己上满发条。他只要不睡觉，其余的时间给人的感觉就是一个上了发条的玩具，不停转动。

罗杰一旦上了发条，就意味着，奶奶坐不住了。“罗杰，不能摸！”奶奶看到罗杰伸手去摸身旁的插线板，大惊失色，大步流星地冲过去想抢夺下来，好在罗杰已经放下了。但是奶奶心绪未平，想到刚才情况之危险，厉声质问：“你是不是不想活了？”

但孙子不知道活的意思。插线板被藏起来，奶奶对罗杰采取尾随战术，寸步不离。“孩子，别跑了，老老实实地坐下来吧。”既然身上没有开关，她又不能拉总闸，当罗杰在屋子里跑来跑去的时候，奶奶就静静等候，等着他的电池耗完。

罗杰跑，她跟在屁股后面跑，罗杰站住了，她没停住，把

他撞倒了。罗杰想要拿杯子，她抢在前面转移。罗杰不是去厨房就是去卫生间开水龙头。罗杰折腾一番后累了，就地一躺，可不一会儿就又爬起来，奶奶只得继续尾随。三个小时后，她拿起了电话，准备向罗明求助。

号码没拨出去。罗杰困了，到了他每天雷打不动的午睡时间。奶奶觉得没有必要打这个电话了。

她得到了短暂的休息时间，罗杰午睡的这两个小时，应该已被她列入了一天中最美好的闲暇时间。这两个小时她想了很多：为什么罗杰这么好动？罗杰的妈妈平时是怎么带孩子的？

如果不限制他吃东西，他会是全天下最好带的小孩之一。他想捣蛋，给他几块饼干，他老实了；他想玩水，给他一包薯片，他乖了。

没办法的奶奶等罗杰一醒来，就带他去楼下儿童游乐区域玩。“你看他坐在秋千上荡得多欢畅。”奶奶转身问罗杰，“你为什么就不喜欢荡秋千呢？”儿童游乐区有秋千，有平衡木，还有蹦床，小孩们玩得可带劲了。但罗杰对这些一个都没兴趣，唯一感兴趣的是健身椅，站在那里玩了半天——那还是因为有人把口香糖抹在健身椅上面了。

游乐场旁边是一个人工湖，罗杰总想往湖里跳，被奶奶硬拉回来后，在奶奶给他买零食的空当跑了。他不会说话，却会跑，跑起来很快，没有方向和目标，所以很容易跑丢。

一个不会说话的孩子丢了，怎么找呢？

孩子的奶奶已经吓傻了，给罗明打电话时只会说：“我给他买零食，希望他能老实点待着。”她反反复复说这一句话，生怕儿子怪罪她。

罗杰不知道爸爸妈妈的名字，不记得电话号码，不知道家里的地址，不知道公交线路……他对这个世界知之甚少，只是一味地奔跑着，上车下车，走路看人，好像在看一个奇怪的星球。罗明听到很多人说，得这种病的孩子像夜空中的星星一样，独自闪烁，他们是“星星的孩子”。

罗明并没有怪罪妈妈，但是她一直在自责。在接下来寻找孩子的十几个小时里，罗明的妈妈一直不吃饭，在屋子里枯坐。罗明给她买了一些吃的，但她吃不下。她一直在屋子里坐着，等着孩子的消息。

丢了孩子的人的内心是枯焦的，看这个世界的一切也都是枯焦的。太阳是枯焦的，高楼是枯焦的，城市的水泥地是枯焦的，城市里的汽车和人也是枯焦的。只差一把火就能把自己点着，也能把面前的城市点着。

罗明的生活只剩下赶路、接电话、寻找信息和对着天空发呆。他一开始疯狂地在周边找：周边的社区，周边的商场，周边的车站。找了两三个小时之后，罗明跑不动了，他气喘吁吁，汗流浃背。但是他必须跑，一刻也不敢停。该去哪里找，如何才能找到儿子？喊他是没用的。

即使儿子能在风中听到大家的喊声，他也不会回答的。

开始还有方向，后来没有方向了。开始还有汗，后来也没有汗了。身上的汗湿了又干，干了又湿。罗明跑不动了，身上的汗也跑不出来了，他嘴唇发白，天上的太阳还在那里挂着，那个时候罗明发觉自己是枯焦的，是一具行尸走肉，是一段一点就能着火的木头。

时间一分一秒地过去，大街小巷，他毫无目的地找寻着，

天渐渐暗了，罗明蹲在水泥礅上看夕阳。他看夕阳从来没有这么认真，夕阳是一寸一寸地下沉的。看着夕阳下沉，他毫无办法。那天他最恨夕阳下沉。夕阳一下沉，黑夜就来临，他的儿子就要离开阳光，陷入黑暗，陷入恐惧之中。他看不到儿子，儿子也看不到他。

那时，罗明最希望电话响，也最害怕电话响。

丢了孩子之后，他们在报纸上登了“寻人启事”，在公交车站的广告牌和马路边的建筑物上，也四处张贴“寻人启事”。在“寻人启事”里，他对提供准确信息的人悬赏一万元。“寻人启事”上登着他和母亲的电话。

于是他们的电话一直响。他用本子登记各种关于孩子的信息。

听说郊外有一个孩子正在垃圾堆旁边捡东西吃，他们立即赶过去，发现那孩子早已经走了；又听说大桥头溪边公园有一个无人认领的孩子，他们赶过去也没有见到；最后他们听说银行门口躺着一个孩子，他们又赶过去。

在银行门口躺着的孩子长得有几分像罗杰，但那不是他家的孩子。问他话，他咿咿呀呀，说不出来。

他可能是一个哑巴，或者是智力障碍的孩子。他浑身是泥，肮脏不堪。

罗明和妈妈走远了一段之后，实在不忍心，又跑了回去，这孩子毕竟和他的儿子有几分像。

“你叫什么名字？你家住在哪里？”

“你爸爸妈妈叫什么名字？”

罗明得不到回答。那孩子只瞪着眼看他。

夜里有点冷。深秋了，枯黄的树叶从半空中飞过来，地上有哗啦哗啦的声音。罗明想找一个东西盖在孩子身上，找来找去，周围没有任何一个可以保暖的东西。

罗明卧在公园的长椅上，四周除了木板还是木板，离开那孩子很久以后，他一直很难受。他想到罗杰也不会说话，也不知道自己的名字，不知道家住哪里，不知道父母叫什么。

那么，他是不是也卧在这个县城某个角落的一块水泥地上？

他是不是也在深秋季节的深夜里缩着发抖？

罗明思绪纷乱，睡不着觉，吃不下饭，只能坚持喝水，坚持找。

丢孩子的人就是这么一点一点枯焦的。一个电话来，兴奋，又失望，又一个电话来，兴奋，继续失望。一个短信来了，孩子？男孩女孩？多高？在哪里？长什么样子？眼睛多大？穿什么衣服？

罗明坐在公交车上睡着了。这辆开往郊区的公交车夜里只有他一个人，他沿路朝每个站点看，还是没有看到儿子。罗明一整天都在外面，手机打到没有电了，换一块电池，再换一块。晚上回家靠在床上也紧张得无法入睡。想合眼的企图被梦里那可怕的一幕抵消了、压制了。他几乎一整夜都大睁双眼盯着天花板，偶尔望向窗子，虽疲倦已极，眼皮却纹丝不动，眨都不敢眨一下。直到夜色在曙光的照耀下一点点变稀变淡，他的眼皮才像铡刀一样沉重地切落……

丢下奶奶跑走的罗杰，一个人孤单地走在街上，一个人在树下坐着，一个人蹲在河边喝水，自己和自己说话……他站在街上看呀等呀，盼望着一个和他一样年龄，一样孤单的孩子走

过来。他身上的汗水渗出了一次又一次，又被太阳晒干了一次又一次，可他看到的都是一张张不熟悉的脸，和他差不多年龄的孩子都被他们的妈妈牵着手，一个一个从他眼前走了过去。没有人和他说话，甚至都没有人看他。当走过去的人不小心撞了他一下，当吐痰的人不小心吐到了他的脚上，他们才会认真地看他一眼。

孤独的罗杰似乎感受到了被抛弃的感觉，他不知道自己来自哪里，又要回到哪里，也无法形容大街上高音喇叭的巨大声音、乐曲和广告声从耳后传来时侵袭他的感觉。这就像他置身于集市之外，被某种东西隔开了一样。身体像被钉住一样动不了，罗杰又一次感觉到那种让人冷到骨子里的注视。所有的事物似乎都以慢镜头的方式在他周围旋转。“快点走，快点，现在，走啊！”罗杰只有这一个想法，抑或是有人在命令他？罗杰用尽全力才让僵住的身体动起来。他几乎是号叫着跑到外面。

罗杰发现自己到了一个公园，却不记得自己是怎么来到这里的。罗杰躺在昆虫嗡嗡作响的树荫底下，看着忙忙碌碌的蚂蚁，走路像跳舞般的长脚蜘蛛，蹦跳的草蜢，笨重而匆忙的甲虫。他用手枕着头，闭着眼睛，听那个看不见的乐队合奏：一道阳光下，一群飞虫绕着清香的柏树发狂似的打转，嗡嗡的苍蝇奏着乐，黄蜂的声音像大风琴，成队的野蜜蜂好比在树林上面飘过的钟声，摇曳的树在那里窃窃私语，迎风招展的枝条在低声哀叹，水浪般的青草互相轻拂，有如微风在明净的湖上吹起一层波纹，又像家人窸窸窣窣的脚步声走过了，去远了。

这些声音，这些呼喊，他都能听到。这些生物，从最小的到最大的，内部都流着同一条生命的巨川，罗杰也受着它的浸润。他和千千万万的生灵原是同一血统，它们的欢乐在他心中也有友好的回声。它们的力和他的力交融在一起，像一条河被无数的小溪扩大了。他就浸在它们里面。强烈的空气冲进他的心房，胸部几乎要爆裂了。而这个变化是突如其来的：正当他只注意自己的生命，觉得它像雨水般完全溶解之后，一旦他想在宇宙中忘掉自己，就到处体会到无穷无极的生命了。

虽然天气很冷，但是罗杰浑身冒汗，筋疲力尽。“到底怎么了？”为了搞清楚状况，罗杰决定回想一下这一天的经历：“早上起床，上街，回家。这么看挺正常的啊。但是在那之后……在那之后……”他的脑子一片空白。“我接下来到底做什么了？”罗杰坐在长凳上，眼神空空，冬日的寒风在他身边猛烈地吹着。他努力回想着，但是那段记忆却像是甜甜圈里面的空心，无从寻找，他甚至都哭不出来。人啊，真是很奇怪，在这种绝望的时候，还能保持头脑清醒。太阳一点一点地下山了。“我不能坐以待毙。”罗杰这么想着，但是同时又感觉，该来的总会来。已经过了多久了？罗杰发现天色已经黑下来了，便努力起身漫无目的地走着，并不知道要走去哪里。周围空无一人，大概大家都待在家里吧。虽然他很孤独，但却并不想看到任何人，甚至是自己的家人。

他在世界上接收到的信息，大概也是以感觉、想法和画面——没有把它们激发起来的意识形态的痕迹——的方式在他身上折射出来的。由此他看到：世界被一道铁幕分成两半，西边是太阳和色彩，东边是阴影和寒冷。

即便离家越来越远，他也不会感到害怕或者焦虑，归根结底就是因为：如果不出去的话，他就会觉得自己慢慢不复存在了。为什么这么说呢？他自己也说不明白，但是他必须一直走，

不能停，不能走回头路，因为路途永远没有终点。他出去瞎晃悠不是因为有特定的目标，比如说呼吸新鲜空气，而是因为——其实这很难表达出来——他的身体被外面世界里的某个东西吸引着，不自觉地走了出去。秋天的天空十分美丽，星星闪烁的光辉让他焦躁的心得到了一些安抚。

罗杰听到了一阵脚步声，这脚步声越来越近。“一定是爸爸和奶奶。”罗杰高兴地朝他们跑过去，“很抱歉，让你们担心了，我只是……”但是他们好像并没有停下来的意思。“可能他们在夜色里没认出我来？”所以罗杰就抓住了爸爸的胳膊……

他觉得自己抓住了，但是扑了个空。“什么？这不是真的！”罗杰对现状完全没了头绪，只是站在那里，萎靡不振，而他爸爸却从他面前径直走了过去。罗杰唯一能做的就是跟自己重复：“这不是真的，不是真的。”他蜷缩着蹲在地上，抱着双膝。“我怎么了？发生什么了？救救我，救我……”

“啊，你在这儿啊。”罗杰听到了一个声音，抬头看见了一片树林，这儿他从来没有来过。“好渴啊！”罗杰低着头向前走。忽然听到有水声，一抬头，看见前边有一池泉水。罗杰快步走去，俯下身子喝了一口，“哇，好甜！”罗杰一口气喝了许多泉水，肚子喝得鼓鼓的。跑累的他躺在了一块石头上，开始观察周围的一切。这里有许多小鸟，叫声特别好听，地上还有各色的鲜花，花香四处飘散，吸引来了许多美丽的蝴蝶在花间飞舞。看着这场景，罗杰自言自语道：“我要是变成一只蝴蝶该多好啊。”突然罗杰感觉自己身体快速缩小，背上也痒痒的，长出了翅膀，变成了一只漂亮的蓝蝴蝶。罗杰吓了一跳，想到自己要是真的变成了一只蝴蝶，就再也见不到爸爸了，便坐在那儿哭了起来。

这时一只美丽的紫蝴蝶飞到他的身边。“你怎么这么伤心？”蝴蝶问道。罗杰把自己的遭遇告诉了紫蝴蝶。紫蝴蝶问：“你是不是喝了那边的泉水啊？那是一眼愿望泉，只要你喝了那泉水，说出想要变成什么动物，就可以实现愿望。你只要再喝一口泉水，就可以变回自己。”

罗杰听完，不再担心了。他扇动自己的翅膀，和紫蝴蝶玩了起来。紫蝴蝶带他去吃了香甜的花蜜，还带他参观了蝴蝶谷。玩了一会儿，罗杰感到有些累，就告别了紫蝴蝶，来到泉水边喝下一口泉水。“我想要变成一只蚂蚁。”罗杰刚说完，就变成了一只蚂蚁。这时候一只蚂蚁路过，看到了罗杰，问道：“你是谁啊？”罗杰向小蚂蚁讲述了自己的经历，他们聊得很愉快。忽然一只大鸟飞了下来，小蚂蚁一把拉住罗杰向一个小洞钻去。“这只鸟正在寻找食物，我们得小心了，不要被它吃掉。”罗杰这时才反应过来，惊出了一身冷汗。过了一会儿小蚂蚁爬出了洞口，对罗杰说道：“大鸟飞走了，你出来吧。”罗杰慢慢爬了出去。小蚂蚁带罗杰参观了蚂蚁王国，里边有数不清的小路，还有刚出生的蚂蚁宝宝和身体巨大的蚁后。等罗杰回过神，发现天色已经微暗，耳边已经响起了焦虑的低哼声。一路小跑的他看到高大的向日葵，花若金盘茁壮挺拔，只是它慌乱的声音和畏怯的眼神让人根本无法与它的模样联想到一起。罗杰一屁股坐在了地上，他把向日葵抱在怀里，伸出手轻揉那碧绿的叶子，接着便失声痛哭起来，向日葵口中念叨：“不哭不哭，摸摸头顺顺毛”。

“孩子，你在找什么呐？我看你好像很着急的样子。”向日葵问他。

“唔，那里，我想去那里。有很多人在叫我，那些声音很凶，

那些声音会跑。我不认识它们，但是听到这些声音我就害怕。”

向日葵说：“别怕，你家在更远的方向。”罗杰踮起脚尖望着远方若有所思。他也不知道从什么时候起自己就有了思想。有了思想之后他就开始思考人生，思考存在的意义。即便移动不了半寸，但他也开始慢慢认识了这个世界。他听飞过的燕子告诉自己北国风光如何，南方水土怎样；他听见蚯蚓抱怨在干燥的泥土里住着是多么难受，被人抓走丢到湖里钓鱼的时候又是多么提心吊胆，他听蚯蚓描述水中各种奇怪的张着嘴巴要吃它的怪物的模样。罗杰见到的动物愈多，听到的故事就愈多。

突然一阵凉意袭来，罗杰睁开眼，发觉自己不过是做了一场梦。醒来后的罗杰胃里很空，十一岁的罗杰开始体会到了饥饿。身无分文，肚子咕咕叫起来的时候，他觉得自己是那样弱小。不认识路，不知道到哪里弄吃的，也不知道怎么用语言和周围人交流，他等待着会有人来帮助他。但是过去了好久，都没有人理他。他终于忍无可忍，愤怒使他不顾一切地大哭起来——这是他目前唯一掌握的表达情感的方式。

失去了所有依靠，跑在路上的罗杰瑟瑟发抖，他必须快点找到回家的路。真正的饥饿使人的行动变得简单、迅速，他发觉自己仍然有能够依靠的东西——本能。之前也是本能引领他离开家，离开熟悉的街道和城市，展开一种未知的生活。他两手空空，不停地跑，几里，几十里，抬起磨破起泡的双脚不停地跑。而罗杰回过神来，才注意到天色已经黑暗。后山没有灯光，一路上也不见月亮，只看得见草丛里生的窄窄的叶片上反射着一点点不知打哪儿来的光。罗杰靠着星星点点的光亮走着山路。那些叶子仿若一只只萤火虫，罗杰走到哪儿，叶子便飞到哪儿。

凭着记忆，罗杰在天将亮时敲开了自家的房门。见到为他担忧的爸爸，他却没有丝毫的欣喜，甚至连一个拥抱都懒得给。他沿着墙面走动，打开墙上的开关。头顶灯盏亮起，照亮了整个房间。罗明看着眼前这个黑瘦的男孩，他的头发盖过了眼睛，汗水浸透了脏兮兮的衬衫，失踪的这十六个小时，谁也不知道他经历了什么。门口，大片阳光围绕着他，却像是避开他一样，无法照到他的内部。“人”总是一种密封严实的东西，但人的目光总是在向外探寻，罗明背过身，看着儿子在阳光中晃动的影子。

罗明觉得儿子一定看到了另一个奇异的世界。每一个环境对他都是一个世界。这个世界有一扇门，一种媒介，有的人能看到，有的人看不到。

也许他与美丽的大自然之间达成了某种协议和默契，以便在有限的空间里最大限度地获得阳光。

从这以后，罗杰经常去找小动物们玩，和树林中的小动物成了好朋友。

在一个明媚的夏日，罗明看见罗杰独自一个人在草地上坐了很久，好像在观察一株淡黄色的蒲公英。他捉摸不透罗杰的心思，只看见儿子仔细研究那朵小花，嘴唇嚅动着，但他不知道儿子说的是什么。他看着儿子的眼睛，却猜不透那是快乐，是欣喜，还是别的什么。是急切地想吹散它，或是想小心翼翼把它摘下，探究它，看透它的实质？也可能什么都没有，只是一闪而过一种念头？

孤独症孩子每天都会坐立不安，如坐针毡，甚至都有点儿可笑了。对他们来说，每一天都好像是躁动的炎炎夏日。一般人如果手头上没什么事情的话，会觉得特别放松，但是他们却

经常会像上学要迟到一样火急火燎。他们就像是蝉，必须要快一点儿，再快一点儿，才能不错过夏天。他们歇斯底里地喊，撕心裂肺地叫，不愿意在与时间的对抗中停歇。

当秋天来临的时候，寒蝉凄切，生命戛然而止，而人还有很多的时间。但是对于这些患有孤独症的人来说，他们总是坐立不安，从日出到日落，恰如蝉一样，不停呐喊，不停呼号。

每一个时刻，分分秒秒都是那样的真实。

只有在水里的时候，一切才显得那么安静，儿子会变得自由而快乐。罗明再想不出更好的语言，能够描述他们一同沐浴的时光。这美好的时光，他们凝眸相视，这是他所知道的，包含最少付出和最多回报的时刻。

罗明坐在浴缸旁边。儿子坐在浴缸里，总是背对着罗明，望着白茫茫的墙壁，好像在寻找新大陆。罗明看着儿子的脚，它们支撑着他的身体，看着他的背、他的头，漂亮的黑发沐浴着水和光。罗杰静坐着，一动不动。水面晃动，他就那样静静坐着，双手放在腿上，面对着罗明不知道的神秘世界。一波巨浪迎面冲来，罗明禁不住大叫："浪！"这时，儿子才会动一下，双手抱住身体，那样子就好像是在梦游，对外界无动于衷。罗明用鼻子拱儿子的手示意他放下双手。但儿子只是轻轻拍了拍罗明的鼻子，好像并不知道罗明要拉他起来穿衣服。这样的平静不可能源自焦虑不安的心。可是，有时候罗明又猜想，或许，儿子的宁静是在掩藏未知的恐惧，这想法让罗明感到害怕，他不知道该怎么办。儿子这样静静坐着的时候，他从未问过儿子在想什么，他不愿问这样的问题，儿子也从未对他说起什么。他坐在那里，离儿子那么近，却又那么远。他想去儿子的心里看一看，但那是他的小船永远不能到达的地方。

罗杰，现在你的心去哪里了？

罗明对儿子的身体了如指掌，他能清晰地看到儿子肌肤下的血管，在那里他没有看到颤抖、紧张。同其他人一样，儿子的血液在血管中轻快地流淌，心脏在恒定的节奏中跳动。

罗杰，你还好吗？

此刻儿子坐在那里，如此帅气而高傲，却是那样的遥不可及。有时罗明忍不住大声叫儿子的名字，只想让他看自己一眼。儿子若有所思地转过头，好像他什么都知道。罗明在掌上印上一个轻吻，把它吹向他，唇上无声地读出“我爱你”，双眼凝视着儿子的脸庞。儿子照他的样子回复他，可儿子的吻却落在了水中，因为罗杰不等它飘向他，就又转向那只属于自己的前方。

罗杰，现在，你孤独吗？

不，不可能，他全然融入了周身的景色。罗明耸耸肩，抖落这一闪而过的愁思，儿子不属于这里。在这里，遗憾和渴求都没有意义。

外界对孤独症患者有一种刻板印象，认为他们感情冷漠，缺乏共情能力。其实他们有很强烈的感情，但他共情的对象跟一般人不太一样。看动画片的时候，罗杰看到一只黄色方形的海绵宝宝，住在太平洋深处风光优美无人知道的比基尼海滩，住在装修豪华的大菠萝房子里；看到海绵宝宝和他的宠物小蜗一起在卧室嬉戏玩乐时，他偷偷笑了。那里是一个没有忧愁的世界，住着一群快乐的海洋生物。而在听到巴西亚马孙雨林里有一棵树被砍掉了，罗杰瞬间就泪流满面。

平时罗杰喜欢坐车，要带他出去的时候，他总是冲到车门那

里，打开车门，爬上去坐下。他在车上很安静。平时不管他有多闹，只要一上了车，他立刻安安静静。他喜欢坐在窗户边上，看外面流动的世界。这么多年来，很多很多次，罗明都看见儿子痴迷地看着外面的世界。看楼房流动，看电话亭、商城、公交车、立交桥流动。他喜欢趴在窗户那里看，像是坐在船上看两岸流动的风景。每次上车罗杰都会看路边的树，天边的夕阳，天空中的雨。他对每一件东西都好奇。太阳落在车窗上，雨滴打在车窗上，他会用手去摸。车窗关着，他当然摸不到。在车窗玻璃分隔下，外面是一个世界，里面是一个世界。罗杰想把车窗外面的雨滴接进来，他一滴一滴去摸，却奇怪怎么摸不到。他更想把车窗外那个太阳完全抓住，他去摸玻璃上的太阳金线，似乎摸到了，却又永远摸不到。这时玻璃上已经没有水珠在流动了，只有杂乱交错的水迹，像是一条条路。罗杰开始想象汽车在上面奔驰、相撞的情景。随后他发现有几片树叶在玻璃上摇晃，接着又看到有无数金色的小光亮在玻璃上闪烁，这使他惊讶无比。于是他立刻摇下车窗，他想让那几片树叶到里面来摇晃，想让那些小光亮跳跃起来，围住他翩翩起舞。那光亮果然一涌而进。他发现天晴了，阳光此刻贴在他身上。刚才那几片树叶现在清晰可见，屋外的榆树正在伸过来，树叶绿得晶亮，正慢慢地往下滴着水珠，每滴一颗树叶都要轻微地颤抖一下，这优美的颤抖让他咯咯大笑了起来。

罗杰喜欢漂亮的花、好看的玩具、温暖的太阳、漂亮女孩子、美好的风景、天空中航行的飞机，这些都能让他感到兴奋和快乐。

但他对庞然大物、阴暗和一些怪异刺耳的声音充满着警惕和抗拒。他曾经对声音着迷。他在电视机后面寻找过电视主持人的声音；他在墙里面，树里面，地下，四处寻找过青蛙和知了的声音；他曾经站在空旷的操场上或者田野里发呆，伸着脖子寻找一种看不见的东西。

车的外面是狭窄的盘山公路，隔着车窗，山谷愈来愈深，空空茫茫的云气里，只浮出几丛树尖，令人心悸。不久，黑黝黝的山洞一口接一口吞噬他们的车。他们钻进了山的盲肠里，汽笛的惊呼在山的内脏里回荡。山洞一个又一个，群山把他们吞进去又吐出来。无边无际的阴森的大山，苍茫幽暗，低沉恐怖。罗杰没有再像刚才那样用双手去抚摸车窗，外面的世界充满恶意，他靠在座椅上，对四周充满警惕。他的警惕让他也变成了一个动物，随时提防着外界。

一个孤独症孩子对环境是非常敏感的，美好的环境是一个善意的世界，凶恶的环境也会变成一个恶意的世界。他们是通过一个个具体的人或物来感知世界的。

罗明曾经带儿子去墓地祭祖。在这个墓地里面，罗杰觉得似乎整个的天地都改变了，到处都布满了冰雾，他失态尖叫，头上冒汗，青筋暴露。他还听到了可怕的呼吸，在他周围，不论转向哪一边，他都觉得有种毁灭一切的力量威胁着他，而他全无办法。但这些念头非但压不倒他，反而激起了他的愤怒与憎恨。他没有一点儿听天由命的性格，只知道低着头向“不可能”直撞过去。虽然撞得头破血流，虽然自己不比敌人强，但他还是不断地反抗痛苦。那是一个公墓，来来往往有很多人，还是白天，还有阳光，耳边还有鞭炮的炸裂声。那种环境常人都有一些感觉，木然、少语、悲伤，那种环境对于一个孤独症孩子产生的巨大影响，是罗明此前未考虑到的。

那天罗杰在墓地里疯跑，狂跳，尖叫，几个人都拦不住他。

15 疗伤

那段时间里，儿子走丢的阴影一直搁在罗明的心中，他尽量多跟儿子待在一块。工作完毕，他不再把儿子独自关在房里，而是走进房间陪他。他觉得儿子是那么孤独，又担受不住这孤独，把儿子单独丢在一边是很危险的。

夜晚，罗明坐在儿子身旁，靠近打开着的临街的窗。外面慢慢黑下来了，人们一个一个地回家了。远外的屋子里，亮起了小小的灯光。这些景象，他们见过千百次，可是不久就要看不到了。他跟儿子断断续续地说着话，指出黄昏时那些熟悉的，早就预料到的小事。儿子往往半晌不作声，也许是在召唤脑中一些断片的回忆。罗杰认为儿子变聪明了，儿子能够和他说话，只是无法准确表达心中的意思，说出的句子都是有头无尾，不清不楚的。罗明又高兴又悲哀地讲着那些无聊的，除了他以外谁也不感兴趣的，自己那那平凡而没有欢乐的前半生。罗明妈妈有时拿别的话打断罗明，怕他因回忆而伤心，劝他睡觉。罗明懂得妈妈的意思，他用感激的眼神望着妈妈，说道："真的，这样我心里倒觉得舒服些。咱们再待一会儿吧。”他们坐到深夜，等街坊全睡熟了的时候方才关灯。罗明因为胸中的郁积发泄了一部分，觉得轻松些了。

为了让儿子能健康平安成长，罗明决定辞去工作，卖掉现在住的房子，计划用这笔钱跟儿子过一辈子。搬走的前一天晚上，他们在自己的房间里比平时逗留得更久，一句话也不说。罗明妈妈想着儿子的困境，叹一声：“天哪！”罗明说新家有许多好玩的地方，想使母亲分心。母亲不愿意睡觉，罗明就温和地催她去睡。但他自己回到房里，也隔了好久才上床。靠着窗子，他竭力透过黑暗，最后望了一番楼下黑魆魆的河面。天很黑，街上没有一个行人。他听到文祥花园里大树之间的沙沙声。黑夜压在地面上，阴惨惨的令罗明透不过气来。一阵冷雨开始下起来了，在沉闷静寂的空气中，时钟“嘀嗒”声和屋顶上的雨声交错并起。罗明不禁打着寒噤，准备上床睡觉的他觉得真是件可悲的事；他们没有一个家，世界上没有一席地可以让他们珍藏自己的回忆，他们的欢乐，他们的苦恼，他们所有的岁月，都在风中飘零四散。

第二天早上搬家时，罗明帮儿子把散在地下的玩具收拾起来。儿子往往抓着一件东西舍不得放下，今天却异常安静地让他拿走了。

他们在倾盆大雨中把破旧的家具搬往新居。借给他们小四轮的货车司机也过来帮忙，但他们不能把所有的家具带走，新租的房子比老屋窄得多。罗明只能劝母亲把一些最旧最无用的丢掉，而这也费了好多口舌，无论什么小东西母亲都认为很有价值。一张摆不平的桌子，一张破椅子，母亲什么也不愿意丢

弃。直到一位亲戚答应把这些宝贵的破东西存一部分在自己家里，等他们将来去拿。这样，她才忍痛把它们留了下来。

货车在泥泞的街面上滑来滑去，艰难地到达目的地。下车后，罗明靠着儿子身边走，替他挡着雨。将儿子安顿好后，罗明和母亲又开始忙活。天上云层很低，半明半暗的日色使房间更阴沉了。要是没有房东的照顾，他们简直心灰意冷，支持不住。等到车子走了，家具乱七八糟堆了一地，天已经快黑了。罗明母子俩筋疲力尽，一个瘫倒在箱子上，一个倒在布包上，罗杰呆呆地坐着，望着窗外。这时，罗明的一位朋友来了，郑重其事地请他们下去一块儿吃晚饭，庆祝他们的乔迁之喜。满身疲惫的罗明想拒绝，罗杰也不大高兴参与，但朋友一再邀请，罗明便接受了。他们走到另一层楼，看见朋友全家都在那里，大家抢着上前，说着欢迎的话，问他们是否累了，对屋子是否满意，是否需要什么。一大串的问话把罗明闹昏了，一句也没听清，因为他们都是同时说话的。晚餐端了上来，他们围桌坐定，但喧闹的声音还是照旧。朋友的老婆把街上所有的零碎事儿都告诉了罗明的母亲，她直要把一切都解释清楚了才肯放过罗明的母亲。罗明的母亲迷迷糊糊的，竭力装作对这些话很感兴趣，随便接了几句，证明她已经知道。朋友的老婆从晚餐开始就没有停过说话，滔滔不绝，连喘气的功夫都没有，她一句话说到一半，气喘不过来了，但又马上接了下去。无精打采的罗杰对着饭菜咽口水，这可掀起了一场热烈的辩论。朋友的家人都加入论战，对焖肉太咸还是太淡的问题争辩不休，他们你问我，我问你，可没有一个人的意见和旁人的相同。每人都认为别人的口味不对，只有他自己的才合理。他们为此竟可以辩论到聚会最后。

末了，大家在怨叹人生残酷这一点上意见一致了。他们对罗明说了些安慰的话，表示同情，并称赞了他们的勇敢。除了罗明的不幸之外，他们又提到自己的，朋友的，所有认识的人的不幸。他们得到一个结论，认为人生是大多时间是悲惨的，空虚的。等到罗明和儿子及母亲回到杂乱的房里，三人觉得又疲倦又抑郁，可不像从前那么孤独了。罗明在黑暗里睁着眼睛，因为疲劳过度和街上吵闹而睡不着觉。沉重的车子从窗外边驶过，墙壁都为之震动，楼上全家都睡了，在那里打鼾。他一边听着，一边以为在这儿跟这些好人在一起，即使不能快乐，也可以减少些苦恼——固然他们有点讨人厌，但和他受着同样的痛苦。夜已深，罗明终于睡去，可是天方破晓就被邻居吵醒了，他们已经开始争论，还有人拼命抬着水桶打水，准备冲洗院子和楼梯。

家没了，房子卖了，但一家人的生活还是要继续。水池、灶台和冰箱占据了这个房子大部分的空间，再也放不下一张桌子。洗净的青菜晾在篮子里，灶头炖着肉，在等汤滚沸的间隙，在抽油烟机的轰鸣声中罗明坐在一张矮凳上，以另一张略高的凳子为桌，在一叠白纸上开始教儿子识字画画。

或许罗杰这孩子命里贵人多，或者是某些吸引力法则，虽然没有一夜暴富的大运，却有细水流长的冥冥之中的庇佑。也许对未来的选择空间有限，但罗明觉得，只要尽力让儿子有足够的安全感，有强大的内心，有对世界的好奇心和热情，再有一项不那么困难但可以谋生的技能，相信儿子也可以过好这一生。

一切总有解决的办法，未来相信也不会坏到哪里去。

罗明将母亲送回老家后，决定用卖房的钱买一辆汽车，带着罗杰旅行观光，游览乡村胜景，感受风与泥土，花与落叶，山与河流……他想通过长期远足，帮助儿子在良好环境中建立良好情绪，让儿子的不良情绪在大自然和亲子互动中释放。他不知道这决定是否正确，但他敢肯定，这么做会让儿子的不良情绪在享受大自然的乐趣中转化，这无疑是父子之间关系良好、友善的一种表现。

离开单位的罗明，感觉世界变得安静，所有的事情都发生在远方。现在，罗明视线所及的是山谷和平原向后滑去。车里一道一直看移动风景的目光，此刻也染上笑意。

罗明相当仔细地规划过这趟前往乡村的旅程，几乎避开了所有的主干道。在有些人看来，这次行车路线像是在不必要地绕圈子，但罗明的目的是让儿子欣赏更多美景，他必须说，对此他是相当满意的。大部分的时间，罗明都行驶在农田牧地间，水面倒映着蓝天抑或黑瓦白墙的土房，农作物青碧欲滴，生机盎然，抬眼望去，这几景如水墨画一般淡雅柔美……置身于绿草萋萋的怡人芳香中，罗明经常会不由自主地放慢车速，缓缓徐行，为的是让儿子更好地欣赏每一条溪流或是每一道山谷的美景。

前方的道路上，一只老母鸡正以最悠闲不过的姿态横穿马路，罗明赶紧把车停下来，可是这么一来，老母鸡倒也停下不走了，就站在他的车前。过了一会儿，罗明见它仍旧一动不动，就按响了汽车喇叭，但这并没有什么用，那只母鸡开始在地上啄起什么东西来了。恼怒之下，罗明打开车门准备下车，一只脚刚刚踩到地面，老母鸡便飞快跑了，惹得坐在后面的罗杰开心大笑。

山路弯来绕去，树林开始越来越密，似藏着无限玄机，有些树木古老而粗大，上面还缠着不知已多少年的老藤。树林里迎接他们的是一群披着淡蓝色羽毛，柔和又高雅的迷你型小鸟，它们踩着被晨雾打湿的大地，在树枝间彼此偎依，鸟声不绝。阵阵鸟鸣似海浪一般，此起彼伏，由远及近，绵延在一起，像在开演唱会。罗明拉着儿子轻声靠近，鸟儿就飞扑起来，像烟花一样轰地腾起一片，又轰地腾起一片，甚是有趣。

往前，迎接他们的是飞云湖。湖面很宽，像无意中扑进一幅巨大水墨画卷。罗杰睁大了双眼，心头满溢着惊喜。远处近处一丛丛、一簇簇的碧绿浓得化不开、消不去，像一张天仙织就的极大茸毯，无处不是，无处不在，起起伏伏地厚积着、延展着、弥润着……是那葱茏的岛屿把湖水染绿了，还是那碧绿湖水把岛屿浸染了？漫彻碧透的绿野，袅袅弥漫，缠绵悱恻。只要闭上眼睛，深深吸一口气，弥漫在群山之间那丝丝缕缕浮动的清香便直入心脾，无限地扩散。

湖上几条独木舟卧在水面。舟是用整个木板制成的，有五六米长，人一坐，舟就晃，弄碎的人影在水里荡开。竹篙一撑，舟尖剪开水面，如丝滑般前行。

两岸是松软的河滩，树影婆娑地映在水里。舟一动，树影便在水里像鱼一样游动。

孰料河滩上，惊心动魄的一幕正在上演：一只白色的小鸟歇在草边，抬着头，眺望水面，在它身后，一条蛇正蓄势待发。这一刻时间仿佛停止，空气瞬间凝固，一种同情弱者的大爱的情感被激发，罗杰喊了一声出来，小鸟被惊动，扑腾起翅膀，

飞开了。

走走停停，停停走走，大自然不断给他们带来惊喜与激动。一路上，罗杰双眼望着自然的美景，脸上有着难得的平静和喜悦。难怪人们总是渴望摆脱城市的束缚，逃往山林暂时避难，原来人们可以在澄澈的山水间洗濯心灵的尘垢，忘却尘世的羁绊，找寻生命的快乐。

四周的景色是这样生动而真切，这里没有尘世浮躁的喧嚣，没有灯红酒绿的诱惑，只有辽远寂静的空旷浸润着山谷的灵物。罗杰喜欢把手放在罗明的手里，让他拽着自己跑，往路上奔去。

上了大路，罗杰想起了罗明，又望着他——可是情形已经不同。他笑了出来。以前盘踞在他心里的小妖怪已经不在了。罗杰表示肚子很饿，罗明才想起已经到了晚餐的时间，急于要上乡村客店。罗杰抓着他的手臂，把全身的重量都压在他的胳膊上，哼唧着说没有力气了。可是快到山顶了他却一边跑，一边叫，一边笑，像发疯似的。

山上游客不多，偶尔与人擦肩而过。跑到山顶上，他俩并排躺在一块巨石上看过路的白云。朵朵白云悠闲而来，从容而去；不言前程远近，不忧天色向晚。

在这幽深的山野里，除了风声、沙沙的树叶声、偶尔的鸟鸣声、青蛙叫声和他俩的笑声外，一切都是空寂的，他们仿佛看见时光停了下来，和山涧里沉默的石头一样安静无语。被流水冲刷过的圆滑石头，不像人类那样轻言欢乐、痛苦和寂寞，它只会在千万年的时光消磨中漠视这个世界的冷暖。站在被山水草木包围的时空里，一种生命的孤独和悲怆浸透罗明的全身，在自然的流转中，人显得多么的渺小和微不足道，生命是否会和这些石头、这些溪水、这些花草一样保持圣洁与美丽？罗明也不知道。

也许，只有生命的品质才是至真至纯的。父子俩分明体味到，屏山的每一缕细水清泉流淌的是清醇，每一块石头印证的是坚韧，每一棵绿树生长的是高度，每一茎花叶盛开的是平淡，每一处绿色隐藏的是静谧。静美的屏山彰显了众多的生命意象，睿智的屏山暗含了生命的玄妙。

“水是眼波横，山是眉峰聚，欲问行人去那边？眉眼盈盈处。”

一切又像戏法一样变了回来，一路父子俩说说笑笑，讨论旅途中的发现，分享平时的见闻，回忆遇到困难时和相互合作、相互提醒。此时，人与大自然的接触是真实的，人与人之间的接触是有温度的，这激发出罗杰对真实世界的兴趣。那一瞬间罗明感觉和儿子之间没有障碍了，他们生活在一个时空当中。

罗杰重新发现了世界，这是他童年以后的另外一个童年，似乎一切都被一句奇妙的咒语点化了。自然界绽开轻快的火花，太阳在沸腾，天色清如水，像河一般流淌。大地咕噜作响，吐出沉醉的气息。生命的大火在空中旋转飞腾：草木，昆虫，无数的生物，都是闪闪发光的火舌。一切都在欢呼呐喊。

夜色朦胧，一轮月亮渐渐地从山那边爬上山头，在一片绿油油的草地上，他们轻启帐篷，仰面而躺，任凭寒风吹拂。仰望苍穹，天空繁星点点，一颗一颗，一闪一闪。远处一座座小木屋，古香古色的，小巧玲珑，有种山里人家的感觉，特别是树下的几张竹摇椅，更是让人有累了躺在那闭目养神的冲动。对于久居在车水马龙、喧闹不已的城区市民，此地无疑是与世隔绝的世外桃源。周围的群山重重叠叠、郁郁葱葱，上面灌木

密生，枝条上长满新芽，鸟儿隐于其中嬉戏，一层白雾轻笼整座山林，有如披着神秘面纱，无不激起人们想揭开这神秘面纱的欲望。此时，罗明忽然听到淙淙的水声，疾走几步转过去，眼前豁然一亮，原来就在他们面前的山脚下，一条山涧赫然出现在眼前。涧水顺着山势而下，缓缓流入此地，已成了一条小溪，清澈见底，大大小小的鹅卵石静静躺在水底，清晰可见。父子俩高兴地来到溪边，伸出手去，那水凉凉的，轻柔柔地从指间滑过，又“叮叮咚咚”地向下游流去。

百草伏地，皓月当空，万物归真，心静无邪……

空气是那么清鲜，天空是那么明朗，于是，夜色不再寂寥，不再悲切。

罗杰在滑草区体验滑草的乐趣。从山坡上冲向碧绿的草场，刺激又不失安全，非常惬意，罗杰的心一下子飞扬起来了。

他迫不及待地乘上好似碰碰车的滑草车，飞快地向斜坡下冲去，滑草车从高处向低处一路疾驰，他心情格外舒畅，似乎把一切烦恼都抛到了九霄云外，只留下欢快的笑声。他一次次地掉转车头，乘着车子飞快地向前冲，玩得不亦乐乎！

乘过了刺激的滑草车，罗杰又尝试了徒步滑草。穿上笨重的带有履带的滑草鞋，用滑竿撑住地面，像企鹅走路一样，一摇一摆地慢慢向前滑去。可鞋子不听他的使唤，还没走上几步，罗杰就一下子摔倒了，惹得罗明哈哈大笑。罗杰揉揉摔痛的屁股再次爬起来，继续向前滑去。经过了一次次的练习，他终于学会了，一遍遍潇洒地在草坪上滑着。

日月循环，在自然疗愈中，父子俩又开始了新的一周。光明灿烂的日子，如醉如狂的日子，那么神秘，那么奇妙，像童年时代尝试新事物一样让人兴奋。

罗明都不知道四季是何时转换的。月光下，杏树枝根根分明，投在地上的影子也是瘦的，疏疏淡淡干净的几笔，似乎只是过了一夜，水边堆满热闹的花瓣，抬头一看，干枯的树枝上冒出密密的杏花，酸胀的春天舒畅了。接着，白天变长了，细细窄窄的河流变宽了，充足光照中，树叶的绿厚了一层，又厚了一层，蝉声在浓绿中突然静默又骤然响起，罗杰的脸上洋溢着欢喜的笑容。一大早天就这么蓝，中午得热成什么样！当河边的色彩变得丰富，夏天就过渡到了秋天，毛衣上的静电起得噼里啪啦的。到了深秋时节，湖水分外沉静，风掠过，几朵云从水里浮起来。他们用纸片叠小船和飞机，任由它们随水流走，他们百无聊赖地躺着，看到路过的狼狗把吃不完的骨头埋进土里，然后永远地忘记了。

那晚盈盈的月光在河面上晃荡，月下求偶的青蛙发出高亢的叫声，罗杰抬头看到朗照的月亮，突然觉得它待在空旷的天上那么孤单。罗杰害羞起来，枕在一丛没抽穗的车前草上，背对着罗明不肯说话。罗明被吊得难受，假意说先走，罗杰又靠过来，吐得两句，收回去半句，像河面上忽闪忽闪的月光。罗杰的脸时而化进夜色，时而从黑暗中浮现，让人分不清楚月光是从天上落下来的，还是从他脸上轻轻荡漾出来的。看着看着，罗明浑身发烫，同时感到一股庄严的气息四下弥漫。没等罗杰表达完，罗明已感觉自己重要了起来，他是这个世上被儿子信任的人，第一个知道这件事的人，一定要守护好秘密。他捂住胸口，调匀呼吸，也想说点什么以回报儿子的信任，可惜自己

身上什么秘密都没有。

罗杰以前几分茫然的眼神似乎已经消失，取而代之的是种淡淡的轻盈与随和。他的注意力也集中了许多，时而像个好奇的孩子，情难自禁地东张西望。眼神弥漫之时，更是在放松之中，流露出几分自然的愉悦……

罗明发现儿子以前说话时的那种紧张与勉强，也开始有所好转。特别是此时在远离人群的大自然中，他也开始表现出思考的迹象。这种情况可以说明，儿子内心的思绪在放松中，已经可以体验到良好的情绪。

罗杰从前有很严重的语言障碍。他开口很晚，一直都没办法准确表达自己的情绪。以前罗明他们也尝试过语言训练，教罗杰 5 个字，他花了 1 个半小时也记不下来。罗杰也会尝试着说出来，可是别人听不懂，他就放弃了，什么都放在心里。

现在罗明打心眼里为儿子高兴，也能感受到孩子的变化，罗杰会看人、理人了，无论谁叫他，都会看过去，虽然很少会附带着应一声，但总归比以前大有进步。

儿子明显能听懂指令了，罗明也会在能力范围内教会他一些技能。但每当两人坐在一起，罗明就变成了一个干预师。当这样的时间太多，罗明和儿子的联结就发生了变化。

罗明会找罗杰感兴趣的东西，然后一旦他说出来，或者接近说出来，就把这个东西给他。罗杰特别喜欢吃冻干草莓，罗明就举着冻干草莓，说“莓莓”，只要罗杰一模仿说“莓莓”，或者哪怕只是发了一个“M”的音，罗明就立刻把冻干草莓给他。

就一个“莓莓”，他们练了整整三周。正当罗明有时也感到手足无措时，儿子居然终于明白了这是要他干什么。于是在他说了“莓莓”后，罗明赶紧给他，他吃得开心。罗明再举着一小块，说“莓莓”，他回应，再给他。然后罗明开始慢慢减少对他的提示，举着冻干草莓，但是不说话，等罗杰主动说出来“莓莓”，就立刻给他。

他们从“莓莓”，拓展到“可可”（巧克力），再从单音节词到多音节词……

儿子总算开始说话了！

学习多音节的词一开始是很困难的，罗杰的口部肌肉弱，要把不同的发音组合在一起时就乱了。

十二岁的罗杰逐渐学会了一些词语，基本上都是生活中他爱吃的东西，或者和家人交流相关的词汇。之后学会了一些基本命名，再是能够回答几个简单的问题，比如姓名、年龄等。与家人的日常沟通基本没问题，与外人也能简单交流。更多时候，罗杰说话是又急又乱，想说的会一串儿蹦出来，不管顺序和逻辑，有时是用错连词，有时是前后因果对调，而用错代词就更为常见了，屡教不改。因为每天跟他生活在一起，知道他接触的所有事物，他的话罗明基本能听懂，再者，罗明常安慰自己，他开口迟，语言学习需要过程，以后语言能力提高就好了。罗明有时候又觉得，他表达不清，并不一定是因为语言能力的问题，而且因为他内在的逻辑和跟普通人不一样！

不少孤独症人士可以学会各种技巧和语言，能完成某项事务，却可能不在意、不了解事件背后的含义和联系。罗明曾提到过这样一件事：家里电话响了，罗杰接起了电话，听到对方问：“你爸爸在家吗？”罗杰回答完“在”，就挂了电话。在罗杰看来，自己解答完对方的疑问，就已经可以挂电话了。但他忽略了对

方询问爸爸是否在家，是希望和他爸爸通话。还有，孤独症人士可以理解所有人都需要穿衣服，也可以感知冷热，却可能对为什么天冷要加衣，天热要减衣毫不在意。他们的世界是由一连串没有联系的经验组成，往往对事件背后的原因、概念和原则，并不清晰。此外，孤独症人士也很难发掘和归纳事件背后的主题。所以，一些孤独症人士并不擅长从过往经历中获得突破性成长。

罗杰不能辨别事物的全貌，哪怕他做的不是坏事，他也会时常怀疑自己，如果没有人告诉他说他善良聪明，他是不会知道的。比起其他人，罗杰更需要在和他人的互动中发现自己，如果没有他人对自己的行为和个性作出反应，那么他只能在一个寂寞的世界里孑然独行。

“爸爸。”罗杰站在门口，用手指着外面一堆孩子。

“可以的，去吧。记住一定不能出大院门口！还有，路面湿的地方会有点滑，要尽量避开！”

“哦！”他开心地换鞋，开门，直往楼下冲。

罗明关好门回到房间，在窗边观望，不一会儿就见到罗杰兴致勃勃地加入孩子们的队列中。听不到他们交流，只见一班小孩绕着楼房跑来跑去，罗杰也跟着跑，大概在玩什么游戏吧。罗明略带犹豫，回到电脑前继续查阅资料。过了不到十分钟，罗明的声音在门口响起：“爸爸，爸爸！”罗明连忙打开门，故作若无其事地问：“怎么这么快就回来了？还要不要再下去玩？”罗杰一边换鞋一边说：“不用了，不玩了。”“为什么？不好玩吗？”“不玩了，不……不要再问了。”说着，独自走进房间，坐在地垫上玩积木。其他孩子们还在楼下嬉戏，罗杰却不再关注他们，只自己玩自己的。他背对着罗明，坐在地垫上安静而孤单地玩着积木火车。他的能量或者某方面的情感受到了某些压制或者是禁锢，不能很好地释放出来，而且，他跟外界的联系很微弱，可能是他找不到跟外界沟通的方式，也可能是外界给他的信号到达不了他内心，他接收不到这个信号，所以，他的能量没办法流动起来。

楼下的玩闹声在窗边萦绕，于他却不再有半分干扰。罗明依稀感到孩子身上有种挫败感，但也知道，对于他明确拒绝回答的事情，多问也没用，只得坐在垫子旁陪他一同玩积木。脑海里重复着浮现罗杰自小至今于人群中独自玩耍的身影，以及见到同龄伙伴时心向往之的灼热目光。

这份孤独，与生俱来。

孤独症孩子的思维简单，想法单一，只能接受真实，不相信微小的可能性带来的变化，甚至不相信与真实相似的、不确定的精神体验，对于把自己的归属感建立在其他人身上这件事，总是充满戒备。这就是为什么罗杰总是孤单一人站在角落，渴望着，渴望能够和别人一起玩，渴望内心的快乐，却又不去加入他们的原因。

罗杰觉得简单易懂的生活更可靠，对日常事务有清晰的规则要求。五岁左右的时候，罗杰睡前要妈妈陪着阅读绘本，读完要罗明冲牛奶，然后他就拿着绘本跟罗明换奶瓶，这一系列动作一个也不能少、不能错。注意到他对这一系列动作有刻意要求是因为有一次，他妈妈从罗明手里接过奶瓶递给他，他却不接，当时罗杰还不会说话，只会用手指来指去，大家完全搞不懂他的意思，各种沟通都不如他意，他急哭了，折腾了差不

多半个多小时，罗明他们心急如焚却毫无办法，最后只能从读绘本开始，重复一遍以前的顺序，罗杰才算罢休。

从那时开始，罗明知道了儿子对一些事情有特定的顺序要求，但并不知道这是行为刻板的表现，相反，罗明以为这是儿子内在秩序感的建立期，属于每个小孩正常的发育过程。罗明清晰记得国内著名的儿童心理学专家孙瑞雪在《捕捉儿童敏感期》里提到过，秩序敏感期一般在儿童两岁左右会有明显表现，这阶段的小孩需要通过固定的程序去建立内在秩序感。抛开理论，从身边友人的育儿经验中，罗明也了解过，其他小孩都是明显地经历过这样的秩序敏感期。于是乎，他们都尽力去配合儿子对秩序的需要，以期补全他内在缺失的安全感，从不曾怀疑这种刻板行为是否有其他原因。

这种重复刻板行为也并非一成不变。随着罗杰慢慢长大，有些重复会被另外的重复替代，有些刻板也会渐渐淡化。

站在窗边，罗明发现月亮竟行至窗前，他先是一怔，接着心底涌上来一些模糊的旧事。城市在向乡村扩张，覆盖着新的村庄和玫瑰花，这里没有菜园和家禽，禁止野狗出没。高速公路在山城周围错综复杂地形成了一种“8”字形。人们在装有大玻璃窗、备有乐曲的安静而舒适的汽车里度过越来越多的时间。这是一种临时住所，越来越适于个人和家庭，是不容陌生人进入的。人们在里面唱歌、争吵，说着悄悄话，回忆着。汽车里是一个既开放又封闭的地方，其他人的存在仅仅是一个转瞬即逝的轮廓。当独自以同样的速度长久地驾驶的时候，这种的机械性使人丧失了对身体的知觉。

他到底也跟平凡人的日子疏远了。漫长的时光里，其实月亮一直在那里，照亮暗夜，影响潮水，譬喻悲欢，唤起思念，让分离的人们在抬头望月的一刻再度发生深刻的联结。

房间里没开灯，只有轻烟薄雾的月光照着，罗明坐在小凳子上，坐在能藏住人的暗影里，身旁有个煤球炉子，炉子上白铝壶咕嘟咕嘟烧着水。

路穿过小城，在小城的边缘地带突然终止，罗明穿过一道暗门，却赶紧捂住眼睛。双手颤抖，泪水冰凉，车子载着罗杰进入虚焦的前方。那时候他不知道，眼泪到底为何而流。一个男人被一股太过复杂的情感淹没了，熟悉的世界露出更深也更幽暗的那个部分，他不愿正视，也无法说出。

塑造

每年每天罗杰都在进步，但进步的速度很慢很慢，不能跟他谈这个少年的事，只能求个安息之念。

无法融合大众的生活。罗杰很孤单，多半是孑然一身，葡萄架下贪凉。

深秋的黄昏，罗杰坐在菜地的大石头上看着罗明种菜。看累了，他又抬起头，看着天上的半个月亮。罗杰睁大了的眼睛叫月亮装满了，连爸爸已经走到了菜地的尽头他也没有去理会。月亮这么早就出来！有的时候清早也有月亮，他不相信天是要黑下去。

他紧紧地把眼闭住——他怕了。怕，怕附近树林里的声音。声音慢慢地传来，传来一切，钻进他的耳朵，和昨晚梦中的嘈杂声混成一片。

罗杰不清楚自己怎么又被魇住了。这几个月他有过无数次这种经历，他大睁着眼睛环顾四周，甚至清晰地看到山边的石头一动没动，唯一异样的是，他动不了，身体沉重地坐在地上，从头到脚都是麻木的，像被点了穴。挣扎一会猛地醒来，他感觉整个人都虚脱了。眼前，还是那样的夜色，那样的情景，只有爸爸那熟悉的气息，以及那双温暖的手能让他心里马上安静下来。

罗杰是一个简单的孩子，他用一双小手，在院子墙角废墟处翻找了一下午，翻出一个个透亮的玻璃瓶。那堆废墟是他用整个童年收集的，塑料罐、废纸箱，以及无数玻璃瓶。这些瓶子曾装过糖果、装过橙汁、装过泥巴、装过水，装过小花、小草、小鱼。那时整个夏天，罗明都给罗杰捕鱼、捕虫、抓蟋蟀、抓萤火虫、捉蚂蚁，一罐又一罐，一瓶又一瓶，玻璃罐们在田野浓重的阳光里如一个个剔透的水晶灯，散发着小小的自然之光，摆满罗杰的房间。

他的房间不大，床靠墙放，两面的墙上贴满罗杰的画，汽车、摩托车、乐器和穿着铜扣皮衣的人物在狭小的房间里营造出重金属色彩，渗透出冷酷和沉闷的气息。

透过两扇小窗户照进来一束柔和淡然的阳光。今天是一个好天气，红润的骄阳为春天添加了一抹色彩。地上的小草也发了芽，偶尔有几朵野花夹杂在中间，生机勃勃，让人舒畅安逸。打开房门，只见草坪上一群七八岁的小男孩聚在一起玩警察抓小偷的游戏，罗明带着罗杰加入其中，他们以分黑白划分阵营，手心为白，手背为黑。当黑白数量一样时，出手心的一伙，手背的一伙。接着便是确定谁是警察，谁是小偷。这个时候的小孩都有英雄情结，大家都想当警察，双方便派出代表，以石头、剪刀、布，三局定输赢，赢的是警察，输的则是小偷，小偷在游戏开始前还会被嘲笑一番。罗明所在的队伍不幸沦为了小偷，

大家四散而逃，“小警察”们在后面边嘲笑边追。不玩不知道，一玩罗明才发现罗杰跑得飞快，而自己的体质是真的差，一群小偷里他竟然是第一个被抓到的，没跑几步便气喘吁吁。抓到的小偷被送进画着的圈里，算是画地为牢了。

“给他一大哄哟，嘿哟！嘿哟！”

“给他一大哄哟，嘿哟！嘿哟！”

被抓到的罗明很快被大家起哄，罗杰却躲在一边偷偷乐着。在罗明的陪伴下，几番游戏下来，罗杰慢慢放下了心中的那丝不适和尴尬，跟这帮孩子们玩得热火朝天。

孤独症患者表现出的刻板行为和狭隘兴趣，很难被改变，越想介入，越被抗拒。只有社交，或许能通过给予足够的引导和示范，让他学会与人交往，逐渐融入社会。而这种引导和示范，如果能渗透于生活，或许会比一板一眼的机构教育更有效。罗杰如今不乏与人交往的兴趣，只是缺了一些沟通能力和沟通技巧。没错，哪怕再小的孩童，在交往时都是有技巧的，这种技巧表现在一言一行中，一个眼色，一声薄嗔，都能心领神会，这是普通人与生俱来的能力，不需要刻意去学习。而孤独症儿童恰恰没有这个能力，他们面对同伴，要么直接粗鲁，要么手足无措，要么答非所问。如果后天的训练能弥补这种先天的缺失，那么，孤独症或许并没有大家所理解的那么悲观。

罗杰的一位朋友是艺术中心的钢琴老师，带着一个有五个孩子的小班，每周末在家教孩子学音乐。

语言沟通能力低下是罗杰最突出的问题，音乐治疗可以发展孩子的交流沟通能力。周末罗明都会带着罗杰来到这位朋友家里。

“今天我们要学习一个新的音符，跟着老师一起念——fa。”

于是，一群跟罗杰差不多大小的小孩子，开始念：

“fa——”

罗明清楚地听到，其中一个小朋友念的是：

“hua——”

“fa——”

“hua——”

重复了几次以后，里面的那个奶声奶气的“花”终于变成了“发”。

这不是最可怕的，最可怕的是，六个小孩子一起打拍子，唱歌，魔音贯耳。

罗杰没去过几次学校，这种场面对于他来说，简直是折磨，坐在培训室的罗杰面无表情地看着其他小朋友，一副苦大仇深的模样。

看着无法适应的罗杰，罗明只好开车接儿子回家。坐在车上的罗杰冷冷地看了罗明一眼。

“你这是什么眼神？”罗明被自己儿子鄙视的小眼神逗乐了。

“鄙视。”罗杰说出来的时候，被自己的小奶音吓了一跳。

傻爸爸愣了一下，下一秒就把儿子抱了起来：“宝贝，再说一句！再说一句！”

罗杰还真是第一次听到别人有这样的要求，不愧是傻爸爸。

“鄙视！”

罗明开心地猛亲了两下儿子的脑门：“再说一遍！”

罗杰嫌弃地擦了擦脑门。

“今天爸爸太开心了，好事成双！儿子，走，爸爸带你去买冰激凌，买汽车！”

罗杰瞬间就活过来了，两眼放光，他很喜欢这些。

“一会儿给奶奶一个惊喜好不好？”罗明带着儿子坐车回家的时候，对儿子说道。

“咱们一起给奶奶一个惊喜好不好？”

“跟爸爸一起念——奶奶——”

孩子一双黑溜溜的眼睛瞅着他，没有任何动静。

“爸——爸——”罗明温柔地又重复了一遍。

罗杰依旧没有任何动静，他从小没有叫过这两个字，也不会叫任何人奶奶。

“奶——奶——”罗明又重复了一遍。

“嗯。”罗杰勉为其难地答应了一下。

罗明乐了：“儿子，你这是故意的吧？”

一连几天，罗明都会去找罗杰“说话”。还别说，有时罗杰真的张口了，虽然他只是偶尔对着罗明呜啦几句，怯怯的样子，但罗明基本能听明白，这已经很好了。

罗杰时不时会给罗明一些惊喜，两位数的加减法，三位数的加减乘除他可以不假思索地给出正确答案。

“人之初，性本善。性相近，习相远。苟不教，性乃迁。教之道，贵以专。昔孟母，择邻处。子不学，断机杼……”

抑扬顿挫，洋洋盈耳的声音在房间回荡。

全文一千一百四十五个字，罗杰能有板有眼一字不漏地背诵。

罗杰给的惊喜让罗明看到前方的希望。虽然比同龄人落后很多很多，但罗明清楚语言发展是需要过程的，应该给他充足的时间去发展，所以罗明一直都没有太多苛求，仍旧按之前的步调跟他共读绘本，多多聊天，多讲故事。罗杰与家人的日常沟通基本没问题，与外人也能简单交流，只是总体程度还是比同龄人差一些。

虚空中像是有一股神秘的力量加持着罗明，让他一时时、一天天努力，再努力。

绿油油的田野间，一个戴着斗笠，年约十几岁的孩童，正挽着裤脚，在泥泞的水沟里摸着什么。

旁边的田埂上一个竹制的篓子，里边隐约可见几条活蹦乱跳的泥鳅。

从孩童下摆半湿的衣衫可以看出，他已经在这里摸了好一阵子了，但是泥鳅却没有摸到几条。

这也正常，田里的泥鳅就这么多，村里摸泥鳅的孩童几乎天天来，再多的泥鳅也禁不住这样来抓。

罗明带罗杰来不只是为了抓泥鳅，还要对罗杰进行感觉统合训练。在经过多方咨询以及查找大量的相关资料后，罗明得知皮肤是人体最大的感觉器官，对于生活品质有直接的影响。皮肤触觉不好，也会导致情绪问题。而触觉对于安全感，用力的大小，以及情感解读都有直接影响。罗明心里有一种直觉，这个方法是可行的，甚至有可能让自己的儿子回归正常生活。

罗明将罗杰整个身体的各项指标完全数据化了，分为动作、思维、言语、体能，而每个天赋又对应着两个属性，通过游戏获得身体四肢协调和知识点升级。

挑好合适的互动游戏，罗杰饶有兴趣地凑了过来。他拿起吸管拼凑，罗明阻止，告诉他玩法，要用鞋带把吸管按颜色顺序穿起来。罗杰认真穿起来，轻而易举地学会了，但穿了几个就没耐心了。罗明灵机一动，增加游戏难度，先石头剪刀布，

握紧拳头是石头，食指中指变剪刀，手掌伸开成为布。罗杰学得很快，两人手指起落间你输我赢，边争论，边欢笑。然而几次后，罗杰的兴趣明显大减。罗明念头一转，试着增加游戏的趣味性：允许赢的人刮一次输的人的鼻子，输的人要学一次动物叫。有了赏罚，好胜的欲望被激发，简单的游戏焕发新的生命力。一次赢两次输，赢了嘎嘎笑，输了笑嘎嘎。如此痛快淋漓地玩了几十次，罗杰还乐此不疲，不放人。罗明提议赢的一方可以按颜色顺序穿一段吸管，最后穿的多的人可以得到一颗棒棒糖。

无限希望冉冉升起，罗明内心窃喜着，这游戏有趣又有益，可以连着玩上半个多小时了，他为自己的创意洋洋得意。他俩开开心心比画手指，罗明故意让儿子赢。罗杰兴致勃勃地穿了一段又一段的吸管，完全不按规则来，罗明阻止，他不听，胡乱一通抢，罗明连哄带叫维持秩序，无效，他完全不按脚本演出！唯有强行把他拉回角色中，厉声重复要求，他由笑转成哭，最后给了棒棒糖才消停。

前年这个夏天，他每天必做的一件事是不停地让儿子喝水，然后反复训练儿子如何脱裤子、如何用洗手间。

为了让罗杰认识“水”，让其感知冷水、热水、温水，罗明每天都打开水龙头让其感受水流大小的区别，让其在洗澡盆中玩水，给他搓背，放各种瓶子给他盛水，告诉他什么是泼水，什么是盛水，什么是沉，什么是浮，什么是轻，什么是重，什么是干，什么是湿。

在生活中学习刷牙、洗脸等简单的生活技能，罗明也需要按照罗杰的理解水平，利用视觉提示，分成简单的十到二十个步骤，一步一步地教给他。当孩子取得任何进步，罗明从不吝惜自己的赞美和欣赏。

而在教孩子学习任何一项生活技能的过程中，罗明始终遵循简单易懂、循序渐进的原则。在孩子起床时，他会有意识地告诉他当天的时间，比如今天星期几，今天几月几日。罗明还会告诉他今天的天气，告诉他今天一天的计划，或者告诉他今天的主要活动，告诉他起床以后马上要做的事情。

“你好！”

“叔叔阿姨早上好！”

“你吃饭了吗？”

“你去哪儿？”

罗明常常会私下拜托周围人以问好的方式帮助孩子建立良好的人际关系。

因为罗杰不喜欢看桌面，喜欢看眼前的物品，罗明就从网上买了很多蔬菜水果的模型，找了个鞋盒子，然后把它扎了很多洞，最后将模型插进去，让孩子从中选择他念到的蔬菜水果，并把它们写出来。

经过训练，罗杰学会了机械动作模仿。罗杰还喜欢画画，认识颜色形状很有天赋，他下笔非常快，无须斟酌，毫无顾虑，写字和画画都是用线条去连接字和画的形状，写得很好画得也很好。

罗杰最喜欢画的是公交车，因为想乘着公交车去很多很多地方，画画是他的语言。有时候在家里画着画着，他会情不自禁露出笑容。这让人很感动，因为罗杰不能像正常人一样和其他人沟通，只能通过画抒发自己的感情。

但他握笔姿势不对，导致力量掌握不好，不是太重，就是

太轻。手眼协调也不好，字写得经常太小或太大。观察能力不够，能很快学会单个笔画，但组到一起就显出缺胳膊少腿的。

一开始，罗杰没有和罗明互动，只是默默地画着，示范给他看。他奶奶在旁边说："宝贝，画这儿。""看爸爸怎么画，你就怎么画！"罗明不知不觉教他画了起来。罗杰没有说话，只是看了罗明一眼表示同意。当他在旁边乱涂乱画时，罗明就轻轻抓着他的手，放到画上，轻轻说："画这儿，不要涂到外面去！"可是他只是画那么一小会儿，便又把笔拿到画外去涂了。罗明只好握着他的手和他一起涂画。

罗明还在日常生活中开展手指灵活度训练和手眼协调能力训练：把芸豆从一个盆里抓到另一个盆里，动作要领是"抓"，训练手指的肌肉协调性以及自控能力；用勺子把黄豆从一个盆里舀到一个小碗里，动作要领是"舀"，主要是提高罗杰的腕部与手的配合协调能力；用三指捏着黄豆从一个小盆里捏到饮料瓶子里（先用大口瓶，后用小口瓶，瓶口逐渐缩小），动作要领是"三指捏"，目的是提高拇指、食指和中指的协调配合能力；用筷子把豆子从一个盆里夹到另一个盆里。罗杰是从夹花生豆开始训练的，慢慢过渡到夹黄豆。目的也是提高拇指、食指和中指的协调配合能力。

就这样，长期训练下来，罗杰不仅渐渐掌握了握笔的正确姿势，还学会了使用筷子。

但罗杰写字总是用线条来写，没有笔画的规则，罗明用尽各种方法帮他纠正，数手指、画苹果、排铅笔……形象的、抽象的各种方式都试过，他却仿佛在破解哥德巴赫猜想一般，云里雾里，始终不明白。

他会背写字笔画顺序口诀，但就是不会按口诀按笔画顺序写字，怎么也教不会。

深呼吸，平静自己，罗明好不容易耐着性子再教一遍，但罗杰静不下来，一会儿玩铅笔，一会儿折书角，一会儿趴着，一会儿分神，各种不配合。罗明有多平和，他就有多挑衅，磨光最后一点耐心，冲突爆发。

一顿怒吼，雷电交加。罗杰转而像无辜的小兔，眼里噙泪，温顺柔弱，颤颤巍巍。

发脾气或者捣乱，那都是有原因的，只是罗杰不会表达或者表达的方式错了，要给他点耐心，看到背后的问题，然后教他遇到这样的情况该怎么表达，怎么处理。父母怎么教，怎么做，小孩自然就跟着怎么学。如果家长自己总是不耐烦，动不动就否定孩子，指责孩子，那孩子肯定慢慢地更不愿意去跟别人沟通了，甚至还会自己否定自己。这种沟通上的障碍就会恶性循环下去。

升腾的怒气悬在半空中，又硬生生强压下去，塞回心间，幻化成自责。罗明平静良久，从书本里抬头，见罗杰还在伏案画画，地上扔着几张废弃的稿纸。走近他身边，画是一辆小火车上坐着几只小猪，这是把他最爱的托马斯小火车和小猪佩奇合并了。他刚涂完色，似乎大功告成了。

“这是谁呀？”罗明指着开车的小猪问。

“猪爷爷！”

“后面的呢？”

“佩奇和乔治。”

“他们坐的小火车好漂亮啊。”

“这是高登，是快车，可以开得很快很快，它们是最快最快的！”罗杰兴致高昂，介绍得比往常有条理。

“今天画得这么好，你拿去给奶奶看看好吗？”

“唔……”罗杰摇头。

“让奶奶看看你画了什么，说不定奶奶会表扬你呢。我们一人一节车厢，在车厢上搭物品，行不行？”罗明再次试探。

“不行！都是我的，我自己搭，我不要笔画！”

“好好好，我们不玩笔画游戏。我们来搭个火车站台，搭个又漂亮又牢固的站台，可以给你停靠列车，好吗？”罗明尽量夸张地描述着，希望勾起他一丝兴趣。

他略一迟疑，点头应允：“好吧。要很长很长的，不要短的。”

“当然了，我会搭一个可以容纳七节车厢的长长的站台……”

罗明趁机融入罗杰的游戏世界，与他一同玩耍。罗明小心翼翼地遵循着儿子定下的规则，做个纯粹的陪伴者，情深而无奈。

罗明爱儿子，愿意爱他的所有，无论是孤独的他，抑或是优秀的他。愿意用心陪伴他，信任他，关注他内心成长，这份爱不会因为他是怎样的他而改变。他强大，他骄傲；他弱小，他要让自己强大来保护他。

小孩是家庭的缩影，孤独症孩子有社交障碍，沟通不畅，也跟家长教育方式的粗暴脱不开关系。教育方式的改变必然牵动着家庭成员的行为改变，说到底，终究是家长的自我成长。而每个成年人的再成长，并不容易，需付出汗水和血泪。

道阻且长。

青春期来临之前，几乎没人留心过罗杰是个男子汉，但他永远是罗明心里的第一位，是他心中小小的花朵。

十多平方米的房间里，罗杰坐到餐桌边，像往常一样，早餐已经在桌上了，有粥、咸菜、包子和煎鸡蛋。对于罗杰的饮食，罗明是用心的，平日想着法子换花样，有时会有干拌面、阳春面，会有油条、麻团、烧饼，还会听着小区里的“时髦”家庭主妇介绍，提前一天买好比萨和意面。

罗明举起手里的袋子，说：“臭小子，看我带来了什么？你姑姑给你卤的肉，都是你爱吃的。”罗杰看着罗明手里的袋子，笑得像个小屁孩看见了心爱的吃食一样，他舔舔干裂的嘴唇，咽了一大口口水。罗明把袋子放到茶几上，随手清理了一下桌面，开始每日动手游戏。

各种飘落的树叶是罗杰最好的玩具。拿一个小纸盒，收集各种形状的树叶，如枫叶、银杏叶、刺槐叶等，把它们先捋平整保存起来，等到树叶不再卷曲时，罗明拿这些树叶帮罗杰拼凑成鸡鸭牛羊的样子，便是他们每天玩得最好玩的游戏。找一个旧纸箱，拿剪刀把它剪成长方形，就开始在纸板上粘贴树叶。有做成野兔样子的、鸡鸭的、牛羊的，还有小狗之类的，虽然形状怪异，但却充满着乐趣。

这个方法叫作“塑造法”，就是研究孩子个人的行为，并找出该行为中与你期待孩子做的事情最接近的部分，而不是大发脾气。你必须找出能强化你想要的某种行为的因素。假设孩子喜欢猫，你不要在他的桌子上放识字卡片，而是放一只猫。孩子看着那只猫时你要说，你真是个好孩子。这可能会起作用，也可能不会。假设我们吹泡泡时，他非常喜欢，就可以尝试把这个行为融合进去。孩子看着猫的时候，你说真乖，并吹泡泡，

那么他的兴趣就起来了。这时候他可能会走向那张放着猫的桌子，或坐在桌子旁边。当他看猫或坐在桌边的时候，可以再夸他乖并吹泡泡。慢慢地，你会发现他会经常看着猫，这时你就吹泡泡。一天做这些已经足够了。就这些，或许只花 10 分钟。第二天，你在桌上放一只猫，同时放一张识字卡片。把猫放在卡片上，继续这个过程。第三天，你可以在一张猫的图画上再放一张识字卡片。在不伤害孩子的情况下，你可以使用其他合适的强化物，不一定总是用泡泡，你可以借机挠他痒痒，或做一些能强化他某种行为的事情。久而久之，你会看到一个快乐的孩子，做他喜欢做的事情。

随着孩子的年龄增长，在进行干预时，孩子总会出现各种各样的问题，有的时候让罗明惊喜，有的时候沮丧，整个人的心态好像随着孩子的状态不断地接受着锤炼，罗明有的时候看到微信朋友圈里面有人晒娃的成绩如何如何，心里还是很郁闷的。要知道，教孤独症孩子认知、自理或者逻辑，可能比教普通孩子要多付出成百上千倍的努力，教普通孩子两遍就会的知识，而他可能得教两百遍，就连人与人之间你来我往的对话也要教。自理能力就更不用说了，拉上拉链这个事情，学起来都很困难。实在教不会的时候，罗明也很恼火，会大声吼他，可是这样不仅没用，还把他的情绪障碍刺激了出来。教的时候，即使他注意力完全不在，也要不厌其烦地教下去，绝不能失去耐心，不然就更加看不到胜利的果实了。家长也是人啊，也有心情不爽的时候，但在孤独症孩子面前也得压住情绪。当孤独症孩子家长难得出奇，所以他们才说孤独症孩子家长都是真的勇士，教育问题上不管最后成功与否，其实都是赢家，这是非常值得敬佩的。这个问题正常孩子的家长永远体会不到，有的时候罗明甚至龌龊地在想，有什么了不起的，不就是运气好点有个正常的孩子吗？不就是运气嘛！罗杰七岁的时候去姑姑家，在饭桌上出现情绪障碍，一直哭，姑姑的孩子当时不到三岁，姑姑乃至爷爷奶奶，都在关注那个不到三岁的妹妹是如何表现出情商的，会不会安慰哥哥。姑姑很高调，整个相聚过程都在不停夸他们孩子哪哪都好，其实亲戚关注更小的孩子也是无可厚非的，但是罗明心里清楚自己孩子的情况，他的情商远远不如那个小朋友。可能对没有孤独症孩子的家长说这些，他们最多觉得罗明玻璃心，然而谁又能理解他当时的无奈和悲凉！

夜深了，坐在窗前桌边的罗明深叹了一口气，拿起旁边的水壶想倒口水，却发现水壶里已经空空如也。他起身给自己烧了一壶水，泡一杯清茶，想安静地慢慢品尝，然而时间堆积的往事瞬时漫开。有段时间，罗明经常做噩梦。有一天他梦到自己在一片茂密的森林里迷路了，漫无目的地走啊走，走到精疲力竭的时候他看到一棵大树。树上有块指示牌一样的东西，他努力凑上去想看清楚，那块牌子却突然朝着他飞过来，他被吓醒了。睁开眼，发现罗杰静静地坐在门口。谁说孩子啥都不懂？他心里有事，就一直惦念着，可也怕吵着了罗明，不敢叫嚷。

罗明赶紧起身，穿了外衣。父子俩携带工具，启动电动车上路，不一会儿，两人看见田野边上有一片绿意深深的菜园子。两人从车尾箱取出盛着小锄头和小铁锹的桶，罗明心里有些嘀咕，不知人家会不会让父子俩过去掘土呢？

罗明先把桶放在菜地边上，牵着罗杰往前走，见一门口坐着的阿婆便走过去。简单说明来意：“家里养了鸭子，没吃的，

超市买的鸟食鸭子不大肯吃，只爱吃蚯蚓，所以带儿子到菜地来看看，不知道好不好进去。”

阿婆听着，明白了意思，乐哈哈说道：“可以，可以。”她身旁还有一个比罗杰小四五岁的女孩。罗明致谢后，牵着罗杰去拿桶，小妹妹也蹦蹦跳跳跟过来了，居然说：“哥哥，我帮你拿桶好吗？”

罗杰拽出桶里的两件工具，将桶递给了小妹妹，想了想，又把小铁锹给了她。两手都是物件的小妹妹高兴得一蹦一跳，又说：“谢谢哥哥。”听得罗杰美滋滋。

菜地里种着白菜、花椰菜、辣椒，还有小半截通红的刚长出地面的红萝卜。小妹妹指着一片千姿百态的豌豆花对罗杰说：“这个花好好看啊，像是蝴蝶要飞起来，这是什么花啊？”

罗杰平淡道：“豌豆花。”

罗明暗暗称奇，印象中，他从未带罗杰去菜地看过豌豆花，也许是他从绘本或者电视中看过的！他可以将影像中的图画与现实中的事物对上号，且不带一点儿犹豫。

菜地里俩小朋友配合得真好，一个埋头挖，一个低头捡——很多女孩都怕这种软体虫类，小妹妹却一点儿也不怕，只要哥哥挖出来，她就快速捡起来扔进桶里。

俩小朋友边找蚯蚓边对话。

“挖蚯蚓干吗呀？喂鸡喂鸭？”

“喂鸭。”

“是毛茸茸，走路一摆一摆的黄小鸭吗？”

“是。”

“小小鸭我在图画里看过，很可爱，哪儿买的？”

“菜场买。”

“嗯，是你买的？”

“嗯。”

“一只，还是几只？”

“两只。”

“男孩还是女孩？”

“不知道。”

“你会每天给他们找吃的？”

“有时会。”

小妹妹嘴贫，问得多；小哥哥答得简单，却也有问必答。相比而言，在罗明面前，罗杰的言语可是吝啬多了！罗明蹑手蹑脚，生怕打断了他俩。他抬头看看一会儿藏在云里、一会儿露个脸出来的日头，真希望这样的时光走得慢一些，再慢一些，让他好细细品味儿子再正常不过的思维与表达。

两个一大一小孩子，一问一答，无所不谈。罗杰虽然是断断续续很简单回答小妹妹的问话，逻辑却是一节扣一节，很完整。

这让罗明又惊又喜，这说明平常他只不过不善于表达，但儿子跟同龄人交流，比跟成人交流顺畅多了。

饭后，罗杰又在桌上继续摸画本、取画笔。罗明去超市买了些食物，回来后房里毫无动静。他走进去一看，罗杰早已经上床睡着了。罗明轻轻从他肘边抽出画本，这是儿子的新作：一只大鸭嘴里衔着一只虫子，另一只小鸭在一旁侧脸看着它。嘴里衔着虫子的大鸭，右翅扑棱着，旁边写了五个字：爸爸喂孩子。

罗明张着大嘴，眼里有股热流汹涌而出……

快乐

生活的参照物一旦变成实物，时间就会加速流转，日子也就越来越不禁过。时间一点一点地过去，罗杰一点一点地成长。五年，十年，一晃而过。

几年过去，十八岁的罗杰不仅认识和理解了几千词组，还能写出它们。他虽然下笔依然没规律，所有的字都是用线条描写出来，但能他把字写得工工整整。

认字和写字让罗杰具备了基本的阅读能力，同时也增加了他沟通交流的能力，与家人沟通没太大问题，但与外界交流有时还是有困难。他不喜欢和人交往，基本不和邻居打招呼，每次遇到都视而不见地走过，这是孤独症孩子特有的冷漠习性。

语言是人人都能理解的，但对于罗杰，情况却恰恰相反，不仅是就一段完整的谈话而言，即便是片言只语也是这样。语言在他看来，是含混的、模糊的、容易误解的；而音乐却能将千百种美好的事物灌注心田，胜过语言。那些他所喜爱的音乐向他表述的思想，不是因为太含糊而不能诉诸语言，相反，是因为太明确而不能化为语言。并且，罗杰发现，试图以音乐表述这些思想，会有正确的地方，但同时在所有的文字中，它们又不可能加以正确地表达……

记得罗杰小时候，喜欢玩水却不喜欢洗澡，每次把他放入水里都要挣扎一番，还会嚎啕大哭。有一次，罗明气急了，没忍住跟罗杰喊了起来，然后强行把罗杰按在水里，快速地擦洗。洗干净把罗杰从水中抱出来以后，孩子一直在哭，哭到吐了。那天夜里，罗杰几次从睡梦中惊醒，大喊大叫。从这以后，罗明再也没给罗杰强制洗过澡，而是一边让他在水里玩玩具，一边播放洗澡歌：

沐浴露和香香皂，今天用哪个好
毛巾衣服要拿好，水温刚刚好
淋淋水来搓泡泡，今天多么美妙
从上到下要记牢，我爱洗洗澡
冲冲水，搓搓头，全身也要淋湿到
脖子后，胳肢窝，屁屁也要清洁到
噜啦啦，噜啦啦，噜啦噜啦嘞

逐渐地，罗杰不仅习惯洗澡了，还学会了自己洗澡。

小牙刷，手中拿
我呀张开小嘴巴
刷左边，刷右边
上下里外都刷刷

早上刷，晚上刷
刷得牙齿没蛀牙
张张口，笑一笑
牙齿刷得白花花

一首《刷牙歌》让罗杰学会刷牙，懂得了要每天刷牙，保护牙齿健康。

孤独症的孩子在语言的跑道上既不能起飞，也无法降落。同样的词语对于不同的人来说意义是不同的。只有歌曲才能说出同样的东西，才能在每个人心中唤起同样的情感，而这一情感，对于不同的人，是不能用同样的语言文字来表述的。罗杰终于知道了自己一直在寻找什么。他寻找的就是像森林和河流那样自然而真诚的音乐，帮他通向人类情感的表达。

音乐成了罗杰唯一的知音，他几乎能理解音乐所表达的任何意思，无论多么抽象或者艰深的细节，他都能懂它。

一天晚饭后，罗杰以为《动画城》节目开始了，就去开电视。“会唱歌的碗才是干净的碗”，广告里说。他想：“碗怎么能唱歌呢？”噢，知道了。可能用手搓碗，发出的吱吱声音像唱歌一样吧。趁爸爸晚饭出去散步时，他从消毒柜拿出爸爸洗过的碗搓了搓，哪里会唱什么歌？他自言自语道：“大概是没洗干净的原因吧。”他把那些碗放在水池里，在每个碗里都滴了几滴洗洁精，然后用抹布搓了几下，放在水龙头下冲了冲，拿起一个盘子搓了几下，不能唱歌，又搓几下，还不能唱歌。他急了，又连续搓了好几下，擦干了碗上的水。咦？碗发出吱吱的声音，还真的像在唱歌呢。罗杰又让第二个、第三个碗都像第一个碗一样唱出了优美的歌。

等罗明回家后，罗杰告诉爸爸碗会唱歌的故事。

罗明乐了。

音乐可以帮助罗杰表达自己的所思所想，与生活中的沉默和退缩相比，罗杰似乎更善于用音乐表达对这个世界的理解与感受。

已然明白，语言实在难以触及灵性，真正震撼灵魂的事物，根本无力相告于人，只宜自家收存。

在家无聊的罗杰，时常把用电脑听音乐视为重要情绪出口，音乐无外乎是距离他最近也是最容易到达的“世外桃源”。它的声音和旋律是那样迷人。

音乐如缓缓流淌的清水，流经身体每一处，放松自己的神经，慢慢地，便也沉沦于此。它们的确给罗杰带来了前所未有的体验和情绪，引他进入那个关于音乐的清梦，各种各样的颜色，深红色、苍白色、黑金色，各种各样的人物，刘若英、王菲、李泉。进入清梦的成功率越来越高了，这种知晓自己正在做梦的感觉真是奇妙！他对梦境的控制力也越来越强，甚至可以随心所欲地创造一些人物和情节，这种体验就跟画画一样令人迷恋。

一首悠扬、自在的钢琴曲《牧童短笛》，让他思维穿越到无拘无束、快活自在的乡村田野生活。

清晨，太阳睁开了眼，睡眼蒙眬的他牵着大黄牛，戴着草帽，来到了一片碧绿无垠的田野。他吹起心爱的短笛，哼着欢快的小曲，骑在黄牛背上。悠扬的笛声飘散在天空中，吸引树上的鸟儿为他伴奏。两只蝴蝶在翩翩起舞，就像两位小精灵为这首曲子伴舞；小溪里的鱼儿也成群结队吐着泡泡，像是一群热情的观众。

在钢琴曲的节奏变得轻快、欢悦时，罗杰骑着大黄牛来到了一条清澈无比的溪流。他跳下牛背，趁黄牛喝水的时候，用手捧起水往黄牛的背上泼水。黄牛晃了晃头，甩了甩尾巴，似乎在瞪着他，并抖了抖身上的水，罗杰和黄牛就在小溪里尽情玩耍、嬉戏。

音乐节奏又变得舒缓。玩累了，罗杰就靠在大树上休息。黄昏了，太阳下山了，他吹着悠扬的笛声，骑着黄牛精疲力尽地回到了家。

家里，透过四周墙壁，似乎有钢琴乐声传来，只不过更微弱。

这种丝线的性质，似乎不是“传输”或“收集”，而是某种“分享”或“共鸣”！

周围有很多若有若无的字符飘来了贝多芬的《献给爱丽丝》。罗杰不知道怎么说与爸爸听，只是从此，生命里长出了第一个秘密。

枯叶飘飘，随风卷起，又静静地落下，伴随着琴音飞舞、回旋。透过那古典的韵律，枯叶宛如大自然的乐章，深沉而古朴。这一次是世界名曲《秋日私语》，如天鹅湖般圣洁、清澈明净。闭上双眸，便联想到了天鹅在栖息，轻盈地拍打着羽翼，或是优雅地弯下了头，游在天鹅湖心；如风平浪静的海面，洁白的海鸥滑翔而过；如一场梦幻的婚礼，甜蜜而美好，捧着盛开着娇艳的百合，穿一身纯白色的婚纱；如璀璨的星空，伸手仿佛想要去摘下一颗唯美的星光。片片枯叶落地，在空中如黄色的蝴蝶失去了想要飞的力气，渐渐滑落，有着凋零的美，却好像不甘心，等到秋风袭来，便再次翩翩起舞。

秋叶的坠落，就是一场华美舞蹈的谢幕，有的落到了河流里，泛起点点涟漪，随波漂流，远去他方；有的落在地上，被埋没，最后，被厚厚的积雪埋葬；而有的，飘落在了那纯白的钢琴上。也许，枯叶与钢琴，是最好的搭配。琴声渐渐起伏、激昂，到了曲中的高潮，行云流水宛如妖冶玫瑰的蓓蕾、清泉的甘醇、春季时的百花齐放。

乐声密而轻灵，跌宕起伏，与枯叶共同演奏，真实中虚幻，虚幻中真实，而枯叶又渐渐恢复了它静美的姿态，再次飘零，琴声也慢慢地缓和下来，一切都似乎没有发生过。细水长流般的旋律缓缓从指间流淌出来，如平静的海面，唯有少许的浪花涌上岸来，轻轻拍打着沙滩，静谧而祥和。枯叶也沉睡了，完成了它的心愿，平静地堆落在地面上，琴声越来越细，越来越轻，似蜻蜓点水，直至消失。

音乐轻而易举地扑进了罗杰的耳朵里，引起了一阵阵战栗。那种战栗的感觉，顺着血液铺流漫延，最后涌进心里，心的跳动变得急促有力，像是一阵又一阵汹涌的浪涛狠狠地拍打着他的胸膛。

坐在房间里的罗杰听得如痴如醉。你瞧，笔挺的身躯里包含着一种从来没有见过的神气。

房间里仿佛充满了一种特别的感情，罗杰说不清这种感情是什么，只觉得整个房间的空气呼吸起来让人特别的放松。

那天，罗杰怀着一颗受伤的心回到家，熟练地打开电脑开始听音乐。想着今天那位阿姨讽刺他的话，十分气愤，狠狠地在键盘上乱敲，忽然，罗杰听到了一首十分欢乐的音乐，他被吸引住了。这是电脑播放的一首名叫《我要做个合格的小公民》的儿歌。“啊，好听啊！”他情不自禁地大叫起来。轻松、美妙

的乐曲带他走进一个没有烦恼和忧伤的世界！这时，罗明回来了，他听到这首歌，也高兴了起来。罗杰忽然发现：刚刚的不愉快，好像全都飞走了，原来音乐这么神奇啊！

他又随便点击了一首歌，谁知道，这首歌太悲伤，他开始不耐烦了。

电脑里传来《我要飞》这首歌。他以前最喜欢这首歌，因为这首歌的歌词，让他心生向往，“自由的梦想，挑战的冒险。飞飞飞飞飞飞我要飞，追追追追追追决不后退。”为了自己的梦想。努力去飞，努力去追，决不后退。尽管自己是一只笨小鸟，但终有一天会飞向美丽的蓝天。伴随着音乐，罗杰原本郁闷的心情也渐渐好了起来。歌声一点点停息了，而愉悦的心情并没有随之消失，他找回了一个新的自我。不理会孤独，加一下速度，奔向那最远处。

暗夜如漆，夜凉似水，但罗杰的心中已不再黑暗，不再寒冷，因为有音乐相伴，它像阳光，给罗杰带来了光明和温暖。

音乐亘古有之，最初源于自然，不知最终是否也将止于自然？这些无从得之，罗杰一个人静静地坐在椅子上，静静地听着耳麦中传出的旋律，静静地看着小说，偶尔再喝上几口凉水，那份惬意自是让人羡慕。

不知道，是先有了我们的音乐，才有了人们的思念；还是先有了人们的思念，才有了我们的音乐？这是一个很难回答的问题，因为答案有很多……

音乐切换，一首王菲的《红豆》：

还没好好地感受　雪花绽放的气候

我们一起颤抖　会更明白什么是温柔

还没跟你牵着手　走过荒芜的沙丘　可能从此以后

学会珍惜天长和地久

有时候有时候　我会相信一切有尽头

相聚离开都有时候　没有什么会永垂不朽

可是我有时候　宁愿选择留恋不放手

等到风景都看透　也许你会陪我看细水长流

香港著名词作者林夕充满诗意的歌词，加上柳重言的编曲与王菲天籁般的声音，这首《红豆》被演绎得极致深情，人的想象力之丰富让人不可思议！

在声线与音乐交织的幻境里，王菲变得立体和纷繁，变得写意与曼妙，她妖娆、清晰、飘逸、玲珑、洒脱、纤细、端丽……耳畔王菲的声音还在萦绕，而罗杰已被那句“雪花绽放的气候，我们一起颤抖”撩动心的翅膀，思念像一只蜻蜓，飞到了某一个地方……

又一首刘若英的《后来》：

后来　我总算学会了如何去爱　可惜你早已远去

消失在人海

后来　终于在眼泪中明白　有些人　一旦错过就不再

栀子花白花瓣　落在我蓝色百褶裙上

爱你／你轻声说　我低下头　闻见一阵芬芳

那个永恒的夜晚　十七岁仲夏　你吻我的那个夜晚

让我往后的时光 每当有感叹 总想起当天的星光

那时候的爱情 为什么就能那样简单……

房间里静静地流淌着音乐，坐在房间听歌的罗杰，脸上露出从没有过的安静神情。

聆听那徜徉着生命赞歌的涓涓流水，聆听那漾动着顽强拼搏的波涛汹涌，聆听那诉说着坚强成长的风雨之声……美妙的乐曲荡漾在他心中，在那纯净如水的心灵深处，深藏着那一首清脆的歌。

他听到了，穹顶之下，那不羁灵魂的抒发和沟通。

在影剧院，罗杰参加了“爱在城市，关爱孤独症”专场。剧院里挤满了人。到处是小学生，还有他们的家长和兄弟姐妹，有些年龄大些的胆大的孩子，爬上了墙壁的隔板，老师们交换着眼色，没有去要求他们下来。规矩要有一点弹性，今天在这个特殊的舞台上，大家已经够紧张的了。俗话说熟能生巧，罗杰知道自己是怎么练习的：在学校，在朋友家，在自己家，在班里的同学面前，在卧室的镜子前面，在客厅里站在爸爸面前……练习是一回事，可在舞台上表演却完全是另一回事，他要面对那么多的观众，那么多来自各地的成年人。他是初次登台，可今晚就要站在大舞台上。表演只有一次，只有一次成功的机会，要记住所有的词，一步都不能走错，要穿着演出服，要化妆、做头发。要是忘词、绊倒、结巴、尴尬，会既丢脸又失尊严，会在大家面前无法抬起头来。对于孤独症孩子，为一百五十多个观众表演，这可不是开玩笑的事。

老师甚至为这次晚会帮罗杰化了妆，脸画得惨白，刚进剧场的时候，罗杰还有点迟疑。虽然大家一再解释，他们来看的不是一场演出，是表演，他回答他当然知道。但是很显然，和其他那些让他疑惑的事情一样，他不明白“看演出”意味着静静坐在编了号的座位上，意味着做观众。其他孩子的形象也在告诉他什么是“观众”。他们都像他一样，脸上抹得惨白，血红的嘴唇上粘着胡子，带着种种吓人的武器，他们也都要找到自己的座位，然后坐下。这是他的愿望，他想和眼中看到的同学们一样。他需要被大家接纳，平时几乎没有这样的机会，至少是在放学之后，只有屈指可数的那么几次，跟他一样大的孩子来家里做客，罗杰完全不知所措，这样的事对他来说实在太异乎寻常了。对罗明来说，又有一块石头悬在了心头，一块更大的石头。一如往常，每遇大事罗明总会忘记带相机。很多穿红马甲的志愿者，还有其他认识的孩子们和他们的家长，都过来和他打招呼，祝他好运，一些人主动提出，罗杰出场时会帮忙拍照。

今晚的节目很多，个人的、小组的，三十个跟罗杰一样年纪的孩子，要唱歌、跳舞、朗诵，还有速写表演。说实话，罗明不太记得节目的内容了。他看到一些大点儿的学生，把身体吊在墙壁的隔板上晃来晃去，举办方默许了他们的淘气。罗明心里浮现出孩子站在更衣室里等待的画面，他就是在那儿和儿子分别的，他的眼神看上去有点冷淡，并不完全是因为紧张。

在影剧院的大厅，罗明和其他家长一样感觉有些不安，眼睛直直地盯着彼此。等待开场的那段时间，他们想找点话说，和往常一样，可越是想聊些别的，话题越是会回到孩子的身上。最后，他们干脆闭上了嘴，静静地坐着等待。

演出开始了，电闪雷鸣，音乐响起，眼花缭乱的音效使观

众凝神屏息。表演极具震撼，魅力十足，令人目不暇接。灯光熄灭，老师上台致辞欢迎家长的到来，说了些精心准备的话，她为今晚的演出感到多么骄傲，等等。随后，一年一度的“爱在城市，关爱孤独症”专场开幕了。

不一会儿灯光暗了下来。特殊学校老师轻声入场，台下顿时爆发出雷鸣般的掌声。他的头发很平整；在灯光下闪闪发光。穿着一身挺括的黑西服，看上去十分庄重。他鞠了一躬，坐在钢琴椅上，开始了弹奏。

只见他的手指在钢琴上翩翩起舞，一串动听的音符便流了出来。哦，多么美妙的音乐啊！

时而高昂，时而低沉；时而热情，时而含蓄；时而激进，时而静止……那声音犹如甘甜怡人的清泉汩汩地流入观众的心田。忽然，演奏者来了个 180 度大转弯，琴声如雷鸣般响起，震撼着听众的心田，趁琴声又变回零星小雨时，罗明侧目望了望观众们，他们仍沉醉于刚才的电闪雷鸣中，有的还意犹未尽地听着，有的甚至不由自主地小声哼唱……

一曲结束，观众们再也按捺不住内心的敬佩之情，齐齐站起来鼓掌，热烈的掌声经久不息……

而罗杰似乎也被这优雅的琴声迷住了。他闭眼倾听，身体随着音乐摇晃着，仿佛置身于九霄云外，享受着风雨的滋润，听那从天外传来的乐声。接下来几个节目的反响都很强烈，鼓掌的也有，叫好的也有，一时间用“人声鼎沸”来形容不为过。为了使全体同学也参与进来，主持人带着大家唱响了奥运歌曲《北京欢迎你》，将现场的气氛一下点燃。接着，主持人又领着大家互动，气球爆炸的响声此起彼伏。或许受到同学们的感染，老师们笑语盈盈，与同学们打成一片，霎时间，笑声、歌声交织在一起，奏出了整场演出最美妙动听的乐章。

灯渐渐暗了，只剩几束追光照到台上罗杰的身上，他在灯光的照耀下，如天使一般纯洁神圣……

罗杰开口演唱，没有忘一句，没有漏一个词，声音自信、完美无缺：

左三圈，右三圈
脖子扭扭，屁股扭扭
早睡早起，咱们来做运动
抖抖手啊，抖抖脚啊，勤做深呼吸
学爷爷唱唱跳跳，我也不会老

观众们都在凝神静听着，全场鸦雀无声。人们的眼睛里闪着的泪光，那是欢乐的泪、欣慰的泪、骄傲的泪。当他唱完了最后一句，琴声渐弱，他深鞠一躬，浑身散发着动人的光芒。大厅里响起了狂风暴雨般的喝彩声，他们站了起来，整个大厅里的人都站了起来！他们鼓掌欢呼，一边高声喝彩，一边擦去泪水。罗杰有些不自然，却快乐地笑了，又向大家鞠躬致谢。他做到了，他证明他也可以，他也是他们中的一员。他可以与社会建立一种新的链接，可以在活动中与社会发生关系，在社会中发挥作用，而且可以跟普通人有平等的交流，而不再是去追随大众。

罗明看着周围的人，这些为儿子在舞台上的优异表现欢呼鼓掌的人们，他们都知道，罗杰的表现证明了他可以为观众表

演，更重要的是，他突破禁锢，敢于尝试未曾计划和未曾准备的事，找到了那些寻常之外的快乐。

有好几次，有人问罗明，你儿子可以“修好”吗？罗明没有办法解释这个问题，无论人们心里多么希望治好，但现在医学界还是无能为力。

上床睡觉的时间，总是父子俩和好的时刻。儿子侧卧在罗明旁边，微仰着头，面部抵着罗明的鼻尖，那样睡着了。冲突不断的一天要结束了，那些事大多不足挂齿，而且它们还将继续发生。充满疑惑和误解的一天，和昨天、前天一样，天天如此，这已经成为他们生活的模式。每天都相差无几，太阳升起、微风吹拂，天气好或者不好，美好的一天和糟糕的一天很难区别，因为它们和其他的日子一样。就这样，一天一天来了又去，它们默默无闻，又不着痕迹，似乎并不真实，或者只是悠然闪过，短暂地出现在他们的生活里。他们得接受一切，那些将要失去的，那些将要继续的，那些美妙而充满活力的时光，它们带着笑声、魔力和欢乐，它们也充满了悲伤、绝望和泪水，无论怎样，他们都要上床睡觉。

罗明一直在想着孩子的未来，当他长大了，自己不在了，他需要独立谋生的时候，他的生活将会是怎样？看着他一天天长大，变得越来越强壮，像其他孩子一样不断获得知识，学会本领，逐渐形成自己的个性，那该是多么大的快乐！罗明不知道，也无从知道罗杰将来会如何，与周围的世界是否能相互接受，彼此理解，宽容相处，他不知道自己能不能忍受那样的孤独，他能做的只是尽可能地陪伴着儿子。

18

融合

周末，早市的街道两旁挤满了卖货的人们，摊位一个挨着一个。道路虽然不宽，但很长，一眼望不到头。街上人来人往，罗明把儿子带到街上找了块空地，拿张小板凳让他坐，又在地上铺开一张大大的薄膜，然后匆匆摆好报纸和画板，便一步三回头地离开了。罗杰在太阳底下一个劲地傻笑，完全不管地上的报纸。正在这时，旁边卖水果的小梅姑娘忽然吆喝着：“卖水果西瓜，卖橘子！”坐在旁边无所事事的罗杰被吆喝声吸引，也有模有样跟着吆喝起来：“报、报……”小梅看了忍不住笑了起来，躲在一旁偷看的罗明，看到这一幕也总算放下心来。罗明看着罗杰愣头愣脑卖出第一份报纸，紧接着第二份、第三份，期间还不忘等着扫码器收钱，轻微的“嘀”声在一秒钟里就隐匿了交易的费用。就这样，到了傍晚的时候，罗杰的报纸已差不多卖光了。隔壁小梅姑娘开始收摊，不知干啥的罗杰也照葫芦画瓢笨手笨脚地把报纸收起来。随后他就像个小跟班一样跟在小梅姑娘后面。罗明当晚没有再让罗杰跟在自己后面，而是

和他并肩行走。他们住的房子离摆摊点有点距离，回家的时候天已经黑了。因为害怕，他们靠得很近。罗杰喜欢走在道路边缘，这让他感到安全。不知道谁先跑了起来，他们争先恐后地跑着，影子滑过夜晚的草叶、花朵、栏杆，落在一面空白的、两人高的墙上。那有高有低，有粗有细，咯咯的笑声，回荡在宁静的夏夜小街上，传得很远，很远……

成功结识到人生中第一个朋友，罗杰显得很开心，兴奋地回了家。罗杰将自己这一整天挣来的钱全部装到了储蓄罐里，虽然他的表情看上去依旧生硬尴尬，但罗明却能从那对墨色的眸中读出他开心的情绪。罗明从没奢望过儿子能挣钱，但儿子身上确实有很多潜能。

在罗明的请求下，小梅姑娘对罗杰更加关注。她发现，有时罗杰好像进入隔绝的状态，一言不发。似乎有不可名状的绝望围困住他，只有风、天空、从屋檐上跳下迅速消失在转角的小猫才能唤醒他的感觉，只有道路的颜色、用黄色油漆画的休止符、快速驶过的流火似的红色跑车以及落日黄昏才能和他的身体相融。当他完全游离在周遭的环境之外时，小梅只有一次又一次喊罗杰的名字，他才能感知到小梅的存在，和与这个复杂社会之间的联系。小梅问他怎么不说话，是不是在生谁的气，他却沉默。小梅看他像在看不懂事的孩子。

罗杰感到周围的笑声令人厌恶。他在想：人感应到彼此的黑洞就会接近，可没有人喜欢展示这些洞口。他封闭自己，保护自己，却仍旧不快乐。他想到早上的时候，小梅坐在摊边化妆的场景。周末是个好天气，太阳出来了，树叶抖落昨晚积存的雨水，雨反射亮光，叶片晶莹剔透。小梅在绿色之中化妆，罗明几乎被那个场景迷住。罗杰被小梅身后的光惊住，她看过来的眼睛像一块黄色的宝石，光透不进去，他也进不去。

这时罗明的身体还是死的，没有说话的欲望。他嘀咕了一句“没什么”，小梅“嗯”了两声，像找到了台阶。罗杰打开社交软件，看到小梅发在朋友圈的照片里有他俩看到的太阳，有屋檐的猫和矮墙上的花盆。花开得真好，叶子翠绿。还有一张罗杰独自走在前面的背影。因为这张照片，罗杰松懈下来，感到些许愧疚，他不该破坏她讲话的兴致。小梅相信语言里的爱，但罗杰说不出，他只会模仿听过的爱的话语。“小梅。”罗杰叫她的名字。

他们在一起说了会儿话，罗杰帮小梅拍了照片，小梅也拍罗杰。小梅把那张照片小心翼翼地剪成椭圆形，藏到自己照片的背后。这样，即便他远在天边，即便罗杰不声不响，只要她一低头，他便在她胸前，在她掌心。有时候，小梅宁愿岁月停滞，万物皆息，这样罗杰便能永远存在于她的念想里，走不到纷乱复杂的现实中去。

罗杰不喜欢照片上的自己，看起来太蠢了。小梅觉得罗杰在指责她，她看不出哪里不好。罗杰说，这都是因为他自己长得难看，照片的小梅就很好看，轻盈可爱，使人清心。气氛又沉静下来。他们走在路上，小梅指着天说，那朵云好像鲸鱼。鲸鱼，小梅知道罗杰喜欢画鲸鱼。他们在一起时罗杰时常扮演鲸鱼，这时，小梅会露出看到可爱事物的表情。此时她想，自己能变成鲸鱼就好了。

罗杰和小梅每天在一起玩。罗杰喜欢为小梅拍照，每一次都能得到别人的赞美，大家都夸他拍得好。一起摆摊的日子里，

罗杰没有让小梅感到不适过。到商店买东西，罗杰会想到小梅的喜好，等两人再见时，他会从包里拿出三块球形巧克力送给她，包装纸的颜色分别是蓝色、金色、紫色。罗杰突然有些后悔没把装巧克力的罐子一并带过来，它至少能让“礼物”看起来相对体面些。小梅只选了其中一块，她拆开紫色铝箔纸，把巧克力放入嘴里，没有马上咀嚼，而是试图用口腔的温度焐化它。

罗杰等待小梅嘴里的巧克力完全融化后，再给小梅一颗，他从来没有哪一刻像现在这样耐心过，他对此刻的自己感到有些陌生。他看着她，像看着平静无瑕的湖面。小梅也感觉非常好，甚至希望那块巧克力融化得慢点儿，再慢点儿。

罗杰为友谊感到满足，他第一次真切感受到需要与被需要的感觉。一天二十四小时，一周七天，每时每刻都想和小梅在一起。

十八岁的罗杰有点懂了，又有点不懂。他看到小梅的脸庞敷了一层细粉，淡淡的。她肯定心里藏着喜，所以才连那不笑都有了笑的模样。那种笑，罗杰从来没有见过，它轻淡迷离，捉摸不透，甚至比他小时候闻到的妈妈身上的香味更加飘忽。午后寂静，日光含懒，细细的灰尘在天井上方照下的那片光亮里，静静地呈螺旋式飞舞着，岁月静好。

炎炎夏日太阳高照，罗杰被晒得满头大汗，小梅怕他中暑赶紧招呼罗杰来自己的太阳伞下避避。不承想，罗杰竟然怕给小梅添麻烦，坚决不肯挪动身子，小梅没想到罗杰这么实诚，只好把太阳伞搬到罗杰那里，自己在旁边一屁股坐下，跟他一起乘凉。罗杰通红的脸上浮出笑意，高兴得手舞足蹈。正当两人高兴之时，有两个调皮的小学生前来捣乱，随手拿了两个苹果就跑，罗杰见状猛地冲了上去，跟他们争抢。小梅看了心酸，连忙冲罗杰摆手表示不要那两个苹果，然而罗杰坚决不肯放弃。当他将苹果交还到小梅手里，小梅看着真诚质朴的罗杰，心里涌起一股暖流。这股暖流好像温暖的春风，给小梅带来春的信号。

隔天到了出摊的点，小梅却迟迟不见罗杰的身影，瞬时心里充满说不出的失落和担心，正当小梅准备去找罗杰时，罗杰终于姗姗来迟。只是这一次，他的脸上没有笑容。罗杰看上去心不在焉，像是失了魂，小梅问他发生什么事，他也绝口不谈。不等天黑，罗杰猛地起身走到小梅的水果摊前说："奶奶病。"小梅赶紧装了一袋水果让罗杰拿回去，然而罗杰无论如何都要给小梅钱，小梅拗不过他，只好象征性地收了一元钱，罗杰这才放心离去。罗杰并没有直接回家，而是特意绕远路去小卖部买了一桶方便面。小时候自己不高兴，奶奶就去买方便面哄他开心。他天真地以为奶奶吃了方便面，身体就会恢复如初。罗杰匆匆回到家，来到奶奶的床前，将洗好的苹果递到奶奶嘴边，奶奶却说："我咬不动，你自己吃。"罗杰自己咬下一口苹果，送到奶奶嘴里，奶奶眼含热泪哽咽着吞下去。罗杰以为奶奶很快就会好起来，谁料第二天奶奶就撒手人寰。自此后，罗杰不再闹腾，取而代之的是出奇的安静。谁也不知道罗杰到底会不会悲伤，但人们似乎忘了，孤独症孩子也有喜悦和悲伤的权利，他们只是不知道该如何去表达自己的情绪。小梅的奶奶做了一桌的菜，把罗杰接到自己家中，罗杰面对一桌菜，却提不起兴致，一动不动。小梅的奶奶告诉罗杰："我以后就是你奶奶。"听到这句话，罗杰猛地端起饭碗开始狼吞虎咽。就这样，在小梅的陪伴与引导下，罗杰脸上再度露出了笑容。

一天，一个开着豪车的男人来闹事，买了一袋苹果非要抹去五毛钱的零头。小本生意哪经得起这么占便宜，小梅和那人争执两句，那人直接气急败坏地将苹果摔在地上。正当小梅不知所措之际，罗杰直接冲了上去，一直张开的手握成拳状，眼神游离晃动，“啊、啊、啊”地喊叫起来。小梅看罗杰和那人拉扯了好久，终于把那五毛钱要了回来，心里一阵五味杂陈。如果罗杰没有患病，该是多么聪明勇敢的男子汉。小梅看着罗杰已经磨破的鞋子，再看着他傻不拉几也不知道喊疼的样子，心疼地帮他换上一双新运动鞋。这运动鞋虽然价格不贵，但也用了小梅几天的收入，不过小梅一点也不心疼。看着罗杰开心的样子，小梅心里就暖洋洋的。只是她没想到，罗杰格外懂得感恩。为了给小梅挑一件礼物当作回礼，罗杰在爸爸的衣柜里搜刮半天，终于找到了妈妈买给他的，他最喜欢的一件马甲。当他屁颠屁颠地捧着马甲跑来时，小梅一时不知该说什么。现在是三伏，这傻人却给她送来马甲，小梅忍不住大笑起来，罗杰也一个劲跟着乐。小梅已经很多年没有体会到这种简单的快乐了，但自从认识了罗杰，她一直在笑。

如果不是那一场突如其来的病痛，小梅可能会跟罗杰一直快乐下去。这天大雨来袭，小梅在雨中收摊的工夫，肚子突然一阵剧痛，痛得她倒地不起。“出租车，出租车……”她微弱地喊着。

关键时刻罗杰毫不含糊，拦了一辆出租车，让司机将小梅送到医院。临上车前小梅千叮咛万嘱咐，让罗杰一定要看好水果摊，就因为这句话，罗杰在摊上守了一天。到了晚上，一对年轻人来收摊，罗杰不由分说拦在他们跟前，却被他们一通臭骂："走开，走开！"

一连几天，罗杰孤零零地等着小梅回来，但小梅没有再出现过。从小梅离开的那一刻起，罗杰就开始了默默无声的等待。他已习惯小梅的存在，小梅不在的那几天里，他眼睁睁地看着日光怎么一点点变淡，又怎么一点点变暗，直至整个被夜色吞没。他没开灯，坐在门槛上盯着黑沉沉的路口，想象小梅像一盏灯那样突然出现。可是，路口没有出现他期待的人，眼前只有萤火虫在飞舞。它们向他发回信号，左三圈，右三圈，亮一下，灭一下，重复地循环着，让他生出希望又坠入失望。罗明经过一番打听，带着罗杰来到小梅所在的医院，到时刚好看到一对夫妻在吵架。一阵推搡拖拉，有个人夹在那对夫妻中间，拉这个，拽那个，不停劝架。小梅奶奶低着头，在旁边难受地抹眼泪。罗杰赶紧躲到旁边，不知所措。原来小梅患胆结石，急需钱做手术，可家里拿不出钱。

小梅躺在病床上，哭湿了一大片枕头。不知过了多久，她觉得又乏又累，眼睛又胀又涩，整个面部肌肉都是麻木的。她挣扎着爬起来，才发现屋里一个人也没有。这个世界没有了自己的哭声，原来这样安静。她找到一条干净手帕，擦去脸上的泪渍，走到小镜子前，看到自己满脸憔悴的样子，眼窝已经浮肿，头发更是凌乱不堪。小梅见到自己这副邋遢和狼狈的样子，就像见到魔鬼一般，她感觉整个人仿佛掉进了寒冰地狱，心里再也照不进阳光了。

直到看到傻傻的罗杰，捧着一堆皱巴巴的纸币出现在门口，小梅瞬时泪流满面。那一刻，堆积的痛苦和无奈突然爆发，她激动地抱着罗杰，仰着头嚎啕大哭。罗杰用手轻轻摸着小梅的脸，

手颤抖着，说话也不利索了，眼睛却根本掩饰不住自己心疼。看着小梅在自己面前梨花带雨地哭泣着，罗杰一把将小梅抱得更紧。小梅在罗杰的怀里哭得更加厉害了……

罗杰一对深邃的眸子闪烁着，像黑夜里的星光，这直白的对视令小梅全身紧张，心灵悸动，血液向她的脑子集中，耳朵里嗡嗡乱响。她用手抓住罗杰的衣角，羞涩地低下头平定了自己的情绪，又迷迷蒙蒙地望着对方。夜色中，罗杰颀长地挺立着，在晚风的吹拂下，衣袂翩然。窗外柳条的影子投在罗杰的脸上，东一条西一条，有的深，有的浅。小梅的目光从那些阴影后直射过来，带着那样强烈而奇异的光芒，定定地停驻在罗杰的脸上。她觉得喉头紧缩，情绪混乱，无法发出任何的声音。就这样，他们彼此凝视而不发一语。

罗杰简直想把小梅抱走，他不胜怜爱地看着她，像个动了情的人，他的确是动了情了。可他自己不知道，他还不懂什么叫作爱情。但他们待在一块儿的时候，有时他会像那天梦中在树林里一样，觉得心荡神驰，胸口一热，热意都涌上了脸。

罗杰想对小梅说自己非常想她，但他发不出声音，只能不停地摇头点头，握住小梅的手，任凭眼泪肆意流淌。罗杰却不知道这是人类最本能的感情，它使他神摇意荡，很快脸红。它是妩媚的，柔和的。这些善良的爱的精灵：它们笑靥迎人，脸上没有一丝皱痕；它们喜欢人间这对天使，罗杰也喜欢它们。

他们如此相爱，又如此看重彼此。

说生疏，两人像情人，或者家人。他们日日厮守，一起上街摆摊，一起回家。

说亲密，他们没有肌肤之亲，连一些自然而然的接触也小心避免。

两人不谈原则，不谈将来，也不表白心意。

病房里，大家为罗杰和小梅的纯情而感叹，伴着病友一阵欢呼，人群中爆发掌声。

小梅做梦也没有想到，一个萍水相逢的孤独症朋友能在她无助的时候出手相救。逆光中，罗杰高大的身影显得更帅。

在别人看来，这近乎不可思议。但看似不谙世事的罗杰的确具有一些了不起的品质：诚实，真挚，善良，勇敢。他简直就是这些品质的化身！它们与他相融，成为他天然的盾牌，抵挡外界的侵扰。而且，这些品质并不是罗杰刻意养成的，不是为了成功，也不是为了受人喜爱，这些品质把他塑造成了一个了不起的好人。他能主动丰富自己的生活，在人们不解中生活；他能保护他人，也会拓展自己的幸福。他的行为就像一把校正过的标尺，让人看清人生意义，教会了人们简单易懂的生活更可靠，更具独特的韵律之美。这是永恒之爱的基石。

他带给大家的惊讶，比任何人都多。

19 秘境

午餐过后，冬日暖阳高悬于空中，散发着万丈光芒，传递着恰到好处的温暖。罗明径直往阳光小区的公园走去。到了公园，罗明在草坪上觅一处干净的地方坐下，拿出一大袋洗得干干净净的，他最喜欢吃的红枣，一边慢慢地咬红枣，一边静静地享受阳光。

“爸爸！”

身后传来罗杰的喊声。

“罗杰，怎么了？”

“爸、爸爸。”

罗杰边跑，边气喘吁吁地递给罗明手机。

原来和小梅同病房的病友，把罗杰捐钱的珍贵一刻拍成了短视频。视频上传到网上后，罗杰的暖心举动瞬间感动成千上万网民。

视频下，有个官方账号的评论异常显眼，直接被粉丝的赞顶到了最前排！

孤独症协会：“感谢罗杰小哥为协会和社会做的贡献！愿世间美好，与你常伴！”

其他评论也沸沸扬扬：

“罗杰威武！”

“自己深陷泥泞，还想着帮助他人，这才是年轻人应该追的明星！”

“没想到孤独症孩子居然还有这么一面，真是当代年轻人的典范。”

“不过……这些钱，真的是罗杰捐的吗？他能挣钱吗？”

“孤独症孩子没有情感，怎么会捐钱？”

“这不会是罗爸以儿子的名义捐的吧？”

“有什么目的吧？”

“想炒作吗？”

“你这么一说，说不定真有这意思。”

“不要诋毁人家，孤独症孩子真的可怜，易怒，还不敢接触别人，连他们的父母都看不懂这些孩子。”

“也许罗爸感同身受？”

“哇，真的啊……听起来好可怜。”

“所以，罗爸才会有这份仁慈和善举。”

“有句话说，我从深渊来，却只想给你带来光明。”

“真正的舍己为人。”

面对大众种种猜疑和褒奖，罗明突发奇想，以罗杰爸爸的身份将儿子的画作分享到了网上。这幅作品风格明快，画面中色彩的浓淡以及虚实关系都处理得相当不错，画作整体感觉鲜亮清新。画里是很多盛生日蛋糕的一次性圆纸盘子，盘子上面

被涂满缤纷的色彩。

这幅画一经上传，网民愣了。

众人像是在思考。

不，是怀疑人生!

评论铺天盖地，人人都在表达自己的震惊:

“这真的是罗杰画的吗？”

“罗杰小哥怎么会是孤独症？”

“罗杰小哥很可怜。”

“天才并不开心，画里表达更多的是孤独，那种渴望被人理解，渴望变成正常人的感觉。”

“罗杰小哥这些年是怎么熬过来的？不被理解？自己一个人待在孤独的世界里？”

“怪不得有人说：上帝关了一扇窗，同时也开了一扇门！”

“罗杰小哥，你好厉害。”

“你好棒。”

点赞数和评论数不断攀升，虽然大多是孤独症家长的顺手一赞，但也有网民对画作表示了兴趣，留言道：“这种画风有点野，梵高般的疯癫。”

简短平静的话语，在众人耳中如同惊雷!

这件事，轰动了整个网络。

各大杂志、报纸甚至电视台都报道了罗杰的经历。

这几天发生的一切，都像是一场梦似的。罗明心里既兴奋又欣慰。

只要儿子幸福、健康地成长，自己就安心了。

早上十点，门外传来咚咚的敲门声。

“罗杰在吗？”

罗明出门一看，只见一名社区工作人员在对着他微笑。

“你是罗杰的爸爸吗？”

罗明微微点了点头。

“自我介绍一下，我叫王松，是社区的工作人员。”

“哦，有事吗？”

“下个星期我市几家单位想为罗杰举办一场个人画展，让更多人关注到孤独症孩子。你可以帮忙整理下罗杰的作品吗？”

“可以，我会尽全力支持。”

让社会了解到患有孤独症并不等于智力或能力有问题，孤独症群体中偶尔还会出现天才，这是很有必要的。在亲眼看到罗杰的能力以前，很多人都无法相信那些艺术品是罗杰的作品。罗杰建造了一个属于他的色彩王国，那是他沉溺了十多年的“秘境”。

罗明看见儿子抬头四十五度仰望着天空，双手叉腰，一副高手寂寞的神态，心中觉得好笑。

此刻，罗杰用毛笔蘸上喜欢的颜色，正按要求画点、线、面。正画得高兴，一件意想不到的事情发生了，由于毛笔吸水太多，一滴紫色的颜料滴在宣纸上，罗杰可真是城隍扑蝴蝶——慌了神。突然，奇迹发生了，那滴颜料慢慢地向四周晕开，宣纸上的图案居然变成了一朵美丽的小花。罗杰用这种方法画了许多美丽的图案，时而轻笔细描，时而浓墨涂抹，很快作好了一幅五彩缤纷的作品。

没有朋友的罗杰无聊时候喜欢画画，同样也因为喜欢画画

发出了第一个音："zhi"。他画画从来不需要打草稿，下笔之前已经在脑海里形成了图像。当然除了画工了得之外，他最让人惊叹的地方是具有惊人的记忆力。在一个陌生的城市，他只要在街上转一圈，就可以把那条街上的街景建筑事无巨细地在脑中储存下来，再用画笔还原出来。罗杰与世界沟通的独特的方式直接反映到他的画中。他敏感于细节，擅长画水果和动物。在一幅作品中，他画了 397 种鸟，并熟知每种鸟的学名。

罗杰在日常生活中接触到的一颦一笑，片言半语，都可以在心中触发一些灵感。在他浩无边际的思想天地中，涂抹着千千万万的色彩。然而那便是这种时候，也有一切都一下子熄灭的可能。虽然黑夜不会长久，虽然思想的缄默不致延长到使他痛苦的程度，他还是怕这缄默枯竭他的灵感。

罗杰时常一个人在顶楼上对着一张白纸，化点为线，化线为图，化腐朽为神奇。天色垂暮，日光将尽，他使劲睁着眼睛涂抹，直画到天完全黑的时候。然而即使灵感目前还没有枯竭的危险，罗杰单靠灵感是永远创造不出一副完整的作品的。思想出现的时候总是很粗糙，罗杰必须费很大的劲把它们去芜存精，并且它们老是断断续续，忽飘忽落的。倘使要它们连贯起来，必须投入深思熟虑的智慧和沉着冷静的意志，才能创作出一个新作品。罗杰是一个天生的孤独症艺术家，当然不会不做这一步功夫，但他不肯承认，硬要相信自己仅仅是传达心中的感受，其实他为了使它明白晓畅，早已把内心的意境多多少少变化过了。不但如此，他有时竟完全误解思想的含义。因为灵感的来势太猛了，他往往没法说出它意义所在。它闯入心灵深处的时候，还远在意识领域之外，而这种纯粹的力又是超出一般的规律的，意识也无法辨认出来，使自己骚动而集中注意力的究竟是什么，它所肯定的感情又是哪一种？欢乐，痛苦，都是独一无二的，因为是与超乎智力而显得不可解的热情混在一起。罗杰好似一直在低着头摸索前进，受着多少矛盾的，在胸中互相撞击的力的鼓动，在支离灭裂的作品中放进一股晦暗而强烈的生命力，那是他无法表白，只能流露在纸上的深情。

神奇的是，罗杰画的每一条线段，就像是用直尺测量过的一样，徒手画出的直线几乎没有误差。罗杰偶尔会用喷壶往画纸上的水溶性铅笔涂色上喷一点水雾来中和色晕，各种技法在他的心中像是条件反射一般交替浮现，信手拈来。不需要思考，各种明暗交错的光影变化就已经出现在了水彩纸上。

过去的三十分钟里，罗杰几乎没有停过笔，削笔刀削下来的铅笔屑已经堆成了小小的一摊，还有很多铅笔屑随意地散落在木地板上。罗杰的手指和手腕都因为连续的高强度活动而变得酸麻，他却不理不管。当铅笔落在水彩纸上画出第一条线段的那一刻，就能感受到什么叫作专业。

一幅画，专业的画家动辄需要画几天、几星期甚至几个月，快一点的话没有几个小时也不行。可罗杰可以一笔连贯画下来，只需要几分钟就能完成一幅画的创作。通常，判断一幅画好或者不好，美或者不美，不需要多么高的文化修养。一幅好的画是能完全使观众产生共鸣的，让人一眼就能感受到其中的艺术感染力。但是一幅画怎么好，又好在哪里……这就不是没有足够艺术积累的普通人能直接说出来的。

罗杰拿着画笔，在空中虚点，揣摩着作画的感觉。笔下的画缓缓地盛开，在视野中凝固。清澈的风在眼神中歌唱，在迷

幻的惆怅之中分裂。几多汹涌的思绪，瞬间化为纸上的墨迹。

孤独症孩子的整个世界都是笨拙的，涌动的车流也唤不起他们跃动的激情。他们的思想就这样变得沉重、僵直，就像一截枯枝在期待着重生。

画画让罗杰重生了，没有预兆的。

一支秃笔饱蘸浓墨，在画纸上一气呵成，一竿竿亭亭玉立的通天笋跃然纸上，色彩调配得非常到位，浓淡相间，恰到好处。

罗杰的画不会刻意调色，没有标准，只以画作为他与外界沟通的最好媒介。在画里，他的孤独得以吐露，对于简单快乐的追求得到满足。一上午的创作已经让罗杰的大脑进入了一种机械的麻木状态。底稿上怎么画的，他就怎么涂，不去思考，画以拙朴的绘画技巧表达内心。罗杰的创作过程是和灵魂的深入对话，是神采飘扬的自我选择，透着单纯的气质、丰富的想象。

的确，画画可以为很多孤独症儿童带来人生的另一种可能，让他们通过艺术的熏陶，学会表达自己的情感。罗杰小的时候画画时，用稚嫩的小手稳稳地握住画笔，一甩一甩，毫无章法可言，没人知道他画的是什么，他能安安静静在纸上涂画两个多小时。也许这就是罗杰心中的美丽世界，没有技法，没有规律，色彩却异常大胆艳丽，画纸上遍布着光怪陆离的颜色：蓝的，绿的，黄的，红的。这简单的线条和红、白、蓝、绿等色彩说不定可以引导儿子用画画来对抗孤独症？那时候罗明突然萌生了这个想法。

回忆从前，罗明大为感慨，连眼泪都涌出来了。儿子站在罗明身后，罗明感觉得到他呼出来的气息，两条手臂快搂住罗明的脖子了。罗明转过身去抱住儿子，他知道自己不是孤独的，身边的确有一颗爱他的、也是他爱的灵魂。他因为没法抓住它而叹息，但除去这点儿苦闷，他的内心还是甜蜜的，甚至那种惆怅也不是黯淡的。罗明甚至看到了在这些画中隐藏的孩子的内心世界。

罗杰创作的画看似简单，其中隐藏着丰富的、妙不可言的意境。艳丽的色彩、变化万千的结构造型，由于罗杰在创作中采用激情爆发方式，每幅油画作品都是在偶然中创作完成，所以好作品的产生非常不易，而且不可能重现。在他的作品中能够感受到对艺术的真情、真实、真诚、真切！仿佛生命本真意义的自由涌动，每一力量源的奔放都全景式呈现人的生命的曼妙、喜悦和生命律动的张扬。

罗明和罗杰两人来到一间有扇玻璃门直达草坪的屋子。天正下着寒冷的细雨，雨中树景迷蒙。屋内坐着两位女人：一位三十多岁女人，膝上摆着活计，另一位看上去是女人的女儿，捧着一册书。罗杰进去的时候女孩正在高声朗诵，一看见罗杰就很默契地向女人递了个眼神。

“哎，不知她们把我叫来干什么？”罗杰想着，心慌了。

他小心翼翼地，笨拙地打了招呼。

年轻女人愉快地笑着，对他伸出手来。

“你好，罗杰。”她说。“我很高兴见到你。自从在网上看过你的画以后，我就想告诉你，我们看了你的作品感到震撼而又愉快。得知我们住得很近后就想请你来，希望你原谅我的冒昧。”

这些平凡的客套虽然有点儿俏皮的意味，可还有不少真情实意，罗杰松了口气。

“哦，她们并没有其他事呢。”他想着，放松了下来。

这位女人的孩子合上书本，很好奇地打量着罗杰。她的母亲指着她说：“这是我的女儿丹丹，她也很想见见你。”

“可是，妈妈，我们并不是第一次见面啊。”女孩说着笑了出来。

“噢！她们早认得我了！”罗杰听到这个又慌了。

“不错。”这位年轻女人也笑着说，“我们搬来的那天，你来看过我们的。”

“你不是很想跟我们聊天的样子。”她在罗杰对面坐下，她女儿坐在她身旁，这时罗杰发现母女俩的体型很像，都是圆圆胖胖的。最明显的是两个人的脸颊都有垂肉，有点像斗牛犬。

罗杰不知如何应对这种场面，只好打开素描本，开始画画，胖脸女人跟罗明寒暄过后转向罗杰。

“你今天玩得开心吗？”她问罗杰，“这里很漂亮，不是吗？”

罗杰仍旧低着头画画，可是女人一点儿也不在意。

“你在画什么呢？”她问，“很漂亮的样子。”

这次罗杰停了下来，沉默地看着对面的女人。

“很漂亮的样子。可以让我们看看吗？”女人伸手拿过素描本。

“是不是很漂亮，妞妞？”她对她女儿说，“小哥哥是不是很聪明？”

小女孩趴到桌子上，想看得清楚些。她饶有兴致地看着罗明的画，但是没说什么。

“真是漂亮。”女人翻着素描本，“这些都是今天画的吗？”

一开始罗明没有搭话，但过了一会儿，他说道：“这些蜡笔是新的。今天早上才买的。新蜡笔比较不好画。”

“这样啊。是啊，新蜡笔比较不好画？你喜欢画画，是吗？”

“画画很简单。”女孩说。

“这些画是不是很漂亮？”女人指着翻开的那一页对女儿说，“我不喜欢这一张，蜡笔还磨得不够。下面这张比较好。”

“是啊。这张真漂亮！”

“这张是在港口画的吗？画得很好。”

“这是什么？”邻居女人又问道。“是蝴蝶啊！把蝴蝶画得这么好一定很不容易吧。蝴蝶不会一直待着不动。”“我记得它的样子。”罗杰说，“我之前看见过一只。”女人点点头，然后转向她女儿说：“小哥哥真聪明。我想一个小孩会用记忆和想象是很值得表扬的，这个年纪的很多孩子都还只会照着书上的画。”

漂亮女孩趴得更近了些，用手指指着画页。

“这些船太大了。”她说，“如果那个是树的话，这船应该要画得小很多。”

她妈妈想了想，说：“可这幅画还是很漂亮。你不觉得吗，妞妞？”

“船画得太大了。”女孩坚持说。

“你可千万别生妞妞的气。”女人笑道对罗杰说，“你有教你画画的家庭教师吗，还是自己乱画？”

“没有。”

小姑娘听了这些话，放声大笑，而看到罗杰的窘相，她更笑个不停，连眼泪都笑出来了。她妈妈想阻止她，可是自己也禁不住笑。罗杰虽然局促不安，也不由得跟着一起笑。她们那种高兴是情不自禁的，教人没法生气。接着小姑娘喘了口气，

问罗杰平时在她们墙上乱涂是不是在画画，这时罗杰简直不知所措了，也终于知道了家人叫自己来的目的。女人看着罗杰的慌张觉得好玩，罗杰却心慌意乱，结结巴巴地不知说些什么。幸而这位年轻女人端过茶来，把话扯开了，才给罗杰解了围。

年轻女人很亲热地询问罗杰日常生活，但罗杰的心还没放下。他不知道怎么坐，不知道怎么抓住那摇摇晃晃的茶杯。他以为每次人家替他加水，加糖，倒牛奶，递点心，都得赶紧站起来道谢。他紧箍着，身子僵直得像戴了个甲壳，不敢也不能把头向左右转动一下。这位年轻的女子无数的问话与动作使他发窘，女人的目光使他心惊胆战。她们想让他自在一点，所以这位年轻的女子滔滔不绝地和他说话，小姑娘也好玩地对他眨眼，可是他慌得更厉害了。这位年轻女人独自说话也说得腻烦了，她不胜惊奇地瞧着这个说话那么蠢而表情那么丰富的少年。

最后女人宽容地笑了笑，眨着眼睛说："以后你在我家墙上随便画画，真没想到在我家墙上画出一个画家，请原谅我们以前对你的不理解。"

噢！多甜美的声音啊！

这种理解如照着生灵万物的阳光，刺破了云层，透过玻璃窗暖暖地照在罗杰身上。罗杰心中的阴霾豁然消失殆尽，所有的不快一扫而空。他扶着窗子，透过明亮的玻璃窗看到阳光下斑驳的树影错落交织，莫名的感动盈满了心扉。

由市慈善基金会、市美术馆等单位联合主办的"画进你'星'里"画展今日在市中心展馆举办。本次活动的目的是让大家能通过孤独症孩子的画作，看清他们心中的一隅，尝试走进他们的内心。

罗明带着罗杰推门走进展馆，一股浓墨气息扑鼻而来，迎面传来《蓝色多瑙河》的乐曲声。这里的装潢很精致，有点像是一个占地几百平方米的小型博物馆，墙壁上的玻璃画框内是一幅幅或大或小的画作，从油画到水墨画共有 64 幅作品。

揭幕仪式热闹而又隆重，剪彩用的绸布红花绑成一排，穿着红马甲的志愿者笑容满面直立两旁。

时间临近，展馆内人数不断增多，有家长和孤独症孩子，有承办方的工作人员，有瞧一眼稀奇的市民，有市里领导，还有肩上扛着摄像机、手里拿着话筒的电视台记者。由于气氛渐浓，不少近邻也凑过来看热闹，馆内聚集了一大片人群。揭幕仪式开始，市领导站在放着鲜花的讲台上，拿着发言稿有板有眼地说开场白。罗明作为孩子的家长也发表了热切的贺语。市相关领导被请出队伍迈前两步，拿起剪刀铰断红花绸带。人群中爆发掌声和欢呼声，特别是几位家长特别起劲。几个小孩受了影响，举着双手做欢呼动作。举着摄影机的记者跑来跑去，镜头对准罗杰从各个角度拍照。咔嚓咔嚓，闪光灯闪烁不停。

罗明有些担忧地看着罗杰，只见罗杰默默看着墙壁的画作，安静又专注，对外界的这些毫无反应。罗明这才暗暗松一口气。

既然主角不会表达，记者们就不能放过罗明。罗明此时脑子有点乱，就应付地讲了一些作品特点，画展意义什么的。一位女记者有些不满意，问：“您能否用一个词语定义这个画展？”罗明想了想说：“孤独的世界。”女记者问：“为什么这样讲？”罗明回答：“孤独症孩子的世界里没有语言，没有对外沟通。他们只能孤独地用笔来与这个世界对话。这次公益画展活动，希

望更多人通过孤独症孩子的画以及画背后的故事，了解他们的生活，走进他们的世界。”

“罗杰的素描是跟谁学的？是你自己教的吗？”

几位记者十分好奇，因为罗杰的作品风格绝对不是美术班教出来的那种风格。

“他自由创作，没有流派，自己教自己。我不懂画，只提供笔、纸、绘本。”

“自己教自己？”记者语气中夹杂着丝丝的怀疑。

“是的。”

罗明向记者们分享，罗杰从小就喜欢画画，小时候特别沉迷于画托马斯火车，日复一日地画，作画工具是木棍、石头，作画场所是别人家墙面大门。为此罗明没少教育罗杰，别人时常告状。家里每一个房间的雪白的墙壁上都有画作。上面有罗杰 5 岁画的，也有 7 岁、9 岁画的，甚至到现在的都有。这满墙的火车可以开遍各个城市。

罗杰第一次画蜻蜓时，可能由于没有接触过绘画，他画出来的线条歪歪扭扭的，根本不像一幅画——蜻蜓的翅膀一大一小，眼睛被涂成了墨坨儿，身子也歪歪斜斜的。

好长一段时间，罗杰绘画都很天马行空，卡通、树林、花鸟、水果，都似像非像。只不过，有些要半认半猜，你说是树木，他可能摇头，你说是水果，他才点头；你说是一枝花，他会指着绘本上的鸟儿纠正你，明明是一只鹦鹉。

罗明要不是亲眼看着自己儿子一天天一笔笔的时步，他都以为那些画是大师级艺术家的手笔。

这次展出有《孤帆静海》《芦苇飘飘》《骄阳》《冰川奇观》《浪

花朵朵》等共60幅作品，虽然画作有点粗糙，但很有意境。

《芦苇飘飘》画作描绘的是天高云淡、风清气爽的秋天，那簇拥摇曳的芦穗，像一支支饱蘸诗情的妙笔，流淌着不可言状的神韵，把整个湿地装点得美轮美奂。

《骄阳》画作展示的是炎炎的烈日下，当人们无所适从的时候，只有这些花朵依然在静静地盛放。

《冰川奇观》整个画面被一股汹涌、动荡的白色和灰色激流所吞噬，暗淡雄浑、冷峻圣洁的气息扑面而来。

《莲花的盛开》充满意境，光线从玻璃水池投射入院内，在院内的地面上勾勒出一朵朵莲花的影子，那是玻璃水池上的莲花落在院内的长长的投影。破碎的阳光呈现某种混乱的线条，它们和莲花的影子纠缠，出现不同的图案，人的影子也成了图案的一部分。瞬间形成的图案既代表着时光的流逝，又像是某种永恒的延续。

《春竹》作品显现盎然意趣，一座小小的山峰里有几块灰色的石头，石块下面铺着一些深绿的植物，植物是清一色的竹子。竹子挺拔而简洁，那一排青竹衬着山石，使整个画面生机勃勃。

《小小斑马》画着一群斑马成群结队地在草原上奔驰。作品以极广阔的空间承载极渺小的动物，但完全不会给人带来寂然孤单的情绪，画面反而充满了幽默感和欢乐趣味。

罗明完全能够想象到，当这些画作上传到网上之后，会掀起怎样的波澜，引起多么强烈的轰动。

这个展厅在本市首屈一指，收藏有很多大师级别的作品，而且也捧红过不少当地知名画家。所以这里对那些艺术家而言，绝对就是一步登天的阶梯，多少人挤破了头，都想在这展厅办

画展。

而罗杰能从千军万马当中杀出，自然是有着过人的实力，也得益于政府对孤独症孩子的关爱。

罗明陪在罗杰的身边，一边欣赏着墙上的画作，一边给旁边亲友介绍。罗杰不动声色的模样让人家也不知道他在想些什么，是在故作高深吗？罗杰的身旁是人声鼎沸，很多艺术爱好者在他身边满面笑容地讨论着什么。

有些人是真的喜欢他的画作，而另一些人可能是来凑热闹的。

现场的嘉宾在议论这位才子，说罗杰的那种气质更像忧郁的画家。他话不多，甚至和他的脸色一样，都显得有些苍白，但是他那种忧郁的气质，却更胜一筹。

罗杰上台的时候，观众给予他热烈的掌声和鲜花。

罗明看着面前的罗杰，眼眶不知不觉间有些湿润起来，对自己这个孩子，此刻他感觉既自豪又有些心疼。

此次画展上罗杰的一些作品被一家爱心企业看中，将作为文创产品系列推向市场，还有作品被珍藏在省艺术博物馆内，精妙雅致的局部，厚重大气的整体，在灯光下熠熠闪光。

过了两个月，罗明骑着自行车在河堤上疾驰，后座上载着罗杰。月光勾勒出一条小路，小路带他们行至树林的深处。他俩一起摸知了，摸到后塞进罐头瓶里，运气好的时候能有满满一瓶呢。遇上正脱壳的，父子俩就凑在一起看。在手电筒的光束下，知了背部裂开一道缝，蜕出来淡绿色的翅膀和几近透明的新身体。更多的时候两人喜欢随意游荡，走着走着来到河边，他俩坐在地上，找棵树倚上去，罗明歪着头讲故事，有心让儿子觉得他很厉害。罗明也会勇敢地驱赶爬过来的椿象，罗杰别过脸去偷笑。罗明忘了儿子已长大，他已不年轻，散漫游乐之后，脸上也有一闪而过的恍惚和茫然。

突然之间，儿子头也没回，只抓着罗明的手说了声：“来罢！”便拉着罗明奔入小树林。那里有些拐弯抹角的小路，两旁种着黄杨，林子中间还有一块迷宫似的高地。他们爬上小坡，浸透了雨的泥土使他们溜来滑去，湿漉漉的枝条在他们身上乱抖。快到平地时，罗明停下来喘着粗气：“等一会儿……等一会儿……”他轻轻说着，想把呼吸缓和一下，又望向儿子。儿子望着别处，微微笑着，嘴张着一半，喘着气，手在罗明的手里颤抖。手掌与颤抖的手指中间，血似乎流得很快。周围一片寂静，树上青翠的嫩芽在阳光中打战，一阵细雨从树叶上落下，声音那么轻灵。空中有燕子清脆的叫声。

儿子转过头来，像一道闪电那么快地抱住罗明的脖子，扑进罗明怀里。

“爸爸！爸爸！亲爱的爸爸！”

“我爱你，罗明爸爸，我爱你！”

事实上，他俩从来没有像现在那么亲密。后来，罗明总会回想起南浦溪那天的溪水，就在那天，罗明第一次感觉到，儿子对他更依恋了。暮色中，他们沿着被太阳晒热的小路跑向水边，他们的鞋子沙沙作响，像雨滴落，又像风掀动满地的落叶。

他俩并排躺在湖边草地，风吹在身上，是可以用身体感受到的，是能从树冠和水面的晃动中看出来的那种风。睁开眼睛，眼前不是残编断简似的天空，而是一整块从容铺开的绸缎。罗明愿意对这个地方生出浪漫的想象，取空中视角把偌大的城市

想象成无数个竖琴的整齐排列，那真称得上壮丽了。倘若能拉开足够远的距离向下俯视，那些高耸的建筑物或许会像细细的琴弦，琴弦之间，长满了树木和街道。

罗明说，儿子你觉不觉得，世界是站立着的。

儿子笑了，这样一说就懂了，可不是嘛，他俩是横躺着的。

儿子在罗明身边躺着。两具身体都是一样的温度，血液流得那么轻缓，那么平静。此刻罗明觉得自己所有的感官都变得更敏锐了，连一点儿小小的动静都能非常清晰地感受到。他为儿子蓬勃的生命力感到欣慰，想到儿子已经成人尤其骄傲。罗明看着儿子的微笑，觉得很幸福，从没像现在这样幸福。再也没有孤独，再也没有狂乱，再也没有黑影。天地自由自在地反映在他清明宁静的心上。罗明仰躺着，望向天空，眼睛沉陷进明晃晃的日光中，微微笑着说：

“活着多有意思！”

你若安好，便是晴天

在我们身边有这样一群孩子：他们能听见，却对周边的声音充耳不闻；能看见，却对身边的人视而不见；能发声，却很难与人正常交流。他们独自沉浸在自己的世界里，被人们诗意地称作“星星的孩子”。

根据联合国卫生组织统计，截止到2022年，全世界约有6700万孤独症患者。而我国0—15岁的孤独症儿童数量约为150万—200万。据央视财经频道2023年4月报道，目前中国孤独症患者超1300万人，以每年近20万的速度增长。孤独症发病率已占各类精神残疾首位，这是一个现实沉重的话题。

每一个孤独症孩子的诞生，对于原本的家庭来说都是不小的打击，无论是在心理上或是经济上。

想到他们的未来，家长可能会绝望，会恐惧，但总能重拾幻想和希望。

当他成为他时，孤独、无助、绝望……

当他成为他时，责任、牵手、互勉……

10年过去了，孩子们都长大了，他们的故事也更新了。回头再看他们当年的故事，有点像看一个遥远又鲜明的梦境，简真不敢相信他们已经走远。

《左右都是爱》这部小说里主人公罗明是千千万万个孤独症家庭的缩影，是对孤独症日常生活状态真实的记录，对生活的期待，以及对于生命不屈的感悟的中国故事。是文学的社会关怀和精神救赎的思想动机。

作者巧妙地将个人与家庭、群体与社会等诸多问题，或浅或深、或隐或显地统一在文本中，让人对之有了更加具体而深刻的理解生命宽度和厚度。

书中透出的人性问题、人格问题，涉及生活层面、情感层面、心灵层面、生命体验层面的创作，是作者对时间和空间的书写。将欢乐、悲伤、向往、恐惧等，填充其中，让他们重归时间的安宁静谧，从而让故事在岁月的洗涤中，去与岁月沟通融合，去了解岁月中万物的情感，去构建一个独特生命的影像。小说主人公罗明、罗杰、小薇所触及到的爱与失去，这是作者创作的主题，仿佛都是在企图留住爱，企图承受失去的爱。其实所有的艺术都包含着欲望的升华，来自对生命的爱、对另一个人的爱、对人类的爱。哪怕最愤怒、最黑暗、最悲痛的艺术也来自于爱，如果没有失去的爱，他怎么会如此痛苦、如此绝望？湿漉漉的爱，带着无限的忧伤和温暖。故事虽然沉重，但它因为爱得到救赎。艺术的救赎价值在于，它有可能——哪怕在最黑暗的时刻——将美丽带回人间。

一个故事，当作者把它写出来，它就不再只属于她自己，而是属于所有关注孤独症孩子善念的人。